当代著名作家美文自选集

让痛

像月光一样美

余姝 著

中国社会出版社

国家一级出版社·全国百佳图书出版单位

图书在版编目（CIP）数据

让痛像月光一样美 ／ 余茹著 . —北京：中国社会
出版社，2018.5
（当代著名作家美文自选集 ／ 凌翔主编）
ISBN 978-7-5087-5986-9

Ⅰ. ①让…　Ⅱ. ①余…　Ⅲ. ①散文集—中国—当代
Ⅳ. ①I267

中国版本图书馆 CIP 数据核字（2018）第 107862 号

丛 书 名：当代著名作家美文自选集
丛书主编：凌　翔
书　　名：让痛像月光一样美
著　　者：余　茹

出 版 人：浦善新
终 审 人：王　前
责任编辑：张　迟

出版发行：中国社会出版社　　邮政编码：100032
通联方式：北京市西城区二龙路甲 33 号
电　　话：编辑室：（010）58124856
　　　　　销售部：（010）58124850
网　　址：www. shcbs. com. cn
　　　　　shcbs. mca. gov. cn
经　　销：各地新华书店

中国社会出版社天猫旗舰店

印刷装订：北京楠萍印刷有限公司
开　　本：165mm×230mm　1/16
印　　张：16
字　　数：240 千字
版　　次：2018 年 8 月第 1 版
印　　次：2018 年 8 月第 1 次印刷
定　　价：49.80 元

中国社会出版社微信公众号

自序： 锦年似水　寸心如故

　　时光如花，散落人间，愿做采花人，在静静的流年里，一路走来一路歌，拾善拾福。

——写在前面

　　阳光从天外投来，暖暖的亮白。窗外的小街悬浮游动，有提着菜篮的夫妻，轻轻低语；有上学归来的孩童，欢呼雀跃；也有美丽的女人，撑一柄花伞，沉静独行。生活如此明媚，生命亦让人如此爱戴。

　　静坐在窗前，牛乳样的暖阳倾泻满屋，我的视线定格在那些因被搁置已久而蒙满灰尘的文字之上，大脑一片茫然，删除，修改，再删除，再修改……一篇篇文字如一粒粒浮尘在日光下闪烁跳动着，七零八落。无论我满不满意，文字还是在那里安安静静地等着我，生活还是在有条不紊地前行着。

　　用近一个月的时间清理十年来的博客文字，感觉自己好像跳进了思绪的罅隙里，不问东西。突然想起冯延巳的一句诗："夜夜梦魂休谩语，已知前事无寻处。"想来，那些前尘往事无处可寻，是没有地方安置的缘故。在文字里安放往事，无论结果如何，不也是一种幸福吗？

　　闲下来和女儿一起看宫崎骏的《天空之城》，那里繁花遍地，芳草茵茵，群鸟翔空。我想，那或是每个人心里的一个念想，抑或是对生活的一种态度，或习惯。无论如何，生活，有念想，就有了盼头，在文字里找寻一个梦，梦里开花不开花、结果不结果不重要，重要的是我来过，我存在过，就好像这本书一样。

我把我的梦想、我的文字，还有我的"天空之城"建构在生活之上。那里，有我朝思暮想的乡野平原，有我念念不忘的至亲故友，还有那些温暖过我生命的路人甲路人乙和那些我生命中遇到的山高水长、鸟语花香、冷暖人情、苍茫人生。无论前方的路是悬崖峭壁还是柳暗花明，我会始终保持一份对文字的热爱，一任岁月消磨着我，催促着我前行。

《泰戈尔诗选》有这样一段话："我把她深藏在心里，到处漫游，我的生命荣枯围绕她起落。她统治着我的思想、行动和睡梦，而她自己却独居索处。"我想每个人心里都有这样一个她，她可以是我们梦寐以求的一个人，或是苦苦寻觅的一个理想，或是精心编织的一个梦。我们的生活，因有着这样的渴望而会变得更有意义而丰厚。

无论山河岁月如何弥漫，我们所经历的故事，都会以一种发黄的姿势如枯叶一样飘落在岁月的风尘里。我和往事之间只隔着的一层幕掀开了，就剩下孤零零的回忆和心情而已，而文字却是回忆的最好载体。

于今日，让我带着一种欣赏的眼光，踏入回味往事的林间小路，脚步轻盈，在旧时光的转角处回眸浅笑，让微风轻轻牵动裙裾，让心情在此如蝴蝶般放飞。

于今日，让我舞动这些文字，挥洒一段老光阴，宛如昨日重现，那些活跃的真情与笑靥，依旧鲜亮如初。

于今日，让我打开陈年的扉页，一段冷暖交织跃然纸上，写满了私藏的故事，带着最初的感怀与划痕，珍存于这本书中。

在这里，那些散淡的文字，温婉地记录着我走过的清浅时光，那些对生命的感悟、对事业的感怀、对亲友的感激、对大师的感念，以及被时光雕刻的初心，此刻，都在文字的花朵里，静静绽放。

……

感谢命运的恩赐，感受文字的交流，往事的温暖如经久不息的泉水，洗去我一路的征尘，拂去我周身的疲倦，那一脉温情，任白云苍狗，时光荏苒，都不会被年华暗换。

看过、路过、想过的风景，都成为我记忆的浮雕。

写于 2015 年冬

改于 2018 年春

目 录
Contents

第四辑　万物如莲

乡愁如酒

云在我心

一直行走在路上，很少坐看云起时，抬头看天，云在心里翻腾。如一段段过往，挂在树梢，垂在天边，笼在山腰，悬在心坎。

云，是一种无法捕捉的惑，一个无法企及的梦，一截难以成眠的心事，一段永远抹不去的记忆。

想必故乡的天，在夏雨之后，依然会有云拂过，但是，在我无尽的期许里，渐渐地找到那个停留在我记忆里的一片云了。

脚步停留下来，耳边若有一阵风吹过。有人说，最快的脚步不是跨越而是继续。继续走在故乡的路上，我看到那一片片梦中的云彩在向我招手，朝我微笑。

于是，我做了一个扑朔迷离的梦：我在云的褡褓里入梦，一层层透明的云，在我身边飘过、升腾。我睁开惺忪的眼，看到忍冬草开了花，冰冻的水塘在吱呀歌唱。我停留在一座低矮的山头，看着妈妈弯着腰在田间拔草，于是我就笑啊笑啊。妈妈不知疲倦，却从没发觉，我在她的身边很久很久了。一阵风过，梦醒了，枕巾上有一片云样的东西。

或许，每个人的心头都有这样的一种情结，童年的灿烂像彩云在头顶盘旋，而终究要被人到中年的疲倦代替。

人生总是在这样不断的替代与忙碌中，而渐渐走向云的另一端。

记忆里那样的场景，好似那些随意泼墨而形成的画面，没有油画的绚烂、素描的逼真、水粉的朦胧、速写的天真，可是却有着一种无法忘却的悠然纯净与娴静。妈妈喜欢带着我去田间，无论农忙农闲。吃罢晚饭，小风习习、彩霞满天的时候，母亲挎着竹篮去田间劳作，我装模作样紧随其后，信手摸摸这棵草，碰碰那根苗。妈妈就怕我踩坏庄稼，喝令我在地头闲坐。无趣的时候，云是我最好的伙伴。我就找一片草地躺下，看云。

一大片的云，各种形状。我的心长上了翅膀。哇，那一片像仙女飘飘，这一片如饿虎扑食，这一片云山雾罩，那一片鳞浪层层。无穷的变幻，云成就了我的梦想，丰富了我的记忆，充盈了我的人生。

妈妈劳作累了的时候，也会坐在我的身边，指着天上的云，给我解释天气的变化。有如："朝霞不出门，晚霞行千里。""天上鱼鳞斑，晒谷不用翻。""天上钩钩云，地上雨淋淋。"其实当时我也不清楚什么云，只是在第二天，真的如母亲所言，下雨了或天晴了，心里就对母亲又多了一层敬意，觉得母亲有着伟大的神力。

后来随着年龄的增长，知道看云识天气了，也习惯和母亲一样，抬头看天，猜测着天气的变化。再后来，我看的不只是天气，而是对母亲的那份心了。

因为渐渐地离家远了，就会在心里升起一阵思乡之意。在遥远的一方，我每次看天，就会猜测母亲是不是也在这方天空下看我看的那朵云彩呢。

生活，每天都如一团云，悠悠而来，悠然而去。自在洒脱，也就在于一种自我的选择。很喜欢这句话："爱他，就以他为圆心，画圆。在一茬茬的生命轮回里，因为有爱，所以圆满。"爱，就好像是一片云，行在路上，爱必相随。

烟柳散处

柳色渐浓，花已尽。岸上柳影，伊憔悴，君相顾，燕儿横穿柳浪去。草色横处，云烟堆积。杳然无迹，遥盼仍无期。

——题记

正当儿，满城柳絮翻飞，散乱处，若有时光纵横。

念起，那时那地那排垂柳，如今无处觅。

父亲前日来电说，大半辈子住的老屋要被推平了，过段时间要搬进新居了。心，仿佛被什么蛰了一下，于是眼前到处都是消失的村庄的样子，不觉潸潸然。

村庄要夷为平地了！那些庇佑着老屋的树们，正在枝繁叶茂的当儿，都要放倒了！

那一弯缠绕着村庄的水塘，虽然早已干涸，但是在我的心里依然清水潺潺啊；那些缠绵着水塘的柳树，虽然枝头繁乱，但是在我的心里依然整齐傲岸啊。最是那棵在老屋门前的老柳树啊，你永远是我深深的眷恋。你若离去，我如何安然？

你可知，那一颗爱你的心啊，随着烟柳归处，弥散了多少绚丽而热闹的春之气息。

自此后，我纵使千山万水踏遍，再也找不到你的足迹。

自此后，我在此岸，频频相顾留恋；你在彼岸，形单影只不见。

虽然，我视你为亲人，把自己最纯的心交付给了你；虽然，你假装视而不见听而不闻，我还是那么留恋着你。你，是我心里那无声的语言，是我心里不灭的温暖。不管是春来嫩芽初绽、夏来柳枝摇曳，还是秋去青发换颜、冬至零落横乱，我都会在你的怀抱里，体会那最真实的存在与安闲。

一别后，一抹烟雨横飞，你独自翩然。我在远方，站成一帧风景，却再也换不来，你一瞥流连。

娇小的你，曾无惧地长在贫瘠的土地，默默不语，宁静淡然。你以为，守着老屋就不会被人横腰截断；你以为，直指苍天就不会有人嫌弃你的多余无缘；你以为，当我漂泊疲倦，你的静静伫立会成为我永远不变的期盼。

可是，你错了。没有人会为你一守千年，没有人会永远记住对你的诺言，没有人这么守着你、念着你直到天边。

即便你，见证了我咿呀学语的幼稚欢颜，知道了我把小木凳当成了马儿，任那嗒嗒声缭绕在你的耳边；即便你，明了我青春的善变，知道我肺腑的万语千言，可是你如何知道有那么一天，离开却成了一种永远。

柳树下的稚嫩小女孩如今沧桑满颜，你左右不了她的脚步，却依然固执地等她回还。你，一声声的呼唤，最终换来的是，永不相见。

我在中原腹地，你在南方一隅，你经受的等待，填满了我曾经的记忆。有人说，离开，是为了相聚。可是相聚呢，却永无归期。

一别多年，你可曾记起那些年相见甚欢，你可曾明了我此时的心愿。有时柳絮飞漫天，你，在哪里，在哪里，让我千思万念。

原来，有些事，明知已了，却又似在眼前；有些物，虽无魂魄，却心性相通，终难离散；有些人，错过了，却欲忘还休，永不相干。"本以为将梦放飞很远，就会将烦恼丢在天边，却不知心里全是思念，起起伏伏的美丽伤感。"耳边响起这样的旋律，在无数个昼夜翻飞的时刻，某种怀念成就了一份美丽伤感。

"五百年桑田沧海，顽石也长满青苔，只一颗心儿未死，向往着逍遥自在……为什么，偏有这样的安排?"一刻天上，一刻人间，细思量，如此安排为哪般?

物随境迁，烟柳散处，你在这方守候，我在天涯相顾。不如归去，不如将自己活成一株柳的样子，让枝枝蔓蔓都填满时光的安暖，静静地，任我的心，若城池，为你洞然大开……

踏遍青山春去也，一行烟柳两行泪。自别后，记忆早已成柳，绿满心间。

麦香记忆

  又是"夜来南风起，小麦覆陇黄"，麦收时节到了，没体验过劳作的辛苦、收割的艰难，又怎知"力尽不知热，但惜夏日长"的深意？夏收时，记忆里年幼的我劳作的次数虽少，但那段岁月留给我的印象却是最深的。

  对于田地并不陌生的我，曾经最怕又最盼望这样的季节，怕的是酷暑难耐还要劳作，盼的是要有新鲜的馒头吃了。

  五月底，烈日当头，全家总动员老老少少都要去收割麦子。一家几口人拿着镰刀，提着硕大的水壶，人手一把早早磨得锃亮的镰刀，精神抖擞着，走了约一里地的路程，来到田间地头。众人一字排开，一人分好一小绺收割阵地，弯腰、下镰、抡圆胳膊，手臂一用力，麦子们乖乖俯首称臣。麦子倒下后，要码整齐，放成堆。我和姐姐站成排，有时候我挥汗如雨，依然会掉队，姐姐会返回来帮我。脆脆的麦秸秆、焦黄的麦穗在骄阳下不敢使劲去踩躏它，否则秸秆麦穗分离，只剩下饱满的麦穗捡拾起来很麻烦。收麦时节，周遭都充满着淡淡的麦香，似乎一闭眼就能闻到一丝丝甜甜的气息。那气息，瞬间会幻化成刚出笼的热馒头，雪白的样子，焕发着诱人的魔力。

  最喜欢的是，父亲套着牛车拉麦子，我可以站在装满麦子的车子上踩实麦子，休息片刻。那个时候，虽说阳光在热情地吻着我小小的脸蛋，额头的汗水不停往下冒，但是，我心里依然像吃了蜜一样甜。老小受到这样特殊的待遇，怎么不幸福得冒泡呢。打麦场是每家每户自寻一片空地来，用石碾套上勤劳的黄牛碾出的场地。麦子一旦拉到场地就要有人照看，因为那些贪嘴的雀儿们和放养的鸡儿们都会趁人不备溜到麦堆边，狠狠饱餐一回。所以，对于七八岁的我来说，就又义不容辞地当了"麦场的守望者"。于是我屁颠屁颠地拿来家里的破凉席，找来场地边一片大大的树荫，手边随时抢起一杆长长的竹竿，时刻准备着扫除那些"入侵者"。那时，树荫下，虽然时不时有一阵阵热风扑面而来，耳边放着嘀嗒嘀嗒小喇叭开始广播啦的节目，那种一杆在手天下在握的自豪感总是溢满心间。

打麦子是麦收时最热闹的，各家各户的打麦场都相连着，有时你家的麦子会跑到我家的麦堆里，我家的麦秸秆会混到他家的场地里，相互没有明显的界限。人们却很自觉，从不去把不应得的麦子归为己有。你家工具不够用，我家的用完借给你家。你家的人手不够，我家干完活来帮助。麦场与麦场之间，总是流动着一种纯纯的麦香一样的情意，绵长而又感人肺腑。

麦子用石碾碾完归拢后，就该扬麦子了。扬麦需顺应风势，但是又不许把麦壳飘到人家干净的麦堆里，所以父亲总是在不是上风口的地方去扬。父亲做的木锨很轻很大，用起来很顺手，父亲歇息时，我会拿来胡乱扬几回，看着麦子像雨一样从空而降，体会到了一种收获的乐趣。

干净的麦子扬净，晒干，装袋子，然后拉回家里。散放的麦秸秆堆成一个金黄的麦秸垛，它就像一个卸下重负的老人，沉静而安详地守着空空的打麦场。麦子收回后就要交公粮了，一到村大队规定交粮的时间，村里人就会三五成群地用牛拉着木制的架子车，架子车上堆满成袋的干净麦子，架子车吱吱扭扭，排成长队，前者呼，后者应，几户人家约好，浩浩荡荡的车队，接着最后一抹晨曦，朝十里开外的公社而去。

交完公粮，每家每户都留有足够一年的口粮，碰上丰年会有结余。要想吃到白面馍真不容易，村里人要用剩余的口粮去打面粉。那时，母亲用架子车拉着一袋袋麦子，我坐在麦袋上，去二里外的村庄用面粉机磨面。夕阳的余晖总是会把母亲弓腰拉车的背影镀上一层金，母亲看着一粒粒金光闪闪的小麦变成白花花的面粉，脸上常洋溢着含笑的温情，她兴冲冲地扛着面粉一袋袋放到架子车上，也不管身上到处都是面，喜气洋洋往家推。后来，村里人都不再自家打面了，而是去集镇面粉厂直接换取，这样节省了等的时间，做的馒头也又软又白。可对我而言，换取的面粉里总是少了一股淡淡麦香和妈妈那幸福的味道。

如今，村村通后，村里人多从古朴的村庄搬到楼房里住着，收割的镰刀也早不知去向，大型的收割机还未等麦子成熟，就迫不及待地候在平展的路边了。一到麦收，轰隆隆的机器声，震耳欲聋，而那久远的拉麦子时的哼哼声也只能留在记忆深处了。所收的麦子如今不但不用交公粮，种田者每年还有补助。日子过得越来越富裕了，可是劳动的乐趣却是越来越少了，总觉得，时光的变迁在提高了生活水平和改变一些什么的同时，却又带来了些微的遗憾。

时光荏苒，在我的梦里不知道这样的麦香记忆还会留存多少，当我梦醒的时候，是不是依然会想念那淡淡的若有若无的麦香呢？我怀念那样的季节！

草垛情结

近日返乡，透过车窗，又远远瞥见那些被农人遗弃的草垛了。在夕阳的余晖下，那些草垛依然泛着淡淡的清香，一个劲儿地钻入我的鼻孔，钻入我记忆深处了。

草垛里藏着儿时躲猫猫的欢乐呢。月明星稀之时，小伙伴们奔跑在空旷而清鲜的打麦场，玩着各种各样的游戏，而那些打麦场上静静伫立的草垛们，不是一座座空洞无物的浮雕，而是一位位有情有义的看客呢。

如果有谁藏在里面，它就那样静默地守候着，绝对不会出卖你。它把你藏在它宽大而温暖的怀里，你会觉得这个世界一下子就只有你和草垛了。伙伴的呼声是能听见的，但是你依然屏声敛气，不敢出一言以复。那个时候，只有草垛能听见你那咚咚的心跳声，你的心跳，和着草垛的呼吸，是那样的温暖幸福。此刻，也只有草垛最能明白你的心声："别找到我，千万别找到我。"可是当最初的兴奋与激动在漫长的等待里，在小伙伴不耐烦的寻找里耗了半个时辰后，你开始饥肠辘辘了，心慌了，气短了，哎呀，是不是他们把我忘了？是不是到了吃晚饭的时候了？于是你就按捺不住一颗焦急的心，一个人讪讪地从草垛的怀抱里走出来。当你一伸头，突然发现在草垛的另一头，竟然也藏着一个人。好啊，于是你们就牵着手，大大方方地走出来，找到正在四下无助寻找的伙伴来个胜利的欢呼："嘿，找不到我们吧？我们赢啦！走，回去吃饭喽！"于是，高兴之余，会临走前稍离远点草垛，来个倒立表示庆祝，这是常有的事儿。

当然，草垛里还有许多的趣事呢。还记得有一个要好的伙伴不知从哪儿掏来一枚小鸟蛋送给我，我就拿着屁颠屁颠地跑到自家门前的草垛前，把它藏了进去，希望有一天会孵出一只小鸟来。可这个奇思妙想两天后就灰飞烟灭了。因为父亲隔段时间会从草垛身上拽一筐筐柴草回家烧火做饭，正担心着小秘密要大白于天下，再去看时，那枚鸟蛋竟然不知所踪。后来，想起这件傻事都会笑半天。我知道，草垛里是藏不住东西的，因为那些草垛是经不住岁月消磨的，它有它的使命，它正在被一点点点燃，然后化成一缕缕炊烟，袅袅升起在故乡的天空。

草垛，一头牵着炊烟，一头连着一张张饥饿的嘴巴和童年的梦。所以，在村人眼里，每一尊草垛都珍贵无比。

每当下雨了会用塑料布遮盖住草垛，天晴了会晾晒潮湿的柴草，太阳越毒辣，越要晾晒，这样烧火时就会更旺。这个晾晒草垛的活儿，父亲做起来总是很细心，一片一片地把那些不小心被雨水打湿的秸秆，用手拽下来，然后用钉耙一绺绺摊平在干爽的高地。如果有发霉的柴草是不忍丢弃的，会单独搁置一边晾晒，等风吹日晒后归家。印象里，总是在最后一缕晚霞即将消失时，父亲会拿来一个柳条筐把那些晒干的泛着霉味儿的柴草先放在灶台后，让它们静静等待燃烧。父亲对草垛的珍爱就好像是对待一个自己喜爱的孩子，呵护备至。草垛，是一家子的命根子，收集了父亲劳作时洒下的多少汗水啊！

草垛，这位乡村忠诚的守候者，如今将随着村庄的消失，渐渐远离人们的视线。农人们不再烧柴草做饭了，多用上了液化气、沼气做燃料，许多新鲜的秸秆被一车一车请进了大型的纸厂或小型的作坊里另有他用了。于是，在日升月落时，我希望有一天，我也能站成一尊草垛，静静地立在回忆的渡口守着一份思念和祝福！

池塘往事

昨天给母亲打电话，听母亲絮叨着家里的琐事，不经意说到刚开始收割麦子就下了一场大雨，下得沟满河平呢。我心里一喜，每次回乡时，水塘要么浅水覆盖，要么干涸见底，沟满河平也就是停留在孩提时期了。

那时候夏季雨水多，一场暴雨过后，哥哥就会拿出鱼篓或丝网去捕鱼，而我会喜滋滋地跟随其后等着收获。看着他们穿着从脚底到脖颈连成一体的厚黑皮衣，弯着腰在齐腰深的水里来来回回地用竹篮摸索着、探寻着，心也跟着来来回回地转呀转呀。一旦听到一声欢呼："哇！我抓到了一只泥鳅！"我也会欢呼着狂奔过去，走到哥哥扔泥鳅的岸边，忙不迭地把猎物捡到小鱼篓里。每捡起一只被扔上岸的猎物，鼻腔里那逐散不开的香味就加重了一层，就像是捡起一段人间美味。

每当水面初平，大姐会端着积攒了一天的衣物，蹲在水边平坦的石头上，漂洗那些汗渍满满的衣物。而我则会光着小脚丫坐在岸边，一边等着随时去浅水边帮姐姐们把漂洗时被水冲走的衣服捞起，一边眼巴巴看着水塘边那棵梨树还没成熟的梨子，心里那个念啊，恨不得把眼睛都长在梨树上。脚泡久了不动了，偶尔会有一两只调皮又勇敢的鱼儿在脚面窜过来窜过去，等弯腰去抓时，它们却一晃儿不见了踪影。嚷着让大姐帮忙摘梨抓鱼时，会遭来一顿白眼，或一阵无所顾忌的笑声，也就只好作罢。

房前水塘多用来洗衣物和装满我的幻想，屋后水塘可以在夏夜宁静之时去洗澡。而最早去水塘洗澡时，我很怕水，不敢下水，只能眼巴巴看着伙伴们在水里游来游去。当时水边斜伸着一棵古老的榆树，粗壮的树根一半裸露在外，一半浸在水里，大姐就站在那截树根上拉我，小心翼翼地哄我下水。踩着那些光溜溜的树根，我双腿打颤，不敢动弹，大姐毫不客气地使劲一拉我，我便哧溜一下滑到浅水里，呛一大口水。后来在姐姐的不断鼓励下，我的胆子越来越大，有时会偷偷自己跑到水边戏水了。如果说小时候，我有那么点勇敢的话，也是大姐教我的。

那些水塘当时不但可以捕很多鱼，还可以洗衣洗澡。特别是水面的浮萍还可以当作猪们的食料呢。你看，水面总是漂着绿油油的浮萍，整个水塘就好像被穿上一件绿色的外衣，看上去更加安静而美丽。大姐会在竹竿一头系个网兜，用网兜捕捞那些浮萍。我呢，端着小盆把那些浮萍一捧捧捧进盆里，然后飞快端到猪圈边，倒进猪槽里。韶光易逝，如今大姐家养的猪们再也没有这一道美味了，塘水发黑，垃圾纵横，哪里还能看见那绿油油的浮萍，唯在记忆里留下大姐捞取浮萍的身影让人无限惆怅。

水塘里有欢乐，也有无奈，可这就是真实而贫瘠的童年生活。几回梦里，在水里浮浮沉沉，叫不出声来，醒来，一阵心酸。那水塘里，有温暖，有呵护，有关爱，有憧憬，还有那浓得化不开的手足情。记忆里，总是有这样一方水塘缠绕，并不停地流淌着，慢慢形成一条爱的河流，流向我记忆深处……

野草横生

一日，一学生问我："老师，你想变成什么？"我伸出双手做展翅飞状，笑而不语。孩子笑着说："你为什么想当小鸟啊？""因为小鸟可以在蓝天自由自在地飞翔啊！"老师，我想当一棵野草。因为小草生命力最顽强，哪儿都可以生长。老师，你要是飞累了，也可以在小草的身上歇歇脚哦。"我听了，心里一紧，一种感动、一种记忆在心头如野草一样蔓延开去。

在我童年的记忆里，我曾那么懂得野草的可贵，体会着野草给予的游戏的快乐的同时，更多的是在田地劳作的艰辛和不易。

当夕阳在村庄上洒下一层金粉时，家里的羊牛们开始活跃起来。小羊咩咩叫着等着主人用青草把它们喂饱；被拴在门前大榆树下的黄牛们，瞅着夕阳的方向哞哞地叫着填饱肚皮好睡觉。每当这时，妈妈就会催促着我，快去把你下午割的草拿来一点喂它们。是的，割草喂牛羊是我的事。

夕阳还没完全落山，夏日的燥热还在大地上蒸腾。我们几个年龄相仿的孩子，就不约而同地每人提着一个柳条筐，弯腰寻觅在有草的地方了。每当一个人发现一大片野草时，就一阵欢呼，快来呀，这里有好多草呢！声音里透着如发现宝藏一样的喜悦与自豪。对，那应该是一种分享的幸福。于是乎，我们就你推我搡地争抢着，嬉闹着，蜂拥而至。有的人，甚至倒在草地上打几个滚儿，随手抓一把草，然后扬起。等疯累了，我们就一起躺在草地上，嘴里嚼着从草堆里抽出的茎儿，闭着眼吸吮着草汁玩，草味涩甜，还和着一股别样的清新味儿。割草累了也躺在草地上十指微微张开，蒙在双眼上，对着西斜的太阳光，仔细观察着阳光把双手渐渐变成透明的红。

割草时苦中作乐的时光，在五彩光线的照耀下，铺在我记忆的每一个角落里，熠熠生辉。

这样的日子贯穿着我的童年。有时玩得忘乎所以，炊烟四起时，才割小半筐青草，怕受到责怪，会在半路上捡几根枯枝铺在筐底支起那少得可怜的青草。回到家，趁着母亲在厨房忙碌，就慌慌撒给了那些饥饿的嘴巴，溜出去做游戏去了。殊不知，那些饥饿的嘴巴是堵不上的，没吃饱的牛依然哞哞地叫着，母亲听到就知道我偷工减料了，吆喝两嗓子，见无人答应，就急忙丢下手中的活，去田地割草了。母亲很宽容，从不打骂孩子，生气的时候，顶多呵斥两声。如今，再也不用割草了，可是那段岁月就像一颗草的种子，种在了我的心里，并长成一株草。

以后的日子里，每当我想起这件事，心里就会装满愧疚，因为孩童的偷懒贪玩，让母亲又劳累一层，看样子，那些田野的野草也是罪魁祸首啊！那时候，那些野草不仅是孩子的玩伴、牲畜们的美食，还是冬天里农人们烧火的燃料。野草，自有它存在的妙用，也自有它体现的价值。鲁迅在《野草集》里写道："我自爱我的野草。"是的，记忆里，野草是可爱的，它是那段美好而柔软的时光里最绚丽的一抹彩虹。

是啊，做一株野草多好，可以不卑不亢地与风雨抗争，可以无所畏惧地与酷暑比拼。"野火烧不尽，春风吹又生。"野草，你默默无闻地坚守一份记忆，你坚强地站立成一种永远，你绵延不绝地成长，你如一道光，照亮那个贫瘠年代一个孩子的心灵。

"山映斜阳天接水，芳草无情，更在斜阳外。"这里"芳草"应是乡愁了。草，是故乡的象征，它牵动着每个游子的心。在故乡的原野之上，那些野草是那样的生生不息，无限地蔓延着，当我们从土地走出来的时候，当我们居住的房屋越来越高的时候，我多么希望那些被我们抛在身后的不是满地荒草，而是一片绿油油的希望啊。

老屋印象

　　说起老屋，心里会莫名涌起一股暖流和辛酸。老屋之所以老，是因为时光的打磨，它像一位孤独的老人，守着朝霞和夕阳，静静地等待着老去。

　　而我为何喜欢"屋"而不是"房"呢？《说文解字》记载："屋，会意字。从尸，从至。"尸指"人体不动"，"至"表示最终落处，联合起来表示"来到最终落脚处后身体躺下不动弹了"。看后对"屋"这个字尤为喜爱了。是啊，最终落脚的地方，那不就是我们的根吗？不正是我们在外奔波累了倦了疲了后所期盼的一个地方吗？你想啊，回到老屋，躺下了，心安了，一切皆静了，心魂回归了，多好！

　　有人说：心安处即为家。而家不就是有一座老屋默默无语为你守候着吗？

　　在我的记忆里，一家七口人曾挤在三间又低又矮的茅草屋，屋里没有墙体相隔，后来，我们姊妹几个都大了，父亲用布帘隔开三间，墙面是方形泥坯垒成的，屋顶是茅草铺成的。历经寒霜冷风酷晒折磨后，茅草渐渐稀少，所以每到过年父亲就要翻修一下。但是，一到下雨天依然会漏雨。当时我不怕"布衾多年冷似铁"，而最怕"屋漏偏遭连阴雨"。外面下大雨，屋里下小雨，那个时候，一家人会挤在一张干爽的床铺上，静静坐着，望着黑洞洞的窗口盼望着天明天晴。

　　稍大一些时，记得父亲凭着一双木匠的巧手攒下些钱，推倒旧屋，翻盖了三间新屋。这座新屋是村里第一座带走廊的青砖红瓦房。我最喜欢屋檐下那一片走廊，有三根水泥柱子并排而立，两头各有侧门一个，左边的侧门后有一小套间，那里曾是我的天堂。每当我躺在窗户前的小床上看书写日记时，每当第一缕晨光照到我的脸上时，每当最后一抹月光涂满我的心情时，幸福就会如花一样开放。

再后来，院子前盖起了三间红砖红瓦房。这三间新屋左右两间分别是奶奶和我居住，中间是宽敞的走道，可以容下拖拉机轻松自由开过。在这样的小偏房里，我一待就是近十年，直到我结婚那天。还记得在我结婚那天夜里，化好妆的我和衣卧在那小小的木床边，望着窗外忽明忽暗的夜色，心里填满了离别的黯然。两年后，因为二哥需盖新楼用砖头，房子被推倒后，那些旧砖头们转移阵地去完成新的使命了。

如今回到老家，哥哥姐姐们都住在窗明几净的新楼房了，而父亲母亲依然不愿意离开那仅有的三间青砖红瓦房。为了多陪陪父母，久别的我一旦回去就会和双亲挤在那后墙有裂缝的老屋里，房子虽破陋不堪，但心暖如春。记得一年春节回家，忽然瞥见老屋檐下有一个燕子窝，我想那里肯定住着可爱的燕子，在等待着鸟妈妈回来吧。好多年过去了，老屋静默地立着，房前屋后的杨树们都渐渐高过屋顶，晨昏交替时总有鸟儿们在那里大合唱呢。

清楚地记得最后一次住进老屋的情景，我和女儿躺在老屋左侧套间里的小床上闲聊，仰头看着墙角有些微的蛛丝网，有一两个小蜘蛛在悄没声儿地爬来爬去。女儿想找来长长的竹竿把它们弄掉时，父亲却阻止了，淡然地说："不要去惊动它们，反正这房屋早晚要平了。"话语里有些许不舍和无奈。我知道老父亲不舍得这座自己生活了大半辈子的老屋，这里藏着父亲年轻的梦想和付出的汗水。恨不得把一分钱掰成两半花的老父亲，为这座老屋付出的太多太多，其中的甘苦就是三天三夜也说不完。

自那次分别后，有次我接到了父亲的电话，父亲用淡淡的语气说出了一个惊天动地的消息：老屋被推土机推平了，他和母亲搬到了水泥路边的两间平房里住了。我听完心头一紧，沉默如海。

老屋，见证着一家人相聚的温馨，离别的煎熬，承载着父亲奋斗的辛酸和无助的守望，还装着我小小的梦想。此生一别，再不能相见。我多么希望能再看一眼那颓圮的砖墙，看一眼那墙头上迎风飘摇的荒草，看一眼那裂开大缝的后墙啊！当我满头白发，我亲爱的老屋，你可曾还会进入我的梦乡？

一树蝉歌远

小暑，满城的风，在无尽的灼热里逃逸。寻找凉爽的影子，那一抹抹树影儿看着倍加亲切。站在树下，听到两三声蝉鸣，突然很想做一只蝉儿，潜伏在泥土若干年，然后出来唱一个夏天。

一架篱笆斜，一径花香深，一树蝉歌远。我多么希望像蝉一样，守着自己的夏日光阴，裹着梦，裹着希望，在沉睡中安详，在歌唱后隐去。

穿过那些斜枝横槎的篱笆，走在高高的田垅上，随手摘下一朵陌上的指甲草花，掐下一片麻叶，撕下一绺儿麻丝，把花捆包在指甲上，然后静静等待着指甲从月牙白变成可爱红。待漫漫长夜之后，一打开，哇，果然是红得可爱，于是一路欢唱着展示给别人看。这种等待，像极了那地底下沉睡多年的蝉儿，潜伏着灼热的渴望，一旦大白于天下，便到处张扬着获得自由，实现梦想的喜悦。

而大多数人像蝉一样，为了一时短暂的欢娱，甘愿默默忍受着等待的煎熬。人生不就是如此吗？不经过痛苦的磨炼，如何让梦想的花怒放人间？

其实，在等待中也不是一帆风顺的，会有那么一两个不争气的孩子打破蝉儿的梦想。在蝉儿还没爬到树梢的时候，就把它从地下挖了上来，放进囊中，置入火里，成为他们腹中美食。可，那些空中飞的、地上爬的，你讨厌的，或者你喜欢的，都有自己活着的权利。同为生命，我们没有理由去剥夺那些生命活着的价值啊。

想起小时候，夏水泛滥之后，无数个潮湿的夜里，一束束手电光划破夜的帷幕。在一棵棵大树下，一个个黑色的身影，弯着腰，四处用小木棍试探一个个洞口的深浅，像是战场上排除地雷一样，小心而认真地找寻着那些猎物。蝉儿在等待着歌唱之前，需要饱受蜕变的痛苦，却躲避不了人为的搜索，一双双小手和大手，硬生生将它们在沉睡的时候叫醒，送入一个个餐桌之上。尽管如此，每年夏天还是会有大批量的幸运蝉儿们，趁着月黑风高夜，偷偷爬出洞口，溜到一棵棵大树上，隐藏起来。当日上三竿之后，就会"知了，知了"叫个不停。好似在向着这个世界宣战，宣告自己还应该有生存权一样。

如今，若在一个个静静的夜里，或者晴朗的午后，依然会听到一两声蝉儿的聒噪，那声音，在喧闹的都市里，不一会儿被路边的汽笛声遮盖住了，再也没有儿时听到的那种清幽辽远。

无论哪里的蝉声，能在每一个夏日里真切听到的寥寥无几。或许，因为平时多忙活于生计，四处奔波，而无暇在乎生命之外的这些无足轻重的小生命吧。在我的梦里，那一声声蝉声随着年岁的增长而日渐渺远，就好像一个个再也无法捡拾的记忆，被丢在一个遗忘的角落里。

是啊，饱受诸多等待的痛苦，活一个夏天，就足够了。而一个人，也就只有一生，也要像蝉坚强勇敢地唱下去。因为，每个生命的价值怎么能用长短来衡量呢？

缸里荷花

对于荷花的爱好，由来已久。

七月底的一天，绿城惠济区古树苑，艳阳高照下，当时的荷正被那些瘦削伶仃的茎叶托着，三五成群的荷瓣虚弱地聚在一起，一副弱不禁风的小模样，让人心里有说不出的怜惜。

东区湿地公园，又见到成片的荷池，此时已近八月底。心里一阵惊喜。想必，荷花的开放应该是因地而异吧。荷花，应该不同于牡丹开的艳绝，凋谢得也很决绝。荷花，会等待着爱它的人看它，哪怕姗姗来迟。

就这样，一路寻寻觅觅，每年夏日都能在公园景区等地见到荷花的影子。但是记忆最温暖的一次遇见，是有一次回老家，看到父亲种在缸里的荷花后，才知道世界上最美的相遇，不在远方，而在自己的身边。

那天，正是晴空万里，灼热的阳光在早晨六七点的时候，就开始发了威，坐在老父亲骑着的电动车上，一路颠簸着，再次回到了那座熟悉的老屋。

不多远，那门前弯弯的梨树还在，顺着一条砖铺的小道，走到家门口，我惊讶地发现，院子里一片绿影闪入我的眼帘。我急走两步，母亲笑着跟在后面，一边解释着："这是你爹种的桂花树，在你姑姑家园林移栽来的。这是……"还未等母亲说出口，我一眼就看见了一口破旧的大缸里有别样的绿闪过。在缸里，有一片浓绿的荷叶正在高昂着头颀，纤细的茎下，半水缸的水面，浮萍铺成一片。我小心翼翼地摸着荷叶，有点不可思议，以为是父亲买来的塑料荷叶为了看着好看，结果，真的是荷。是的，在我所有的记忆中，这是我第一次看到老家院子里的荷，我激动不已。我身边的父亲有点得意地笑着说："你今年过年有莲藕吃了。为了让你们姊妹几个吃上新鲜的莲藕，我又栽了一缸，看上去长势不错吧？"我使劲点着头，遗憾地说："可惜，我没看见它开花的样子。"我话音刚落，一转眼，父亲好像变戏法一样，从屋里拿出来荷花状的音乐盒，然后轻轻拧开，一阵悦耳的旋律传了出来："祝你生日快乐……"原来，这是两年前母亲过寿的时候，我去不远处的集市上买来的，当时还有一个两层的大蛋糕。父亲把手中正在播放着音乐的粉红荷花状的音乐盒插在一片荷叶中间，远远看去，红绿相间，那些荷叶愈加秀气了。我痴痴地看着，简直是浑然天成，不觉间，泪湿眼底。

父亲不就是那守在家里的荷叶吗？把自己一生的营养都源源不断地输送给了荷花，完成使命之后，还要坚守着根部的莲藕，始终不渝坚守在这陈旧的一口大缸里，不知道外面的世界有多大，只有在逢年过节的时候，早早站在村口或地头，迎接远行的儿女回来相聚。

我知道，父亲是爱花、惜花的人。当我跟在父亲身后去看母亲打理的菜园时，我说，你看那不远处的断墙边正开着一些牵牛花，是不是你种的？父亲说不是，牵牛花和荷花一样，倔强着呢，你丢落一粒种子，它会长出一大片牵牛花来。说话间，父亲已走到花边顺手把牵牛花连同细藤蔓扯下一截来递给我。我欣喜地从父亲手中接过带着绿叶的牵牛花，编成了一个花环，喜不自禁地戴在头上。在父亲面前，我永远都是一个孩子。此时，在我的身边，站着高我一头的女儿，正一脸坏笑着，拿着相机对着我们。

花有花语，人有花缘。父亲用他自己独特的爱花方式表达着对儿女的爱，无论是哪一种花，都凝聚着一种难以割舍的感情。这种感情，一直就像那缸里的荷花一样，种在我的心里，每一年都会生根发芽，并开出世上最美的花儿，结出世上最香甜的果实。这种花，就叫作亲情，而这种果实叫作藕断丝连。

约定的秋

青年时的秋，求学在外，落叶浩荡如风，总是扬起一阵尘烟，弥漫着前行的路。一个人行走的路程，是漫长的，但又是充实的。正值青春，有闯荡或流浪的资本，就如那一场声势浩大的落叶，漫天遍野里写着曾经的誓言。

中年的秋，一番拼搏后，渐渐安定下来，皱纹却悄悄爬上眼角。不经意间，会有不间断的回忆缠绕，像极了那些深秋里依附在冷瓦灰墙之上的爬山虎，接着一些断断续续、可有可无的记忆蜿蜒向前。

行走的时候，回头看看来时的路，秋日的故事将是一段多么迤逦的情节啊。

记忆里，儿时的秋最瑰丽啊，那旷野的天分外的蓝，那些陌上的小野菊一大簇一大簇渲染着淡紫、乳白或深黄的美丽。在这样的秋天里，尝受过豆荚的尖锐，领略过芝麻的节节收获，在玉米地里疯狂穿梭过，在花生秧下曾藏着一个天大的秘密。儿时的秋天有太多这样的神奇，那种秋天的况味如今回忆起来都是满满的香味。

离开这样的秋太久了，那些残缺的影像早已凌乱不堪，再也堆叠不起一幅完整的图画。

今秋的秋雨，冷得入骨。母亲说，那些在外务工的村人都回家准备秋收了。可是，这场雨，却绵绵不断，冷着脸，不声不响地敲打着田野里那站得高高的玉米棒、那落花的花生秧，还有那结满荚的芝麻秆，实在令人不得开心颜啊。真的希望这场雨能停下匆匆的脚步，去看看那些焦虑的眼神，那些亟待收获的田野吧。后来听母亲说，还是颗粒归仓了，只不过家家户户不能依赖大型机器，多淋点雨，多受点苦吧。

是啊，家乡的人心里原本都住着一个这样的秋，无怨无悔地付出着，家家户户都在拼尽全力。这个秋是繁忙的、劳累的，有丰收的甜，劳累的涩，流汗的咸……

向日葵与太阳有个约定，所以，葵盘对着阳光始终相随；蒲公英的种子和风儿有个约定，所以，种子无论飞到哪里，都会生根发芽，开始另一份生命的蓬勃；人和秋有个约定，所以，无论枝荣叶枯，这个秋像影子一样守着你，看着你，和你一起数着细水长流的光阴。

无论如何，秋天的记忆里，依然有如故的暖，每一寸的光阴里都流淌着和人生曾经相似的气息。每个人的秋，都是这样美好多于无奈，甜美多于辛酸，只要坚持，只要忍耐，终会有拨云见日的那一天。

一抹斜阳一缕乡愁

窗外，灰蒙蒙的天，明明是下午刚过，却像是到了黄昏。城市上空蒙着一层若有若无的烟尘，低低地压在人的心上。偶尔，有一两只鸽子扑棱着翅膀在空中画着圈儿，像是要急着回巢。从高楼俯瞰下去，游走的人们像一个个多彩的标点，停顿在不同的地方，一会儿又急忙游去，又像是一尾尾多彩的鱼寻找着回家的路。

想起家乡的黄昏了，那门前水边高大的刺槐，低矮的枣树，粗壮的椿树，婀娜的青柳，每一株树木都仰仗着水塘的滋润而变得具体而又丰盈起来。迎着柔和的夕阳，树木们，仿佛身着霞衣，圣洁无比。在门左边有两棵并排的枣树，枣树下有个大磨盘，我最喜欢在上面甩泥碗、过家家。古稀之年的奶奶喜欢坐在上面，遥望夕阳，默默看树影渐渐西斜。夕阳下的树们，都站成了一幅水粉画，给我的童年增添了一抹多彩的记忆。

当晚霞烧红了西边，夕阳下的村庄宁静而又祥和。院子里有来回踱步的鸡们，焦急地等待主人归来喂食；猪圈里有哼唧个不停，拱着空木槽的猪们。小花狗呢，一听到主人用钥匙开门的声音，早就摇头摆尾地等待在木门后了，有时推开门，说不定会被正挡在门中间的小花狗绊了一个趔趄，正想一脚踢开它的时候，小花狗已经吻上了你的脚趾头了。夕阳下的小可爱们，样子都是那样迫不及待呢，正是因为它们的存在，村庄的黄昏多了一些生机与活力。

黄昏里，最喜欢看的是妈妈做饭。那时的我，依偎在灶屋敞开的一扇门前，捂着咕咕直叫的肚子靠着门，不哭不闹，不断地扭动着小身板，像是滚筒一样，沿着门板滚来滚去。而眼睛，却一刻也离不开正在冒着热气的大土锅，就等着妈妈一声令下，第一时间冲上去，从母亲手里接过一个热气腾腾的白馒头来呢。有的时候馒头太烫，会一边用小嘴哈着气，一边把馒头在两只手里倒来倒去。然后，笑着跑了出去，一直跑出了我那无忧无虑的童年时光。

接着最后一抹霞光，村庄里，炊烟四起，各家各户上空，都是炊烟袅袅，长一声短一声呼唤孩子回家的声音，此起彼伏。不多会儿，只看见村庄上空，那一缕缕炊烟像是一条条手臂，伸向无穷的远方，好像要把所有在外的游子都牵回它的身旁。

当炊烟散尽，墨一样的夜，渐渐吞噬了小村庄。此时，村庄里，一片寂静……

故乡的斜阳是绚丽的，是有情谊、有灵魂的。因为，它知道哪里有爱，它就会在哪里停留。

寂寞的炊烟

寂寞的颜色，是灰色的，亦如炊烟的颜色。

——题记

我是一缕家乡的炊烟。我喜欢那座在细雨里为我静默的小屋；喜欢那一阵阵轻轻送我一程又一程的风；喜欢那破屋上的茅草为我当风抖着的样子；喜欢那青砖砌成的烟囱，高高为我耸立着；喜欢那些站在村口槐树下热情地迎送南来北往的客人的人们。我喜欢着我的喜欢。

我喜欢摇曳着袅袅的身姿在晨风中轻舞；喜欢在有假期的早晨，看一位傻傻的小女孩在光明正大地睡懒觉，一任明媚的晨阳刺破漏风的玻璃窗户，滑过她娇小的脸庞；喜欢看那只可爱的小公鸡领着一群母鸡，在刚被父亲打扫干净的小院子里，踱着方步，高昂着头颅，唱着晨起的歌谣。

我喜欢支棱着耳朵听坐在灶台边烧火的父亲和母亲絮絮叨叨拉家常；喜欢听那屋后的小树林里传来一阵若有若无的小鸟声，那是一只小鸟在深情呼唤着寻找同伴，直到听见扑棱一声，鸟儿飞向另一个树梢，小树林涮地一下子安静下来。

我喜欢闻从简陋的厨窗溢出的饭菜香，那里有诱人的清香，温暖的朴实。我喜欢嗅晨风里吹送的田野里传来的阵阵泥土气息，那是一种纯朴而厚重的味道。

我是一丝飘散的炊烟。我喜欢在黄昏里等候游子的回归，喜欢招着手远远地呼唤田地里劳作的亲人回家，喜欢趁着昏晕的光，招呼牛羊入圈；喜欢把白日的繁忙与劳累暂停，让身体和心灵回家安息。

我喜欢看母亲伫立在村口，踮着脚尖不住地张望，那是因为贪玩的孩子还在放学的路上迟迟不归。我喜欢看调皮的孩子们聚集在打麦场的空阔之处，捉着永远也不知疲倦的迷藏。孩子，永远是妈妈的心头肉，手中宝，不归的心，怎能不让妈妈饱受等待的煎熬？

我知道，我的根在家乡。无论我飘到哪里，我都会喜欢着我生命当中所遇到的那些人、那些事，那些凝结着我梦想的所有记忆。

时光荏苒，一座座老屋倒下了，一棵棵老树倒下了，一码码的电线从我的腰际穿过了，一群群年轻力壮的人远走他乡了……

我成了一缕即逝的炊烟，岁月让我日渐消瘦。在一座座新修的高楼之上，我迷失了方向，我找不到回家的路。我在无尽而寂寞的苍穹之上，哭了。

树根的寂寞，泥土知道；落叶的寂寞，风知道；老屋的寂寞，游子知道。那么，炊烟的寂寞，谁知道？

回不去的村庄

读完熊培云的《追故乡的人》这本书后，心里久久不能平静，给爹娘打了一个电话，絮絮叨叨问候了一下二老的身体情况。突然父亲转移话题说，村庄快要平完了。我心里一紧，知道父亲还是舍不得那生活了大半辈子的村庄啊！因为那里寄存着双亲所有奋斗过的经历。

其实，不用父亲再提起，我心里也清楚，收藏过我的童年和青春的村庄即将夷为平地。记忆里挥不去的是那青砖红瓦的老屋，那方收藏我儿时欢笑的池塘，那长在池塘边的歪脖子梨树，还有那棵距树根处不远而隆起大包的桑树。后来，我渐渐长大，这些树有的被连根拔起，老屋东墙也出现了一个大缝隙。双亲搬离，老屋被推平了，池塘的水也干涸见底。为此，每每想起心里就会充满了无限的惆怅。

去年的十月份，见到了取代那座老屋的一大片的玉米苗。母亲告诉我，这是大姐夫用了一天的时间找了大型推土机来来回回推平翻整的，后来种上了玉米。如今，我曾居住的老屋，成了一片玉米地。我怅然若失地站在玉米地边好久好久，心潮起伏，努力回想着一些老屋原来的影子。

只是大概记得，这片曾是三间堂屋，这片是两间厨房，这片是三间过道和厢房，左边一间厢房存放父亲做木工时用的工具，有墨斗、锯子、刨子，都被父亲视作珍宝一样用完后收藏在一起；右边一间厢房放的有农具，锄头、镰刀、铁锨、铡刀等。院子里，这片曾是个鸡窝，那片曾养过几头可爱的肥猪……啊，我的记忆竟然变得如此苍白，我一下子像是得了失忆症一样，内心惶惶不安起来。

记得 2015 年春节，回家探亲那次，走在那条隔壁叔叔铺垫在两家中界的砖头路上，离我家不远还有一段土路，回去的时候刚好雨过天晴，土路上的泥土粘在我鞋上很不舒服。于是我发动身边的他和孩子一起搬砖铺路，一直延伸到父母住的大门口。当时，大门口还有一个硕大的磨盘，被遗弃在一棵树根旁边，看上去孤独而忧伤。如今，磨盘不知道哪里去了，那条小路也找不到痕迹了。所有的一切，也只能在记忆里封存了。

很多时候，推倒一些旧的东西，是为了更好的生活。如今父母搬到大水塘南边的两间平房里，有卫生间，有太阳能热水器、净水器、冰箱、洗衣机，生活更加方便，距离开超市的二哥家几十步之遥。自从前年不让父母种地以来，父母的身体也日渐好转，一有空闲母亲就去超市帮忙收银。没上过一天学的母亲算起账来竟然不用计算器，还丝毫不差。父亲忙着整理超市杂物做些杂活，偶尔在二哥超市旁的麻将屋摸两把牌。每到傍晚时分，二哥超市门口就会咚咚咚响得震天，那是爱跳舞的女人们聚在了一起正在跳着广场舞呢。当然，母亲也会来凑个热闹。

旧的村庄不在了，新的村庄正在日异月新地进步着。记得十年前的村庄还是泥泞的土路、低矮的房屋，如今村村通后平整的水泥路边一幢幢两层、三层小楼拔地而起，如雨后春笋一样。有的一排排楼房前，一辆辆小汽车不时进入你的视线。记得有一次赶夜路回老家，当走到村口不远处，一排太阳能路灯照亮视线，让人眼前一下开阔起来。这一束束光，照在我的记忆深处，照亮我前行的路。我知道，这一生，我也是一位追故乡的人了，朝着那一束光，不停地追去……

熊培云说，如今的故乡对我而言既是一个回不去的地方，也是一个走不出的地方。是啊，离开故乡后，我以何种面目、何种方式与故乡重逢呢？做故乡的一捧泥土，或是一株行走的野草吧，默默守望着故乡的田野、故乡的天空。只要心系故乡，无论走到哪里，故乡，都会如影随形！

2017/12/6 夜

爱，让故乡永在

离开故乡二十余年，辗转到不同的地方，心里总是升腾着一种期望，期望寻一处青山碧水之地安居，觅一棵枝繁叶茂之树偎依。穿行在都市丛林中多年，无数个梦里都是在故乡的田野奔跑，那里有蓝天白云，瓜果飘香，还有四季游荡的风，每一个季节在梦里都是那么让人难忘。

而如今的故乡，永远是回不去的地方了。好多人在慨叹故乡的沦陷，想把故乡当作包袱一样扔掉。可是，当我们回过头再去寻找故乡时，故乡却消失无踪，只能在梦里缅怀了。

记忆里最难忘的是故乡的大树，如今一棵棵被连根拔起，楼房密密匝匝地排列下，你拥我挤，把原属于大树的领域占据，远远看去，平展的水泥路两旁只剩下光秃秃的楼房了。约 20 世纪 80 年代，每逢植树节，村大队都会给村里的男女老少分一些植树的任务，每人需要栽种三五棵小杨树苗，种植在村边的公路上。那个时候，家家户户不但要植树，还要看着树们长大，一日两次地看，不仅观察树的长势，关键看树们有没有被人破坏，有的村人会在天寒地冻的时候，冒着严寒，顶着烈风，用家里的塑料袋、破棉絮等把树干包裹起来以便取暖呢。因为村人的精心呵护，树也很争气，果然不负众望，每到夏日炎炎总是会合乎时宜地洒下一片浓密的绿荫。而如今，那些高大挺拔的杨树都不见踪影了，村庄两边的公路上，稀稀拉拉地种着一些我叫不上名字的稀奇树木，长得看上去营养不良，一两年后回去看看它们，似乎依然如故。

或许，每一棵树也都是有灵性的，一旦一个生命被安置下来，有人关照着，有爱滋养着，它的样子绝对是不同的！

故乡的样子除了有一排排秀颀健硕的杨树林，还有那树木旁的一条条宽阔马路，如今村村通后都修成了平坦的水泥路，当初土路坑坑洼洼的样子，依然清晰地印在我的脑海里。村庄右边的那条笔直大路，一条通往我的中学，还有一条分叉路直通我的小学。来来回回在这条路上，我用双脚丈量了这条路很多次，那里洒着我童年的记忆和年少时流下的泪水、汗水与希望。

那时候，从中学到村庄有七八里的路程，那天，我下午放学后和三五个同学结伴步行回去，说笑间同伴们各自离散。此时，天色渐暗，我为了赶在天黑之前回家，就抄近路走，避开了那条宽阔的马路，走在了一条田间小路上。当时，一大片一大片一人多高的玉米林呼啦啦地被风吹着，宽大的玉米叶在暮色里随着晚风飘来荡去，像荒野里的孤魂野鬼一般。

我孤身一人走在寂静的阡陌之上，心里莫名升起一股恐惧，后悔抄了近路走，虽然不是第一次走这条小路，可是看着暮色渐浓，心里的恐惧就加重了一分。于是，我脚底生风，快速奔跑着，姐姐为我做的布袋书包在我身后啪嗒啪嗒响着。路过一片坟地时，更是毛骨悚然，心，快要跳到嗓子眼了，可是还是要硬着头皮走下去，既然是自己选择的路，就要咬牙坚持，没有人替你恐惧，也没有人替你奔跑。因为，我知道，闯过了这一片玉米林，就是那个我魂牵梦绕的村庄了。那里，有母亲做好的热馒头等着我，有姐姐为我点燃的煤油灯等着我，有父亲焦灼的目光等着我，有奶奶珍藏着不舍得吃的糖果等着我……

我一路狂奔，终于在夜幕拉下来之前，我看到了我的村庄，因为想着家的暖，我战胜了内心的恐惧。因为，我知道，家里有爱我的人等着我！

走到村口，远远看见老家的窗户，正一灯如豆。我知道，因为这一束光的照亮，给了我奔跑的理由，给我了战胜自我的勇气。

那个时候在煤油灯下读书的人，都是这个村庄的希望，希望一定要有那么一天走出这个村庄！可是，若干年后，等双脚离开了故土，才渐渐发现，永远走不出的就是故乡！

随着年龄渐长，每走一段路，心里对家的惦念就会加重一层，一直希望心里的故乡永远都停在老地方，等着我。我知道，我的故乡里不仅仅是那一缕缕的炊烟，那一口深不可测的老井，那黄昏时分老黄牛哞哞的叫声，那母亲一声声的呼唤，而是我精神的故乡，我心灵的永远栖息地。这个故乡永远都在远方，在一个不为人知的地方，那里是纯净安详又朴实温暖的，是一个走出去，再也回不去了的地方。

而今，故乡渐渐远去了，可是还会有新的故乡将灵魂安放，这个故乡就是你的心灵，就是每个人身处的大自然。如果，有一天，你不爱自己的故乡了，那么你就不爱自己，不爱这美丽的山山水水了，你和你的故乡将永远天各一方！

或许，每个人都是自己的故乡吧！那里有期望，有眷恋，还有梦想！爱，让故乡永在；爱，让记忆永存。给故乡一份爱，故乡会交给你一份诗意和远方！

亲情如灯

在村子深处

寒风渐浓，年关临近，空气里到处流动着思乡的气息。归程在即，心，早切切地飞向那生我养我的村子深处了。因为我知道，有村子在的地方，就有父母在，有父母在的地方就是家。

腊月二十六，暮色四合，一路辗转。下了车，我呆呆地站在村口小路边，搜寻良久，才找到通往村口的那座小桥。这里曾是我儿时最喜欢待的地方，也是村人外出必经之地。依稀记得桥下曾流水潺潺，水面藻荇交横。而今，类似的小桥多建了两三处，桥下，水沟干涸，垃圾遍地，桥面也破损严重，没有桥栏。因近日阴雨连绵，从污泥遍布的桥面两侧，仔细看到那残留的桥栏后，才决定从此路过。走在桥上，想起小时候，骑在平展的桥栏上，把一团团生泥捏成碗状，碗口朝下，举过头顶，然后用力朝栏杆面上摔，如果有"砰"的一声响，便会开怀大笑，摔不响，便接着摔，如此反复，乐此不疲。

踮着脚尖朝前走，到处泥泞不堪，干净的鞋子瞬间变了样。村里多数人在水泥路边盖起了楼房，住在村子深处的多是老人和幼儿。那些年富力强的男人、风华正茂的女人在时代潮流召唤下涌进了大都市，村子里，留下一座座老屋，一缕缕孤独的炊烟，一位位留守儿童和空巢老人，还有一条条凹凸不平泥泞难行的小路。

接着最后一抹夜色，我深一脚浅一脚往村子深处走去……

一转眼，眼前瞥见了横卧在我家门前的小水塘，塘底有浅水微漾，水色暗黑。水塘狭长蜿蜒成一条水带，把村庄围成一个圈，记得每到夏季水漫两岸，我喜欢赤着脚在水岸上来回疯跑，即使受到大人怒斥，依然玩心不改。

　　而如今，这条小河沟还在，却早已物非人非。不到一分钟就瞥见了家门前的杨树林，树林右侧是叔叔一家离开家乡时铺的一条砖路。叔叔家与我家一巷之隔，砖路在我家门前就中断了。又踩上五十米左右的泥泞小路，看到老屋前大门敞开着，记得以前家里有没有人，老屋大门从不关闭，如今爸妈还保留这样的习惯。莫非这就是《大道之行也》中的大同社会？"故外户而不闭。是谓大同。"想到这里，我笑了，生活其实就是一个圆，走来走去，我永远都没有走出这个圆心——那就是对家的眷恋。家，其实就是每个人心中的大同社会吧。

　　夜色如墨，穿过大门，踩着院落里砖头铺成的小路，依稀听到堂屋一侧电视里传出的声音。高喊一声："妈，我回来了。"心里涌起一股暖流。这一声呼唤，说明我还是妈妈的女儿，不单单是一位丈夫的妻子、孩子的母亲、为生活和工作而奔波的游子。只听见母亲匆忙答应一声，还未等母亲出门，我已经三步并作两步走进内室，爸妈看到我们立刻放下碗筷站起。妈妈的脸笑成菊花，说："妮啊，咋这么晚才到家咧？吃饭没？下饺子还是汤圆啊？"一连串的问话直往外冒。我忙答应着："吃汤圆，不放鸡蛋啊。"说话间，妈妈走进灶屋，我跟在后面。爸爸也来了，我想坐在灶台后烧火，爸爸急忙说："我来，我来，这里都是柴火，脏！"说着就把我朝外拉，我拗不过，搬来凳子坐在爸爸身边，看红彤彤的灶火吐着火苗，那火映红了爸爸已满头的白发和那脸上洋溢着的温情。

　　里屋电视里还在放着母亲爱看的《梨园春》，咿咿呀呀的唱腔挤过窗户，隐约传到我们耳边。我年幼时，就知道母亲是个戏迷。无论多远，只要逢会有戏都会推着架车，车上放一床被子，让最小的我坐在上面，当然还要拉着古稀的奶奶，去相隔两里左右的地方听戏。如今，架子车已不知所向，奶奶的坟头杂草丛生，每次路过的时候，我都会驻足张望一番，如今真的理解了刘禹锡的"怀旧空吟闻笛赋，到乡翻似烂柯人"这句诗的深意了。

饭桌上，碗里的汤圆正冒着袅袅热气，吃一口，一路上颠簸的疲惫一下子烟消云散了。看着母亲额头渐深的皱纹，再看看在我身边蹭蹭往上长、即将超过我的女儿，我才惊觉我离开母亲太久太久了。

在我们吃饭时，父亲扒拉两口后，就匆忙起身离开了，我知道他是去另一个房间替我们收拾床铺了。饭罢出门，夜风凉了些，黑色弥漫整个小院落，抬头看繁星点点，好像在开一场热闹的盛会。房前屋后的小杨树林里，鸟儿们在叽叽喳喳欢唱着，鸟声缭绕在耳际，让村庄上空多了一丝可爱的寂静。

乡村的天气多变，前半夜明星高悬，后半夜北风一声紧似一声。冷风嗖嗖，撕扯着窗棂上遮风的塑料薄膜，这是一场风与夜的厮杀。

翌日清晨，习惯早起的父母早早做好了饭菜小声说着闲话等着我们。我不好意思赖床，匆匆洗漱后，出门看有雪花片片落下，院子里有几只母鸡正踱来踱去觅着食。母亲絮絮叨叨地说，这几只是为我留的，走前杀好洗净让我带走。正当我要拒绝时，看到母亲兴致勃勃眉飞色舞的样子，我不忍拒绝。

饭后出门，正好遇上叔叔的儿子阳回乡探亲。他如今在深圳做生意，每逢过年，他都会回来，到自家曾住过的小院看看。他家院内的空地由妈妈看管着，并种些时令菜蔬，虽说冬日墙上只有枯藤缠绕，但依然可以想象这里曾勃勃生机的样子。

我们边走边聊，从老家屋后的一小片树林穿过，往村子更深处走去……

泥路上结了一层薄薄的冰，因村内行人稀少，尚易前行。屋后树林右侧是个葫芦形的水塘，那是我儿时嬉戏的天堂。年幼的我会在有月亮的晚上，与三五个小姐妹在水塘里嬉戏，在水边拉着树根扑腾打水仗，笑声充满整个池塘和我的童年。从葫芦水塘最细的地方出发顺着水塘边前行，看见了儿时好友梅的家，想到年少的我们头碰头趴在岸边画画的场景，心里很是感慨。几十年不曾联系，只是听说离婚的梅已二嫁他人，不知在何处漂泊，而我也离开故乡很久很久。从她家屋后溜着墙根走过，举目四望，一片荒凉，枯败的草在颓圮的篱墙上当风抖着，裂开大缝的墙体在诉说一段沧桑的历史。我知道，这些房屋的主人要么早另谋高处，要么阴阳两隔。虽说有空就回家看母亲，但每次都是来也匆匆去也匆匆，近二十年未在村子深处走动过。如今看着那些破败的房屋，我一时迷茫万分，想不起这些或有或无主人的房屋是谁的，陌生多于熟悉，离开故乡太久，我好像成了外地人。幸好有身边的阳做解释，他总是在我的询问下一一回答出来，这屋谁曾住那屋有谁在，虽说他走了近十年，可是他的记性出奇的好。

雪，紧一阵慢一阵，不慌不忙地下着。从村子的西头一直走到了东头，看着一些凌乱的房屋稀稀疏疏静默着，心里很不是滋味，儿时在村里欢笑的情景在脑海时隐时现。走到村的尽头，朝南拐一个弯，迎面几个半大的孩子走来，我们笑着打招呼，孩子们笑笑不语，羞涩地低头擦肩而过。我们也心照不宣相视一笑，虽然没有"笑问客从何处来"，但真是"儿童相见不相识"啊！

一路上，阳每经过一座房屋只要门口有人，就会走上前打声招呼，并准确说出对方的姓名，如果是一些上了年纪的老人，便称呼谁谁的父母，一点也不含糊。和在门口的乡亲说话的间隙，不多会儿聚来六七个老人，他们询问着我们的姓名和近况。有一位老人说起了阳年幼失母的可怜，如今的幸福美满，似有说不完的话，最后，我们借故离开。不一会儿，一个转弯，不觉间走到了老屋前。小时候以为这座村庄很大，从东头到西头要走很久，可是去外面世界转了一圈后才发现，原来我所居住的村庄，竟变得如此之渺小了。

　　三五分钟在村里走了一圈，回到家已近中午。此时，雪不知何时停了，太阳躲在厚厚的云层里，路上的冰渐渐融化，走在门口那片没有铺砖的小路上，一些细软的泥粘在脚上很不舒服。想着日日夜夜都要经过此地的双亲，我忙回到老屋的院子里，招呼着在一边看书的他和女儿，要趁着泥土松软，给老屋前的小路铺一段砖路，接通叔叔家的那条路。说话间，有人铲土，有人搬砖，而我，把砖块一块块铺成一条路……

　　想着家，也无非就是一座房屋连着一条路，这条路上行走着我的至亲，延续着我的牵念。折腾一个小时过后，回头望望铺好的砖路，欣悦不已。嗯，回家，不只是为了看看，还要做一些力所能及的事。

　　年渐渐远去，而我对家的惦记，却越来越深。一份爱，正如这样一条小路，在村子深处绵延不断。

心有桃花，处处开

"妹，我最近去山东学习了半个月，学了很多知识，拿了一个农业大学的结业证，还顺便旅游了一圈。给你发几张照片啊！"

这两天刚学会用微信发语音和照片的大姐，兴奋并自豪地给我微信留言着。语音中似乎还夹杂着对身边人的询问，"就这样说对吧？"很显然，这是刚学会语音聊天，操作还不熟练。对于没踏进过校门，又年近知天命的大姐来说，一下子接触那么多新鲜事物，怎么不喜形于色呢！

我打开照片，是大姐和三四个姐妹站在灼灼桃花葱郁绿植前的合影。大姐身穿黄艳艳的毛呢大衣，手提粉色皮包，脸笑成了一朵花，披肩的头发染成棕红色，拉得直直的，在背后的桃花相映下，显得年轻好多，看不出年近五十的样子。

此时，正是三月桃花处处开的时候，我微笑着看着窗外，一树桃花在春日下正隔着窗棂，迎着我笑呢！

回想大姐的一生，我不由感慨万千。人生就好像是一出戏，不知道我们在哪个角色里以什么样的身份出现。大姐出生于二十世纪六十年代。我们一家姊妹五个，大哥因为勤学苦读终于成了全村唯一一个大学生，全家的重任除了父母来扛，自然就都落在大姐肩头了。父母常年忙于田间地头，爷爷去世得早，奶奶一身疾病，大姐不但要照顾我们姊妹三个和奶奶，还要做饭、操持家务、打猪草等，似乎忙碌的日子永远都属于她。能撑起这个不算富裕的家庭，大姐当然是功不可没。

大姐不但勤劳能干而且心灵手巧。我记事时起，我的衣服都是大姐靠着家里唯一值钱的家具缝纫机做出来的，而且都是大姐二姐不能穿的衣服修改成的。我上学背的布书包，也是她用剩下的花布头一块一块拼接在一起做好的。当然，还有我穿的厚毛衣，是姐姐变着花样织出的，虽然是破旧毛线织的，可因为是大姐借来邻居家的织毛衣书照着样子织出来的，所以，我依然可以在小伙伴面前得意地炫耀一番。大姐对我的好，我一直都深深记得。我的长发辫也是大姐变着花儿梳的。后来我上了中学，和大姐一般个头，大姐知道我怕别人说我寒碜，就不再让我穿旧衣服，如果她有新衣服，就先拿来让我穿。那个时候，我在心里一直觉得有个大姐，是我这辈子最幸福的一件事。

记得那也是一个三月，大门前西窗下有一棵大姐新种不久的桃树苗，三两朵桃花伶仃地挂在瘦弱的枝头，迎着冷冷的春风，很不景气。那天我周末回家，却半天不见大姐的影子。父亲阴沉着脸，一直蹲在堂屋走廊前的柱子边闷声不吭。母亲低垂着头坐在灶台后，两眼盯着灶膛里燃烧的火苗，嘴抿成一条线。灶火把母亲的脸映得通红通红的，有一根柴火掉落在母亲脚边，母亲也不动。我赶紧冲上去踩灭，这时二姐从外面回来，小声对我说，大姐昨夜走了，去那个对象家住了。我一听，如同晴天霹雳，心里百感交集。

其实，我知道，大姐是个有自己独立想法的人，一旦有喜欢的事她会义无反顾地做下去。就在媒人把村东头的那个对象定下来后，我看到大姐眼角眉梢都藏着喜悦。可是，爸妈说那家仅有两间茅草房，怕姐姐受委屈，不太乐意，所以大姐的事就一拖再拖。试想下，在那个偏僻落后人言可畏的旧农村里，这样的事还真是第一次。天知道，大姐在那个月黑风高的夜里，到底要下多大的勇气，才敢迈出这个家门啊！可是，大姐认定的事，一旦选择了，再也不会回头了。

大姐这一走，父母发誓与大姐永不来往，很长时间再没让大姐跨进家大门半步。那个时候，哪家的闺女不是经过相亲、定亲、送彩礼钱后再出门的呢。大姐走后，父母靠着一双勤劳的手，让日子也一天天好转起来。因为需要把房屋推倒重建，需要把门前大姐种的那棵小桃树连根拔起。从此，我家门前再也没有栽过桃树。

大姐和家人的关系缓解是在姐姐出走两年后，那时大姐从村东头搬到了离我家仅有百米之遥的村西头。因为抬头不见低头见的，逢年过节爸妈也让我去看看，但他们从来不去。记忆里，大姐家里收拾得干净整齐，院子里门前总摆有花花草草，用瓷砖贴的灶台被姐姐擦得贼亮贼亮的，就好像是大姐那双明亮的眼睛，她的眼里面藏着对生活的热爱啊！当时看到大姐院子里种了两棵桃树，在春阳下灼灼开放着，很是喜人，每逢桃花盛开，我会去大姐家看看，在树下久久凝视，不忍离去，心里满是欢喜。

大姐不但爱干净、爱花草，而且厨艺很好。后来，爸妈也慢慢接受了这个事实，每到我逢年过节回家看母亲，妈妈总是会让我喊大姐来帮厨做饭。大姐来下厨，会把萝卜切成花儿状，番茄也摆成好看的花儿样，做起饭来色香味俱全，看着就垂涎三尺。大姐爱学习，抽空会看电视跟着学一两样，时间长了炒出来的菜味道就是不一般。因为这个，她在前年还被人请去当了两个月的保姆，回来后大姐学菜更积极了。

如今大姐膝下只有一子，儿子在外地又是新婚在即，所以常年是大姐和姐夫相依相偎。两人生活里会有磕磕绊绊，但更多的是彼此的宽容和理解，日子还算和和美美。大姐家里养了上百头猪，前年刚住进了新盖的三层小楼房里，房前屋后种满了各种花草。前不久我回老家还看到有一棵桃树赫然怒放在大姐新楼房的右侧，如今三月了，应该是桃花怒放的时节了。

　　大姐夫平日寡言少语，前年买了一辆商务车跑起了运输。大姐安心在家开个养猪场。两个人一内一外，相处和谐。前不久回老家时还听住在隔壁的嫂子说，夜里一两点大姐家里还能听见大姐夫用音响放歌曲呢，咚咚咚响得震天，一定是前段时间迷上跳广场舞的大姐趁着大姐夫听曲的当儿，在翩翩起舞吧！

　　大姐的生活如芝麻开花节节高，当然这不仅是因为时代进步，更重要的是因为大姐有颗热爱学习，不屈服于现实的心！生活，本来有苦有乐，只要心里有阳光，人生自然就有一个春天。只要心里有桃花，自然处处都能开放！

父亲和他的花儿们

父亲是一个爱花的人，平日里很爱洁净。养花的心性不知何时开始的，印象里，曾经住的小院子里，角角落落都会被父亲收拾得干干净净、利利索索的，在墙头上总是会有趴着的牵牛花，墙根处会时时散发着美人蕉、夜来香、鸡冠花等花草的幽香。即使年岁渐长，父亲的这一爱好一直未曾间断过。

在我儿时记忆里，老家的小院子里有一片菜园子，菜园子的四周插有错落有致的篱笆墙，篱笆墙上总是会有一些或红或紫或粉蓝的牵牛花，迎风恣意地长着，嘀嘀嗒嗒地吹着号角。在小院子的门前的鸡窝旁有一片空地，父亲会在里面撒些指甲草花，各种颜色的散落在院子前的角落里，有时会有顽皮的孩童来偷走那些花儿们，然后趁着夜里用蓖麻叶包裹在指甲上，第二天手指甲就是说黄不黄说红不红了。孩童们乐此不疲地采摘着，而父亲却并不在意。

那时候，家里一些废旧的日常用品，比如烧坏的铁锅、缺边的瓷碗等，父亲从不随便丢弃，而是把那些东西收集在一起，在水塘边挖点泥土，随便种上几棵太阳花，然后放在水井台的一侧，等待着花开与花落。

慢慢地，这个爱花的习惯，让父亲的神情愈加淡泊与宁静。父亲从不与人争什么，每次他和母亲说话时，总是母亲在说，他在听。再多芜杂的事，似乎在父亲这里都会一下子变得云淡风轻起来。

金秋八月的一天，我带着父母去郑州植物园，各种见过的没见过的花儿，让父亲留恋不已。无论叫上名字的还是叫不上名字的，他都会在花边踟蹰片刻，让我看看花枝上有没有牌子写着花的名字，再看看有没有花籽成熟，如果有，就会趁势抓一把花籽像宝贝似的紧紧攥在手心里。此时，我会伸出手递给父亲一张纸巾，让父亲包裹花籽。那时候高高大大的麻杆花开得正艳，停留在花前好久，采了大把花种喜滋滋带回了老家，种了起来。不久，又带他们去绿博园。当时工人们正在草坪边种忍冬花，父亲蹲在工人身旁，询问着相关养花的知识，那专注的表情，像个刚入学的小学生。谈兴正浓时，父亲趁机想索取几棵乡村没有的忍冬花苗，工人倒很慷慨，一下子给了我们一大把。至今，在老家的房屋前，一个废旧的瓦盆里那些麻杆花正开得欢着呢，忍冬苗绿油油的，很是喜人。父亲把这些花儿们搬到二哥超市的大门前，有时会吸引一些人过来，低下头嗅一嗅那花的味道呢。

还记得有一次，去雕塑公园的路上看路边很多五颜六色的格桑花，姹紫嫣红，很惹人眼球。当时正是午后，秋阳还有些炙热，我正在慢吞吞定格，一朵朵拍摄时，父亲在旁边并不着急，很是悠哉悠哉地又采摘起了花籽，母亲跟在一旁，帮着说：这棵好看，可是还不成熟，要那一棵吧。父亲于是就会捻着花籽看看，然后放在母亲的手心里，我听到后，不禁哑然失笑。真是近朱者赤啊。母亲其实一向不太喜欢那些花花草草的，这么多年过去了，母亲也变成了花的奴仆了。

曾经有次回家探亲时，发现父亲竟然在一口无人再用的大肚子缸里种上了荷花。那荷花的样子呢，我没有看到，但是我看到了那亭亭而立的荷叶，瘦瘦弱弱的茎秆，小小圆圆的荷盖，一株株立在缸的中心，点缀在破旧的小院子里，使整个小院子一下子显得生机蓬勃起来。

父亲对于花的爱好，直接影响到我。如今，我真是成了名副其实的花痴了，所到之处无花不欢，见到那些叫不上名字的花儿就会情不自禁地去问问那些花友们。家里的阳台上养的那些花儿虽然不怎么景气，但是，我依然会不间断去浇水、修剪、松土，等着花开花落。

有种爱好是可以传递的，有种性情也可以继承。父亲养花，就像养儿女一样，很尽心，也很细心，更是专心。无论在什么时候，只要是有花儿的地方，就会有父亲的背影。

其实，人和花是一样的，花事不同，人情各异。在不同的爱好里，都能彰显着一个人的性情与生活的追求。爱花的人，想必是爱生活的。养花，确实是在养一个个活生生的希望啊，这份希望让身边多了一份美好，也多了一份静心。

父母的爱情

父亲比母亲大一岁，年过古稀，一米七二的身材依然笔挺有力，满头白发却精神矍铄。父亲在外能闯能干独立坚强，但在家却很依赖母亲，对母亲的话从来是言听计从。

母亲说她十八岁嫁给父亲的时候，根本没有看上父亲，嫌弃父亲矮小瘦弱。因为年轻的母亲长相俊俏，留着两条又粗又黑的大辫子。作为富农家长女的母亲在十里八村也算是个能干的人。可是父亲却对母亲一见钟情，见过一面后，再有媒人给父亲介绍对象，父亲连看都不愿去看。母亲说到这事时，父亲一脸爱意地看着母亲，好像这件事与己无关，那眼神里藏着深深的爱恋，藏着饱经风霜后的憨厚与淡然。

母亲1946年出生。因为姥爷曾经被国民党抓去当过文秘之类的小官，后来趁着兵荒马乱逃了回来，手里有点小钱，就雇了几个长工，而被划作了富农。因为出身不好，所以母亲一直是高不成低不就。母亲与作为中农的父亲定的是娃娃亲，母亲虽不愿意，但也不好意思直接拒绝。曾听母亲说当初因为这桩婚事还曾想到过自杀，最终还是下不了决心。后来因为有个与她青梅竹马的伙伴也嫁到了父亲的村子里，母亲才算勉强答应了这桩婚事。

结婚那天，母亲说，父亲刚到她的肩头。当时母亲是一米六左右。而父亲是结婚之后从二十三岁才渐渐长到一米七以上的，想着就很神奇。当时父亲在村里小学任教一年，因为"文革"期间实行工分制，村里识字人少，于是父亲被大队选去当了记分员兼管账员，偶尔也会教教村里的那些妇女认识几个字。虽然父亲只上到小学五年级，可是认识的字不少，如今看书看报讲起来也是头头是道。

父亲说当初和自己一起当代课老师的同事，如今转正，每个月领取三千多元的工资，生活很是宽裕。对此，父亲说时有点小小的遗憾，但并不十分在意。因为父亲说无论做什么，都是天命，知足就很幸福了。

母亲也是个很知足的人。印象里，他们从没吵过架、摔过什么东西。父亲结婚后也曾被选去当兵，在被选后，却因为母亲是富农，被中途打回，父亲也没有埋怨什么，而是踏踏实实地跟母亲过日子。"文革"后不久，父亲做起了木工活，远远近近的村子里都曾有过父亲做的柜子、钉的凳子等。每每父亲锯木头的时候，母亲就坐在另一头，帮着拉锯，你来我往，母亲从不觉得疲倦。

母亲是一个喜欢与人打交道的人，性格开朗又倔强干练。只要是母亲认定的事，一般很难改变。或许这种性格与父亲的谦让是分不开的，家里大大小小的事情，一般是母亲做主。记得一次在剧院听戏，父亲紧紧依偎着母亲，寸步不离。尽管父亲的爱好是看报，而母亲的爱好是看戏，可是不同的爱好，一点儿也不影响他们相互陪伴。母亲年轻的时候，就上过戏台，对于各种戏曲都是张口就来。只要是豫剧，坐下来不消一分钟，就能听出是什么故事，在母亲的心里藏着许许多多的故事。有时我会搜出大量戏曲，让母亲一场场观看，母亲会安静地坐着，一看就是一天，乐此不疲。而父亲呢，静静地陪在母亲的身边，有一搭没一搭地瞄上一眼屏幕，也不多说一句话，手里拿着最近的报纸，脸上未曾流露出半点厌倦。

每每提到父母的那段爱情，我的心里就会有水样东西蔓延。因为我相信这样的爱情，是会传承给下一代的，彼此珍惜，相互包容，举案齐眉，相濡以沫。有种爱，就是这样不离不弃。

清明雨上祭清风

谨以此文缅怀我的外婆。

举目所及，苍茫碧空，鸿雁高飞，独留清影一抹，清音一阵，渐远天际……

想时间之外，人间风雨，何能清明？

平野相顾，竹影摇曳，苍柏森森，碑影孤耸，三两群神色黯然，襟带白绢，祭奠，清明雨上，哀思不绝。到处酝酿着一种凝重，似浸水的薄绸，淋漓尽水汽，渲染着一种潮湿与浓稠的思念。

又是一年清明，想念我的外婆了，这个给我的儿时记忆带来清香的亲人，如今，尘归尘，土归土。

依稀凝眸处，那仅容下一桌、一床、一灶的小茅屋内格子窗下的身影；那在屋前榆树下被她坐得发亮的小木凳；那个在黄昏村口笑盈盈迎着我走来的颤巍巍的影子；那迎风飘起的一缕缕的银丝；那混浊如黄昏的双眼穿过小窗向外凝视时的样子……一个个瞬间如闪过的一抹抹星光，在我脑海跳跃，翻腾。

岁月清悠而过，每一天似乎都是清清明明的。在我的记忆里流过一些欢笑，一些眼泪，还有一些想念外的想念。

想起儿时，我家离外婆家有一里乡间小路，小路两边有三两坟堆，每当我在外婆家因贪玩而孤身踩着暮色回家途经时，总会仓皇跑过去，心突突跳个不停，总担心身后会有青面獠牙的小鬼跳出来将我缚去。

即便有这样的恐慌，儿时的我还是那么喜欢待在外婆的家里玩耍，喜欢偎在外婆的怀里，听外婆讲着一个又一个过去的故事，缠着外婆带着我去村后小河沟捞菱角，村后水塘里清凌凌的水面上那些青叶下总能捞上来许多尖尖硬生生的菱角来，用牙使劲一咬，扑哧一下，有青汁露出，清香扑鼻，如若轻轻剥开坚强的外壳，会露出白嫩细滑的一角，可是我怎么使劲都抠不开坚硬的外壳。外婆总是会替我逐一掰掉硬硬的外壳，把一大块菱角肉放到我的嘴里，嚼之顿觉口舌生津，清新之气逼人。收获满满时，外婆会用篮子装回家煮熟后，认认真真一个个剥好留给我吃，并顺便让我带回家给家人分享。还记得有次在街上偶见卖菱角的，买来一品，却断然没有儿时的清香了，心头不觉怆然。

行走在尘世里，总有如尘的心事，夹着一些心愿未了的痛楚。想着，外婆因病缠身的时候，儿女众多的她，却只有我母亲一人跑前跑后。外婆一生抚养儿女六人，年轻时嫁给了富庶一时、少有学识的外公，也曾穿金戴银光彩照人。而晚年多病缠身，人说，久病床前无孝子，儿女各有事务缠身，唯母亲一日三次相顾，临走时，只有母亲侍在一侧。下葬那一天，母亲竟然都没有告诉我一声。为此，我曾怨责过，愧疚过，伤心得无法自拔，而后却理解了母亲。见惯生死的母亲，把死亡当作一件平常事。死，有时候是一种苦痛的解脱。

或许每个人心里都希望有一片清净之境。而若清净，首先清明，清明二字，清在前，明在后，唯内心一清如水，人生才会更明朗。人生熙熙攘攘处，人，总要寻个清净处。外婆您此去多年，清净自然有了，希望您在天堂一切清净明朗。

清明时节，想念您，外婆，您在一方矮矮的坟墓里，我在人间遥望您所在的地方，借一缕清风寄去我的思念。

我的外婆，您走了近十年，天堂里还好吗？您那里，没有伤痛纠缠，没有人情冷漠了，是吗？没有悲欢聚散，没有阴风冷雨了，是吗？您走的时候，我没能在您坟前缭绕一把烟，痛掬一场泪，这是我此生最无法释怀的一桩心事。

　　清明了，我在人间烟火里，为你祭一场清风，捎去我切切的思念，您能感知到吗？我的外婆，清明时节雨纷纷，我身处异乡，双眼含泪，折菊一朵别在衣襟，遥祝您在天堂的那双眼，能明亮如星。

一个永远无法实现的心愿

麦收时节的一天，我刚下课，看到有好几个未接来电，想着肯定有事，就急忙把电话给二哥拨过去，那边传来二哥低沉喑哑的声音："妹，叔叔不在了，你请假快回来吧。"我心中一沉，胸口好似压块大石头，双腿如灌铅，急慌慌踏上了回乡的路。一路上我没说一句话，脑海里都是一月中旬那次得知久别十多年的叔叔病危的情景，心头的痛楚和难言的悲伤再次袭来。

记得那是 2017 年情人节的前一天，收到叔叔病危被从深圳用急救车拉回老家的电话，我和先生忙请假开车赶回老家。当时一路上，心情低沉到了冰点，几次忍不住流泪，一幕幕往事浮上心头，更多的是没能去深圳探望叔叔的愧疚和不安。电话中得知，叔叔当时已近三天粒米未沾，因为他心里念的就是回家看看，他知道自己的病情，想利用绝食的方式让两个儿子送他回乡。只是儿子们不许他回老家，是因为他的心肺已经完全经不起长途的折腾，任何旅途颠簸都随时会让他生命垂危。可最后还是这样被送回来了。

"羁鸟恋旧林，池鱼思故渊"，何况人乎？长达十几年的异地生活。尽管儿子再怎么呵护备至，可是心里那份念想像枝繁叶茂的大树一样扎根心中了。落叶归根，是每个游子的梦啊！

急匆匆赶到当地县医院，情况比我预料的好，一路上挂着氧气瓶昏迷不醒的叔叔，当双脚踏上这片故土时，竟然奇迹般苏醒了。当时的叔叔凭着对故园的那点依恋而顽强地和病魔斗争着。在医生的抢救下病情暂时得以控制，所有老家的人都赶来了，病房里人来人往，叔叔一一和相隔多年的亲朋好友见面、握手，一一叫出他们的名字。当我扑到病床前时，握着叔叔水肿的双手，看着他红肿的面庞，却没看到一丝病痛的样子，他脸上洋溢着微笑，用高亢有力而又洪亮如钟的声音喊出了我的名字，一点也看不出是一位垂危的病人。虽然一别数十载，可是那种浓浓的血缘和亲情，纵然千山万水之后，也是割不断的啊！

就这样，叔叔一脚踏在故土上，一脚还在家门外，叔叔的心事也算了却一大半。叔叔老屋的房子还在，院子里有我妈妈种满的时令蔬菜。可是，因为叔叔的儿子媳妇都在城里生活，在老家没人照顾，身体状况又太差，需要各种药水和医院的细心护理，被留在县城医院疗养，稍有好转也不能在医院附近住下，这样一住，就是四个多月。

就在那年劳动节那天，偶然见到叔叔的两个儿子，问及病情，都无奈地摇头叹气，说身体浮肿得厉害，恐怕熬不过上半年。我心里一沉，想着抽空再去看一眼叔叔。可是，因路程遥远，俗事缠身，总未能如愿，直到接到二哥的电话。

匆忙赶回家那天，早已暮色四合。叔叔去世是当天凌晨一点，正是暴雨滂沱，所有亲人都手忙脚乱地把老屋清理干净，把叔叔安置到了老屋里。而这一刻，叔叔却是一盼，盼了十年，最终的最终却是躺着回到了日日夜夜朝思暮想的老屋里。这里的一砖一瓦、一锅一灶都是他辛辛苦苦用了前半生的时间积累下来而盖好的，可是盖好这套平房的第二年就随着儿子去了深圳生活，如此一别，就是生死两隔！

见到叔叔的儿子阳，堂堂七尺高的汉子佝偻着背，好像一下苍老许多，当我小心翼翼地想走近安慰两句时，未张口，阳早已泣不成声。他说，此生最遗憾的是未能让爸爸回老家看一眼，真是没想到啊……听之，我泪流成河。我何尝不知道，叔叔此生的心愿就是想回老家住一段时间呢！可是，我能说什么呢，只有伸出无力的手轻轻拍下他的后背。而我后来才知道，叔叔不在这一天，恰好是阳的生日。

虽然人到中年，生死离别，总是难免。可面对叔叔的离世，时隔整整半年，我的心情才慢慢平复，才静下心来回忆有关叔叔的点滴，并诉诸文字以此告慰叔叔的在天之灵，寄托哀思。

叔叔三十多岁时，婶婶就因病离去，随后叔叔就一直孤老终身。叔婶合坟时，认识婶婶的人都说婶婶的年轻貌美，心灵手巧，可是后来精神受了刺激，得了精神病就开始和东家吵西家闹的，让四邻不得安宁。而叔叔总是默默忍受着，从不打骂婶婶。后来也是一个麦收时节，婶婶出去捡麦子时栽倒在田间的一个土沟里，再也没有起来。而如今叔叔的去世，恰好也是麦收时节。割掉一片成熟的麦子，留下一片空地，婶婶的坟墓被掘土机挖开，我走近看时没有儿时的恐惧、少年的恐慌，更多是对生命的一种敬畏和对生命无常的一种感慨。感叹有生之年的叔叔受尽病痛的折磨，尽管是在外过着看似锦衣玉食的生活，尽管有孝敬的儿子关怀备至地呵护着，可始终没有一个知冷知热的人在他身边说说体己的话，暖暖思乡情。这样的结果，或许对叔叔来说是一种病痛的解脱，也算是找到一种爱的归宿吧。

一座高高的坟堆，静静矗立在金黄的麦田里，当亲人都散尽，坟堆前，依然跪着两个男子的身影。那身影在无边空茫的田野里，如此渺小而又忧伤。

叔叔，如一粒熟透的麦粒，养育了一对儿子成家立业，如今也是儿孙满堂，也该颐养天年的时候，在年近七十岁的时候，就落在了泥土里，只留下深深的那些往事，让人唏嘘不已。唯愿，天堂里不再有分离，不再有孤独，不再有病痛，不再有未了的心愿。

"人生不相见，动如参与商。今夕复何夕，共此灯烛光！少壮能几时？鬓发各已苍！访旧半为鬼，惊呼热中肠。"人生离别后，相见甚难，年复一年，日复一日，当灯光漂白了四壁，当少年已经白头，还有多少这样的牵挂在心头根深蒂固？还有多少的牵肠让人忍不住热泪直流？

　　人世苍茫，总是有人想把一些事拖到明天去做，可是"明日复明日，明日何其多"，当"明日隔山岳，世事两茫茫"时，人生还能有几个这样的十年等着你？还有几次美好的相逢留给你？还有几段人生的经历送给你？还有几多伤感的遗憾痛着你？总是有人说尽孝要趁早啊，可是有谁知道实现一个病入膏肓的老人的心愿也要趁早呢？

　　生命无常，我们所能做的就是在生命一来一去之间，尽好自己的本分，踏踏实实陪伴在爱你的人和你爱的人身边，敬畏和珍惜生命，让所有的生命在离去那一刻不留任何遗憾！

今天努力的你，就是你明天的样子

亲爱的女儿：

二零一七年的九月十八日，圆月刚过，朗朗秋夜一如既往一片秋月白。想起十七年前的这个晚上，看着柔软粉嫩的你，我的心柔软成一片湖。从此，你的成长成了我每天惊喜的理由。

无论是你牙牙学语时说的第一个字母，还是你字正腔圆背的第一首儿歌——二十六个字母歌；无论是你蹒跚迈出的第一个步子，还是你捧着小碗自己吃的一碗饭。生活总是在你不断的成长与进步中一点点远去，并让你渐渐强大起来。

时值秋收结束，开始播种，一大片一大片曾被泡在水里一个多月的花生、玉米慢慢被拯救出来了。是啊，无论再久的连阴天，总是有放晴的那一天，如果你咬牙坚持的话，妈妈的意思孩子你懂的。

前天，有个同事对我抱怨说她想换个工作，说她厌倦了这样烦琐劳累的日子。可是她不知道她为了这份工作而付出多少的努力。她告诉我她最初在大学毕业后，去一个超市专柜卖蛋糕，每天要按一定的量来结算工资，干着活吃着饭，有时吃块蛋糕就是一顿饭，这样才拿到一千多元的工资。后来又去了一家服装店，穿着店里的衣服给顾客看，当衣服架子的时候，虽然每天有新衣服穿，可是那么昂贵的衣服她却买不起，出了店门还是一身朴素满脸素颜。后来她想改变现状去考公务员，可是过了第一关后，面试被刷了下来。最后回老家招考才好不容易有了这份教师工作，但每天还要为学生成绩、教师考评晋级等而努力。

　　是啊，人在不同的阶段总是要有不同的目标。你的人生方向不可能是一条直线，而是一条抛物线，人生的起起伏伏都是正常的。你的每一次考试成绩也是如此，要用一颗平常心对待它，你的心态平和了，你努力到了，自然属于你的成绩就有了，你的目标也就实现了。虽然也有事与愿违的时候，但只要你方法得当，努力对方向，会有那么一天的。

　　人活着，就是要不断地成长，有的人厌倦劳累是因为他放弃或停止了成长。所以，只要你有一颗有质感的心，对生活有温度、有热度，你的每一天都会有不同的收获。人的一生，可以学的东西有很多，不放弃，不抛弃，不抱怨，不埋怨，用积极的心态去面对，你的人生自然会越活越精彩！

　　突然想起我刚看的一段话：这个世界上如果只存在着一种真正的成功，那一定属于孜孜不倦的求学者，一边隐忍成长，一边坚信学无止境。我想，我那位同事说的一时的厌倦状态就是在不断成长锤炼后的一个困顿期，因为有份稳定的工作了，接下来要期中测评了，不知道学生考得如何而产生的一时焦虑。我想，如果她不努力、不上进，就不会有这样的焦虑或疲劳吧！

　　所以，只要你选择好目标，做好了充分准备，就不断去充实自己，让自己成长起来。那么，你的力量足够强大了，才更能对抗这样一时的厌倦心理。

　　时间如白驹过隙，秋月依旧高悬，而人却在渐渐走远，昨夜我做了一个梦。梦里我刚初三毕业，没有考上高中，我就蒙头大睡，不吃不喝。你的姥姥于是就劝我说，我们上学去吧，然后就送我走了。在上学路上穿过一片茂密的树林，到处碧草青青，偶尔看到一两朵奇异的野花，真是美极了。可是当我走进学校时，却发现是走进了小学六年级的教室上课了。高高瘦瘦的老师跟我说，让我打好基础、从头再来之类。我心里还像吃蜜一样甜呢，无论如何，我终于有学上了。或许是妈妈小时候曾经有过这样的经历吧！所以在梦里总是不断浮现自己求学的场景，妈妈像你这个年龄，高三那年没有考中，因为家里经济条件不好，你姥爷不让我上学，我就央求你姥姥，姥姥就坐车去城里的稍微宽裕的姑姥姥家借了百十块的学费，于是妈妈才有学上。一年后，妈妈终于考上了大学，走的时候你姑姥姥还拿了两千元资助我。于是，才有今天的我，才有今天的你。孩子，妈妈以前也跟你说过，你今天的努力，就是你明天的样子啊。

孩子，妈妈希望你在不断体验成长中的各种滋味时，能更多地感知到生命的快乐。简单着快乐着，你的世界就会越变越大。一个阶段有一个阶段的追求，每走一段路都认认真真地去对待，岁月从来不会亏待每一个爱它的、对它认真执着的孩子。妈妈相信你就是这样的孩子！

生命总是会给我一个个惊喜，看四季更迭感受自然之妙，和不同的人打交道体会人情冷暖，深入社会体验感悟生活中的酸甜苦辣咸。其实无论哪一种人生感受，都是一次让你强大的考验你的法宝而已。善待生活，善待自己，尤其要懂得爱自己，自尊、自爱、自强、自立，你永远都不会被打败！

生活中不但要学会和人交流，自尊自爱，更要学会感恩，关爱他人。你的一点一滴的善心，将来都是你少走弯路的资本。知道吗，孩子，每一个人都不是凭空只来享受生活的，而是去创造不同的生活。学会安排自己的生活，让自己的日子变得有滋有味起来！不要无缘无故接受别人的礼物或帮助，别人给予你的任何一点帮助你都要加倍还上，否则你的路会越走越窄，而不是越走越宽！懂得回报，你才能更好地体验到生活的有趣与可爱来！

人生很奇妙，每一天都很美好，放宽心，迈开步，每走一步你都会有不同的感受。所以要好好珍惜每一天，让自己的世界从此与众不同！好了，夜已深，妈妈就不啰唆了。总觉得该说的话太多，留着下次吧！

　　生日嘛，最后还是希望又长大一岁的妞妞，生日快乐，有生的日子天天快乐，不必在乎生日怎么过！只要日日进步，每天都按生日过！哈哈哈，对着生活笑，你会永远都很快乐！

爱你的老妈

2017. 11. 4 夜

第三辑

真情如花

解开语文阅读的"金钥匙"

余茹作品阅读训练

提分策略　答题技巧

余　茹　著

非卖品

目　录

梅之春

（1）"梅，是你吗?"

（2）"哦?你是?……雨?"那女孩眉尖一蹙，做思考状。倏然，眉目一灿，笑着说:"是你!"

（3）我忙点头，很认真地说:"是!"被认得心脉俱热。

（4）这一问一答后，两人不约而同地问对方:"二十多年了，你怎么还记得我的名字?"是啊，有的名字转眼即忘，有的名字过目铭心。

（5）然后两个人同时笑出声来，目光交会，不语。

（6）一道拱门如幻影一样，乍然而现，原来，这道门里藏着一座世界的回忆。

（7）梅，是三月的精灵;雨，是四月的公主。梅雨共梦的那段时光，犹如青苹果般，涩而又甜。

（8）一池水欢唱着，在我家与梅家的分脉处。众水欢愉地流淌着远去，清淡的水草和浮萍纠结在水里。在水浅处垫几块棱角分明的顽石，踩之上，身体微晃，心亦惶惶。水之湄，梅的笑甜如蜜糖，远远伸出光洁又消瘦的手臂等我。自两手相挽的瞬间，儿时到少年的我就一直被温暖着，心如被这一池清水洗濯过一样清亮。

（9）这样清清淡淡的小聚，对于涉世未深的少年来说，是最渴望的了，特别是在春归的季节。

（10）跨过三月的门槛，柳最早识春了，鹅黄在枝头随风乱颤，那些嫩黄的、鲜红的、深紫的、浅白的蓓蕾都挤满了枯败了一冬的枝头，四月的天书竟然不止有花能懂！

（11）我们会在家人的一再催促下，很慌乱地放下手里还没画完的画，微笑而别；也会毫无顾忌地把嫩柳枝折下，做成一个环状，戴在头上，嬉笑打闹；或是在放学的路上蹲在水塘边咬着耳朵说校园里男女生之间的秘密；还会用手捞着水里的浮萍，团成球状在两手间抛来抛去。

（12）春草年年如丝，淹没了旧辙，覆上了新履。花事年年都来，花逝亦然。草花不善于记忆，一岁一枯荣而已，简媜如是说。而人呢？

（13）与梅的相惜相忆，却不是偶然，记忆最深的就是那些发生在春天的事了，其他的似乎全忘却了吧。清瘦的日子，没有飘香的佳肴引诱嗅觉，没有华丽的服饰冲击视觉，有的是对青春的热望，对未来的憧憬，让两颗善感的心贴得很近很近。可是，清纯的梦，正如那流淌着的池水，一去不复返了。

（14）如今又是春柳袅娜之时，从繁忙事务里解脱出来，去公园觅春，好像有点"例行公事"之嫌。想把一段这样或那样的心事藏在嫩柳枝上。不，该是把一段清远的回忆别在春天的发间。于是，我伸手，折断一枝，只听清脆一声响，一种奇异的芬芳沁入心脾！

（15）习惯抬头望天，却发现这个城市的春天，只停留在公园的上空。

（16）眼睛在周围扫描着每一处清新，我的视线已经倦了。突然，一个衣着朴素的女子，清新素雅，一如空谷幽兰，不知何时闯进我的视野。我颇有兴趣地审视着她，却分明看出几分熟悉来。

（17）"雨，你在发愣了，想什么呢？"梅，轻触我的衣袖说。

（18）"梅，你知道吗？见到你，我的所有的记忆一下子都苏醒过来了。"

（19）"嗯，是啊，季节总是在上演这样相似的情节，又是春归时了。"梅一语道破心境。

（20）寻得一处僻静之处，微风轻抚，青草青青，石凳之上，凉意入髓，相对而坐。发现梅的眼角藏不住的一丝忧郁跳将出来了，代替了久别重逢的喜悦。绾起的发髻被风蹂躏得有些狼狈，清淡的装束里也难以掩藏住一种难言的忧伤。不错，有人会说忧伤是一种美，可这仅限于旁观者来说。但是对于当事人而言，却该是怎样的一场心灵浩劫啊！

（21）"雨，你知道吗？自从初中辍学，我就在小学代课了。邻家的冬对我挺好的，我们彼此倾心相恋了。可是我母亲，唉！……"梅，微启双唇，好像在说一个与己无关的故事。

（22）梅的这段恋情，我是略有耳闻的，我回老家曾依稀听母亲说起过她的一些往事。因对方家贫，其母强烈反对，但是梅是个执着而倔犟的女子，她在十八岁的生日那天，就住到了男方家里，私定了终身。其母的哀号和叹息空随着不倦的流水而去。

（23）"嗯，这我知道。那你后来呢，怎么没你的消息了？听说你外出了。"我小心地问，总担心我的粗心，会碰落了一地伤心的回忆。

（24）"冬是个不安于现状的人，有了女儿以后，他就出去打工了，而且一去就是三年。在无尽的等待和渴盼中，我等来的却是一纸离婚协议。他跟定了一个比他大五岁的富太太。我想过死，还想过用什么方法死得不痛苦。"梅的脸上写着淡然，也有饱受生活历练后的豁达。

（25）"他离开我后，我就一个人带着孩子，回到了我母亲那里，母亲原谅了我。我如今想想，此生我最对不起的是我的母亲。有时任性是需要付出代价的。再后来，我就离开了伤心地，不再代课。我把自己关在屋里埋头苦读，两年后拿到了大学文凭，就来到城市找了份兼职，给辅导班的孩子上课。整天跟孩子们在一起，少去很多世事的纷扰，心沉静了许多。这不，今天正带孩子在公园踏青写生呢!"

（26）顺着她手指的方向，我才发现不远的草地上，端坐着三五个孩子，在画架上画着他们眼里的春天。

（27）"哦，你教的是美术呀!"我不经意地说着，脑海浮现儿时我们头碰头画画的场景。

（28）"嗯，从小我们就喜欢涂涂抹抹的。自你走后，我依然坚持自学画画，最喜欢画柳枝了。你看那依依的柳枝，带着春的消息，摇曳着春的梦想，多好!"梅淡淡地说着。

（29）是啊，冬天过去了，梅开了一冬，也该歇歇了。春来了，心里的冬早该散了吧。记得一位哲人说：冬天从这里夺取的，新春定交还给你! 我不禁感慨万千，抬头看到梅眼角里的忧伤突然消失不见了。此时，天边晚霞弥散，湖水被夕阳染得通红，孩子们还在草地上安静地画着画。梅看着孩子们的身影，眼神里透着坚定，装满了整个春天!

阅读训练：

1. 故事中的梅和雨小时候的故事与梅以后的经历有什么关联?

2. 请用简洁的语言概括文章的主要内容。

3. 文章中的梅是一个什么样的形象? 她身上有哪些闪光的品质?

4. 文章采用了什么记叙方式？请结合全文加以分析这种记叙方式的作用。

5. 本文的结尾有何妙处？请简要分析。

参考答案：

1. 小时候的两个人是后来梅和雨的相遇、相认的必然结果，也是故事发展的铺垫和烘托。儿时幸福的童年记忆是梅以后对抗厄运的基础，也是梅的春天到来的根本原因。

2. 一，梅、雨偶遇。二，回忆儿时幸福童年纯真友谊。三，梅叙述自己的经历，并交代现在的状况。

3. 梅是一位敢于抗争命运，追求幸福生活，对未来充满希望，坚强，热爱生活的人。

4. 文字采用插叙的方式，补充交代了梅雨初相识的童年记忆；丰富了故事情节使人物形象更鲜明，也更好地突出了主题。使故事情节一波三折，吸引读者的阅读兴趣。

5. 结尾描写了一幅美丽的春光图，给人丰富的想象空间，给读者留有思考的余地。写出了梅的坚定和对未来充满希望，衬托了人物形象，含蓄地点明了中心，使人物形象更加突出丰满。

心有桃花，处处开

（1）"妹，我最近去山东学习了半个月，学了很多知识，拿了一个农业大学的结业证，还顺便旅游了一圈。给你发几张照片啊!"

（2）这两天刚学会用微信发语音和照片的大姐，兴奋并自豪地给我微信留言着。语音中似乎还夹杂着对身边人的询问，"就这样说对吧?"很显然，这是刚学会语音聊天，操作还不熟练。对于没踏进过校门，又年近知天命的大姐来说，一下子接触那么多新鲜事物，怎么不喜形于色呢!

（3）我打开照片，是大姐和三四个姐妹站在灼灼桃花葱郁绿植前的合影。大姐身穿黄艳艳的毛呢大衣，手提粉色皮包，脸笑成了一朵花，披肩的头发染成棕红色，拉得直直的，在背后的桃花相映下，显得年轻好多，看不出年近五十的样子。

（4）此时，正是三月桃花处处开的时候，我微笑着看着窗外，一树桃花在春日下正隔着窗棂，迎着我笑呢!

（5）回想大姐的一生，我不由感慨万千。人生就好像是一出戏，不知道我们在哪个角色里以什么样的身份出现。大姐出生于二十世纪六十年代。我们一家姊妹五个，大哥因为勤学苦读终于成了全村唯一一个大学生，全家的重任除了父母来扛，自然就都落在大姐肩头了。父母常年忙于田间地头，爷爷去世得早，奶奶一身疾病，大姐不但要照顾我们姊妹三个和奶奶，还要做饭、操持家务、打猪草等，似乎忙碌的日子永远都属于她。能撑起这个不算富裕的家庭，大姐当然是功不可没。

（6）大姐不但勤劳能干而且心灵手巧。我记事时起，我的衣服都是大姐靠着家里唯一值钱的家具缝纫机做出来的，而且都是大姐二姐不能穿的衣服修改成的。我上学背的布书包，也是她用剩下的花布头一块一块拼接在一起做好的。当然，还有我穿的厚毛衣，是姐姐变着花样织出的，虽然是破旧毛线织的，可因为是大姐借来邻居家的织毛衣书照着样子织出来的，所以，我依然可以在小伙伴面前得意地炫耀一番。大姐对我的好，我一直都深深记得。我的长发辫也是大姐变着花儿梳的。后来我上了中学，和大姐一般个头，大姐知道我怕别人说我寒碜，就不再让我穿旧衣服，如果她有新衣服，就先拿来让我穿。那个时候，我在心里一直觉得有个大姐，是我这辈子最幸福的一件事。

（7）记得那也是一个三月，大门前西窗下有一棵大姐新种不久的桃树苗，三两朵桃花伶仃地挂在瘦弱的枝头，迎着冷冷的春风，很不景气。那天我周末回家，却半天不见大姐的影子。父亲阴沉着脸，一直蹲在堂屋走廊前的柱子边闷声不吭。母亲低垂着头坐在灶台后，两眼盯着灶膛里燃烧的火苗，嘴抿成一条线。灶火把母亲的脸映得通红通红的，有一根柴火掉落在母亲脚边，母亲也不动。我赶紧冲上去踩灭，这时二姐从外面回来，小声对我说，大姐昨夜走了，去那个对象家住了。我一听，如同晴天霹雳，心里百感交集。

（8）其实，我知道，大姐是个有自己独立想法的人，一旦有喜欢的事她会义无反顾地做下去。就在媒人把村东头的那个对象定下来后，我看到大姐眼角眉梢都藏着喜悦。可是，爸妈说那家仅有两间茅草房，怕姐姐受委屈，不太乐意，所以大姐的事就一拖再拖。试想下，在那个偏僻落后人言可畏的旧农村里，这样的事还真是第一次。天知道，大姐在那个月黑风高的夜里，到底要下多大的勇气，才敢迈出这个家门啊！可是，大姐认定的事，一旦选择了，再也不会回头了。

（9）大姐这一走，父母发誓与大姐永不来往，很长时间再没让大姐跨进家大门半步。那个时候，哪家的闺女不是经过相亲、定亲、送彩礼钱后再出门的呢。大姐走后，父母靠着一双勤劳的手，让日子也一天天好转起来。因为需要把房屋推倒重建，需要把门前大姐种的那棵小桃树连根拔起。从此，我家门前再也没有栽过桃树。

（10）大姐和家人的关系缓解是在姐姐出走两年后，那时大姐从村东头搬到了离我家仅有百米之遥的村西头。因为抬头不见低头见的，逢年过节爸妈也让我去看看，但他们从来不去。记忆里，大姐家里收拾得干净整齐，院子里门前总摆有花花草草，用瓷砖贴的灶台被姐姐擦得贼亮贼亮的，就好像是大姐那双明亮的眼睛，她的眼里面藏着对生活的热爱啊！当时看到大姐院子里种了两棵桃树，在春阳下灼灼开放着，很是喜人，每逢桃花盛开，我会去大姐家看看，在树下久久凝视，不忍离去，心里满是欢喜。

（11）大姐不但爱干净、爱花草，而且厨艺很好。后来，爸妈也慢慢接受了这个事实，每到我逢年过节回家看母亲，妈妈总是会让我喊大姐来帮厨做饭。大姐来下厨，会把萝卜切成花儿状，番茄也摆成好看的花儿样，做起饭来色香味俱全，看着就垂涎三尺。大姐爱学习，抽空会看电视跟着学一两样，时间长了炒出来的菜味道就是不一般。因为这个，她在前年还被人请去当了两个月的保姆，回来后大姐学菜更积极了。

（12）如今大姐膝下只有一子，儿子在外地又是新婚在即，所以常年是大姐和姐夫相依相偎。俩人生活里会有磕磕绊绊，但更多的是彼此的宽容和理解，日子还算和和美美。大姐家里养了上百头猪，前年刚住进了新盖的三层小楼房里，房前屋后种满了各种花草。前不久我回老家还看到有一棵桃树赫然怒放在大姐新楼房的右侧，如今三月了，应该是桃花怒放的时节了。

（13）大姐夫平日寡言少语，前年买了一辆商务车跑起了运输。大姐安心在家开个养猪场。两个人一内一外，相处和谐。前不久回老家时还听住在隔壁的嫂子说，夜里一两点大姐家里还能听见大姐夫用音响放歌曲呢，咚咚咚响得震天，一定是前段时间迷上跳广场舞的大姐趁着大姐夫听曲的当儿，在翩翩起舞吧！

（14）大姐的生活如芝麻开花节节高，当然这不仅是因为时代进步，更重要的是因为大姐有颗热爱学习，不屈服于现实的心！生活，本来有苦有乐，只要心里有阳光，人生自然就有一个春天。只要心里有桃花，自然处处都能开放！

阅读训练：

1. 请按事情发展先后顺序概括大姐遭遇的主要经历。

2. 文中出现了几次桃花，这几处桃花的描写分别有什么不同？有什么作用？请结合文章内容加以分析。

3. 文中的大姐是个什么形象？她身上有哪些闪光的品质让你感动？

4. 联系全文，请简要分析结尾的妙处。

参考答案：

1. 一，辍学在家承担家务；二，勇敢出走，和家人关系决裂；三，苦尽甘来，帮妈妈做饭；四，和姐夫搬进新房学跳舞；五，出外培训学习农业技术。

2. 三处，第一处是写接触新事物时对未来的憧憬和热爱，第二处是表现遭遇家人反对时的痛苦，第三处是住进新房后对新生活的追求向往。桃花起到线索的作用，也是姐姐美好品质的象征。

3. 是新农村妇女的代表，她身上有勤劳善良、默默付出、善于学习、有思想、不屈服于现实、勇敢追求幸福、热爱生活、坚强乐观的品质。

4. 结尾画龙点睛之笔，点明中心，总结全文，呼应标题。对大姐那种热爱生活不屈服命运的精神的赞美，告诉我们，只要心中有爱，人生就是春天，升华了中心。

父亲和他的花儿们

（1）父亲是一个爱花的人，平日里很爱洁净。养花的心性不知何时开始的，印象里，曾经住的小院子里，角角落落都会被父亲收拾得干干净净、利利索索的，在墙头上总是会有趴着的牵牛花，墙根处会时时散发着美人蕉、夜来香、鸡冠花等花草的幽香。即使年岁渐长，父亲的这一爱好一直未曾间断过。

（2）在我儿时记忆里，老家的小院子里有一片菜园子，菜园子的四周插有错落有致的篱笆墙，篱笆墙上总是会有一些或红或紫或粉蓝的牵牛花，迎风恣意地长着，嘀嘀嗒嗒地吹着号角。在小院子的门前的鸡窝旁有一片空地，父亲会在里面洒些指甲草花，各种颜色的散落在院子前的角落里，有时会有顽皮的孩童来偷走那些花儿们，然后趁着夜里用蓖麻叶包裹在指甲上，第二天手指甲就是说黄不黄说红不红了。孩童们乐此不疲地采摘着，而父亲却并不在意。

（3）那时候，家里一些废旧的日常用品，比如烧坏的铁锅、缺边的瓷碗等，父亲从不随便丢弃，而是把那些东西收集在一起，在水塘边挖点泥土，随便种上几棵太阳花，然后放在水井台的一侧，等待着花开与花落。

（4）慢慢地，这个爱花的习惯，让父亲的神情愈加淡泊与宁静。父亲从不与人争什么，每次他和母亲说话时，总是母亲在说，他在听。再多芜杂的事，似乎在父亲这里都会一下子变得云淡风轻起来。

（5）金秋八月的一天，我带着父母去郑州植物园，各种见过的没见过的花儿，让父亲留恋不已。无论叫上名字的还是叫不上名字的，他都会在花边踟蹰片刻，让我看看花枝上有没有牌子写着花的名字，再看看有没有花籽成熟，如果有，就会趁势抓一把花籽像宝贝似的紧紧攥在手心里。此时，我会伸出手递给父亲一张纸巾，让父亲包裹花籽。那时候高高大大的麻杆花开得正艳，停留在花前好久，采了大把花种喜滋滋带回了老家，种了起来。不久，又带他们去绿博园。当时工人们正在草坪边种忍冬花，父亲蹲在工人身旁，询问着相关养花的知识，那专注的表情，像个刚入学的小学生。谈性正浓时，父亲趁机想索取几棵乡村没有的忍冬花苗，工人倒很慷慨，一下子给了我们一大把。至今，在老家的房屋前，一个废旧的瓦盆里那些麻杆花正开得欢着呢，忍冬苗绿油油的，很是喜人。父亲把这些花儿们搬到二哥超市的大门前，有时会吸引一些人过来，低下头嗅一嗅那花的味道呢。

（6）还记得有一次，去雕塑公园的路上看路边很多五颜六色的格桑花，姹紫嫣红，很惹人眼球。当时正是午后，秋阳还有些炙热，我正在慢吞吞定格，一朵朵拍摄时，父亲在旁边并不着急，很是悠哉悠哉地又采摘起了花籽，母亲跟在一旁，帮着说：这棵好看，可是还不成熟，要那一棵吧。父亲于是就会捻着花籽看看，然后放在母亲的手心里，我听到后，不禁哑然失笑。真是近朱者赤啊。母亲其实一向不太喜欢那些花花草草的，这么多年过去了，母亲也变成了花的奴仆了。

（7）曾经有次回家探亲时，发现父亲竟然在一口无人再用的大肚子缸里种上了荷花。那荷花的样子呢，我没有看到，但是我看到了那亭亭而立的荷叶，瘦瘦弱弱的茎秆，小小圆圆的荷盖，一株株立在缸的中心，点缀在破旧的小院子里，使整个小院子一下子显得生机蓬勃起来。

（8）父亲对于花的爱好，直接影响到我。如今，我真是成了名副其实的花痴了，所到之处无花不欢，见到那些叫不上名字的花儿就会情不自禁地去问问那些花友们。家里的阳台上养的那些花儿虽然不怎么景气，但是，我依然会不间断去浇水、修剪、松土，等着花开花落。

（9）有种爱好是可以传递的，有种性情也可以继承。父亲养花，就像养儿女一样，很尽心，也很细心，更是专心。无论在什么时候，只要是有花儿的地方，就会有父亲的背影。

（10）其实，人和花是一样的，花事不同，人情各异。

在不同的爱好里，都能彰显着一个人的性情与生活的追求。爱花的人，想必是爱生活的。养花，确实是在养一个个活生生的希望啊，这份希望让身边多了一份美好，也多了一份静心。

阅读训练：

1. 父亲对于花的爱好表现在哪些事情上？请简要概括。

2. 第二段写孩子们摘指甲花和父亲有什么关系？

3. 文中有两处对父亲逛公园摘花籽的细节描写，这两处有什么不同？

4. 标题《父亲和他的花儿们》有何妙处？请结合全文加以分析。

参考答案：

1. 收集废旧的器皿种花；植物园索取花；公园收藏花籽；缸里种荷花。

2. 通过写孩子乐此不疲摘花，侧面衬托出父亲对于花的爱好，爱花却不吝啬，对孩子宽容。不仅写出了父亲对花的爱，也写出了对孩子的爱。

3. 第一处写父亲一个人在摘，影响到了我对花的喜爱。第二处写父母一起摘，写出了花为媒，也感染到了不爱花的母亲。两处描写，写出了父亲对花的那份执着和对家人潜移默化中带来的影响。

4. 标题概括了全文的主要内容，交代了所写的主要人物和相关对象的关系。也是全文的线索，又采用了拟人的手法把花化作人，亲昵地表达了对爱花父亲的赞美和崇敬之情。语言简洁，吸引读者阅读兴趣。

生命渡口的芦苇

（1）在我记忆的长河里，那烟波浩渺之边总伫立着一排排绸带样的芦苇，一处处苇杆相依相偎，像极了我生命中那些匆匆而来匆匆而去的过客；那相逢时的郁郁葱葱，铺满我生命所必经的每一个路口。

（2）最早关于芦苇的记忆，是小时候看的小人书。喜欢那些书中的芦苇小插图，每当看着那一杆杆迎风而飘扬的芦花，心中总会涌动着一种莫名的喜悦。于是，我便学着描摹，凭着想象用稚嫩的笔锋去勾勒。那时候我的笔记本里随处可见那一丛丛瘦长而坚韧的芦苇杆，还有那迎风摇摆着的瑟瑟芦花。当时说不出它美在哪里，只是在心里有着这样一种情愫，它是最美的。

（3）儿时对芦花的喜爱，像那逝去的轻盈而飘逸的梦，在我那幼小的记忆里留下了绵绵不尽的渴望。

（4）岁月如歌，一路磕磕绊绊走来，后来我循着诗歌的源头，去寻找芦苇的身影。《诗经》里的蒹葭早已飘荡千年，晃晃悠悠地牵着多少文人的魂魄和情感，而此刻它占据了我所有的思维。那"蒹葭苍苍，白露为霜"的盈盈水岸，那隔着茂密的芦苇而在水一方的伊人，如今又不知在多少个日日夜夜闯进了我的心扉。那追寻的道路啊，一路走来，隔着晨雾弥漫的苇丛，总是无法到达。彼岸，幽微处，蒹葭上的水珠透着几多的清亮与凄凉。

（5）当安意如这个古灵精怪的女子用她独特的眼光对这首《蒹葭》解释后，那飘扬着的芦苇在我的思绪里更加清晰可见。哦，我梦中的芦苇，当秋风一阵紧似一阵，你是不是有"枫叶荻花秋瑟瑟"的凄凉，这时的芦苇是不是恍如一位凄婉的女子迎风走来，带着些许哀怨，让人爱怜不已。

（6）芦苇的生命自有一季的繁华，当西风渐冷，那枯黄的苇秆犹如光杆司令，凄苦地与一池寒水相伴，守着一方瘠土而等待着来年的荣华。而那空中轻抖的芦花，在肃杀的寒风里，显得多么单薄而伶仃啊。

（7）就这样寻寻觅觅着，而真正一睹芦苇"尊容"是在最近去植物园，恰逢芦苇花开。彼时，风霜高洁，大片的芦苇如浩浩荡荡的江水一样扑入我的视野，我心里涌动着说不出的惊喜。这之于我是一种视觉的盛宴，仿若故友久别重逢，温暖亲切而又恋恋不舍。闭上眼睛，那风景，清新旖旎；那气味，沁人心脾；那迎风飘洒的芦花牵着你的思绪在风中一点点摇曳，然后散开，散开，像是那撑着伞的蒲公英，载着一个个绒绒的梦，在风中流浪，流浪……

（8）后来曾留意了一些写芦苇的诗句，我还是最喜欢司空曙的《江村即事》："纵然一夜风吹去，只在芦花浅水边。"想那苍茫江水之上看一叶扁舟顺着江流而消失在溶溶月色之中，此时芦花的开落恰如那月圆月亏，这是多么悠闲自得的生活情趣。

（9）岁月的荣枯里，再茂密的芊芊苇丛，也躲不过时光霜剑的侵袭。当那些梦中的意象真的走到了现实中来，心里总少不了一种想去保护它的冲动。可是当我再次与芦苇邂逅的时候，却是在肃杀的寒风中，当时在禹锡园里，那一方水泊清浅见底，岸边的芦苇显得有些萧索而孤单。想必这位诗豪也曾有着和司空曙一样的情怀吧，看日升日落，任芦花在风中飘零，然后魂归于一方淡薄宁静处，终了一生。

（10）人，处在自然之中，当一切人生得失尝尽，人间繁华阅遍，几度飘零悲叹后，还有什么不能放下的呢？此时的禹锡多么像那一杆杆瘦瘦的风中芦苇，指着天，循着根而回归了自然。将别时，我久久伫立在埋葬一代诗豪刘禹锡的圆圆坟墓边，凝视，默叹。

（11）最近见到芦苇，是在一方村落里，密匝匝的树木塞满了稀落房屋的空隙处。我循着落日趋向田野，当来到那碧绿的田野之畔。我看到一处浅浅的沟壑处长着一小片笔直挺立的苇丛，那没有被寒风吹尽的芦花，在夕阳下猎猎飘着，像极了一杆杆与寒风抗争的武士。其边一棵矮小的枯树相称着，越发衬托出那高大苇杆的威严。这直刺蓝天的苇杆，好像触摸到那空中凉凉的云儿，似乎在热情地召唤那即将上岗的月亮姑娘。哦，芦苇，你在生命的尽头，依然用你那瘦瘦的筋骨彰显着一份渴望，一份力量。

（12）法国哲学家帕卡尔说："思想形成人的伟大。人只不过是一根芦苇，则自然界最脆弱的东西，但它是一根能思想的芦苇。"是的，人，是会思考的动物，但很多时候，伟大的是思想，脆弱的是生命本身。

（13）生命的起落，恰如那芦苇的荣枯，有坚韧的地方，亦有柔软的一面。人，或许会害怕灾难侵扰，担心蜚短流长，惧怕孤老终生，但最终，还是要选择如芦苇一样坚韧地活下去。

（14）无论岁月如何荏苒，安心做好一杆会思考的芦苇吧，随着瑟瑟的芦花，让岁月的风霜，在生命的每一个渡口流转，绵延……

阅读训练：

1. 请以时间为序概括和芦苇有关的几件事。

2. 请找出作者最后一次见到芦苇时描写的句子。请从修辞的角度加以赏析。

3. 文中的芦苇具有哪些优秀的品质？请结合全文简要概括。

4. 结合全文，分析结尾的妙处。

参考答案：

1. 看画画芦苇，诗中读芦苇，公园见芦苇，村庄赏芦苇。

2. 作者用拟人手法，把"芦苇"比作"武士"，生动形象地写出了芦苇和寒风抗争时的坚韧和顽强拼搏的精神。表达了对芦苇的敬意。

3. 淡泊安静，勇敢顽强，不屈服命运，坚韧又柔软。

4. 结尾点明中心，呼应标题，紧扣中心。把芦苇比作人，写出了芦苇对人的影响，以及作者对芦苇坚韧不拔品质的由衷热爱和崇敬之情。

春天不是读书天

　　春天不是读书天，关在堂前，闷短寿缘。
　　春天不是读书天，掀开门帘，投奔自然。
　　春天不是读书天，鸟语树尖，花笑西园。
　　春天不是读书天，宁梦蝴蝶，与花同眠。

——陶行知

　　（1）正值人间四月天，细雨缠绵，杨柳堆烟，莺歌燕舞蝶翩跹。花树卸妆去，怎堪风摧残？梧桐更兼细雨，到黄昏点点愁，丁香谁人怜？雾蒙蒙，烟水寒，百花凋零为哪般？玉珠轻弹西窗前，剪短花缘。纵人间有千丝万缕难，也串不起这是非恩怨！罢罢罢，不必轻移莲步，花锄葬怜，只须趁这大好春光，珍惜这人花情缘。

　　（2）都道是，一年之计在于春。春之时，正萌动着希望，勃发着生机，何必要局促一室之内，啃着那些经史子集，说着那些书中的儿女情长，看着那些书里的蜚短流长。书中的知识多来源于大自然，走出去，会看到一个不一样的春天。

这个春天。就在你眼前，不在书里面。

（3）记得在前段时间看到这样一则新闻：一位三十九岁的广东男子刘崇景放弃了百万年薪的嘈杂生活，而着一身布衣隐居在了终南山。想想看啊，日出而作日入而息，蒲团之前，眼看群山连绵，飞鸟掠过，或看书沉思，或打坐禅参。这不就是陶潜当年所隐居之所吗？"采菊东篱下，悠然见南山。"修篱种菊之时，也会种豆南山下，每日里"晨兴理荒秽，带月荷锄归"。这样的生活才是最本质、最原始、最贴近人心的生活，不让浮躁的世事沾染宁静的心灵，多好！

（4）或许有人会说，这是一种消极避世行为。五柳先生的世外桃源，其实不会存在的，它只能存在于我们的内心。可是，当我们在时代的变迁中，看着那些凝聚着我们情感和故事的钢铁森林，在一座座建起，又被一座座推倒，每日里行走废墟之上，在紧赶慢走地追随着时代的步伐，高唱着改造自然、人定胜天的赞歌。我们却渐渐迷茫了，困惑了，不知道自己想要什么了。我们又有多少人，能平心静气地去听一听一朵花开的声音，闻一闻一声鸟儿的轻啼，看一看一片叶子的徘徊，体会一下一棵小草在舒展筋骨时铿锵有力的姿态。

（5）是的，最美人间四月天。花儿都开了，鸟儿都来了，树叶都绿了，可是我们的天空却依然灰蒙蒙的，有蓝天白云的日子屈指可数。我们周遭的碧水蓝天，鸟语花香，始终在与我们忠诚相伴，它们，才是我们真正活着的最美的渴望啊。

（6）很喜欢梭罗的《瓦尔登湖》。当年梭罗是跑到瓦尔登湖畔的小木屋里住了两年零两个月后，才完成了这本书。他的一生孤独而又简单，但是又馥郁芬芳。他的思想里到处开着花儿，有着春天的气息。

（7）当我们希望过一种明净自然的生活，不只是在书本里就能寻到，一定要到自然里去。因为我们都是自然之子啊，我们身上处处流动着自然所赐予我们的新鲜的血液。但是，物质的膨胀，却生生让我们的心里多了一些浮华，一些虚空，更多的是多了一些浮躁。其实我们不必像陶潜一样真的去隐心，只需像梭罗，或者是王维一样，只需隐身便可。只需身在自然，情在人间，心在天下，虽然这样的境界，不是常人所能有的。但是，我们却完全可以暂时放下手头芜杂的生活，投身到自然里去，趁着花好月圆夜，趁着姹紫嫣红四月天，去享受这美丽的春天。

（8）梭罗曾言："我愿意深深扎入生活，吸取生活的骨髓，过得扎实简单，把一切不属于生活的内容剔除得干净利落，把生活逼到绝处，用最基本的形式，简单，简单，再简单。""最富有的时候，也就是最贫穷的时候。"是的，当我们在财富面失去了自我，我们何不在自然面前找到一份自然、一份安然、一个最简单的自我呢。冰心对繁星春水是痴迷的，否则不会有文集《繁星·春水》；蒋韵对心爱的树是痴迷的，否则不会有《心爱的树》这篇小说。每个人都有自我的生活方式，爱书，并且从大自然里去找到，印证书中的一些现象和真理，不是更好吗？

（9）其实，一些文学作品是来源于现实生活，在现实把日子过得乱七八糟的人，她的文字或许也是很凌乱的。所以，不如放下一些虚无，趁着春光正好，花儿正艳，草儿正绿，多多走在大自然里吧。这样，再回过头来，去看看书里面那些所谓的人和事，不是时时刻刻都在我们的身边上演吗？

（10）试想一下，"吹面不寒杨柳风"，当春风像母亲的手抚摸着，在你的耳畔掠过，在你的发间嬉戏，你安静地坐在一株高大的槐花树下，看一本闲书，闻着花香，就着夕阳淡淡余晖，就这样安安静静地坐在美好的春光里，做人间惬意事，读人间最美书，那该是多么美的一件事啊！

（11）只需要闭眼想想那个画面，再轻轻吟唱一下陶行知所写的这首歌《春天不是读书天》，那种花一样的心情就开了。

阅读训练：

1. 通读全文，理解标题《春天不是读书天》的含义。

2. 文字写一男子隐居终南山的事，意在表现什么？和中心有什么关系？

3. 文章开头一段浓墨重彩渲染美景有什么作用？

4. 全文的主题什么？请结合全文内容加以概括。

参考答案：

1. 一年之计在于春，春天是美好的季节。适合踏春，看花看风景，感受自然的美好和谐。不适合闷在居室研读。一门心思纸上苦读，不如多和自然接触，开阔视野，自然会获得更多精神的财富。

2. 男子隐居是为了追求最本真的生活，而本真的生活都是来自大自然的。这就是返璞归真的意思。告别尘世喧嚣，走进大自然，你会更接近纯真的心灵。

3. 通过铺排春天的美景，给读者美的享受，为下文表达自己的看法做铺垫，也为全文渲染了一种宁静美好的氛围。

4. 春天可以陶冶心灵，启迪智慧，激发作者的创作欲望，去除浮躁，亲近自然，简单生活。希望抓住大好春光，善待每一天！

梅之春

"梅，是你吗？"

"哦？你是？……雨？"那女孩眉尖一蹙，做思考状。倏然，眉目一灿，笑着说："是你！"

我忙点头，很认真地说："是！"被认得心脉俱热。

这一问一答后，两人不约而同地问对方："二十多年了，你怎么还记得我的名字？"是啊，有的名字转眼即忘，有的名字过目铭心。

然后两个人同时笑出声来，目光交会，不语。

一道拱门如幻影一样，乍然而现，原来，这道门里藏着一座世界的回忆。

梅，是三月的精灵；雨，是四月的公主。梅雨共梦的那段时光，犹如青苹果般，涩而又甜。

一池水欢唱着，在我家与梅家的分脉处。众水欢愉地流淌着远去，清淡的水草和浮萍纠结在水里。在水浅处垫几块棱角分明的顽石，踩之上，身体微晃，心亦惶惶。水之湄，梅的笑甜如蜜糖，远远伸出光洁又消瘦的手臂等我。自两手相挽的瞬间，儿时到少年的我就一直被温暖着，心如被这一池清水洗濯过一样清亮。

这样清清淡淡的小聚，对于涉世未深的少年来说，是最渴望的了，特别是在春归的季节。

跨过三月的门槛，柳最早识春了，鹅黄在枝头随风乱颤，那些嫩黄的、鲜红的、深紫的、浅白的蓓蕾都挤满了枯败了一冬的枝头，四月的天书竟然不止有花能懂！

我们会在家人的一再催促下，很慌乱地放下手里还没画完的画，微笑而别；也会毫无顾忌地把嫩柳枝折下，做成一个环状，戴在头上，嬉笑打闹；或是在放学的路上蹲在水塘边咬着耳朵说校园里男女生之间的秘密；还会用手捞着水里的浮萍，团成球状在两手间抛来抛去。

春草年年如丝，淹没了旧辙，覆上了新履。花事年年都来，花逝亦然。草花不善于记忆，一岁一枯荣而已，简媜如是说。而人呢？

与梅的相惜相忆，却不是偶然，记忆最深的就是那些发生在春天的事了，其他的似乎全忘却了吧。清瘦的日子，没有飘香的佳肴引诱嗅觉，没有华丽的服饰冲击视觉，有的是对青春的热望，对未来的憧憬，让两颗善感的心贴得很近很近。可是，清纯的梦，正如那流淌着的池水，一去不复返了。

如今又是春柳袅娜之时，从繁忙事务里解脱出来，去公园觅春，好像有点"例行公事"之嫌。想把一段这样或那样的心事藏在嫩柳枝上。不，该是把一段清远的回忆别在春天的发间。于是，我伸手，折断一枝，只听清脆一声响，一种奇异的芬芳沁入心脾！

习惯抬头望天，却发现这个城市的春天，只停留在公园的上空。

眼睛在周围扫描着每一处清新，我的视线已经倦了。突然，一个衣着朴素的女子，清新素雅，一如空谷幽兰，不知何时闯进我的视野。我颇有兴趣地审视着她，却分明看出几分熟悉来。

"雨，你在发愣了，想什么呢？"梅，轻触我的衣袖说。

"梅，你知道吗？见到你，我的所有的记忆一下子都苏醒过来了。"

"嗯，是啊，季节总是在上演这样相似的情节，又是春归时了。"梅一语道破心境。

寻得一处僻静之处，微风轻抚，青草青青，石凳之上，凉意入髓，相对而坐。发现梅的眼角藏不住的一丝忧郁跳将出来了，代替了久别重逢的喜悦。绾起的发髻被风蹂躏得有些狼狈，清淡的装束里也难以掩藏住一种难言的忧伤。不错，有人会说忧伤是一种美，可这仅限于旁观者来说。但是对于当事人而言，却该是怎样的一场心灵浩劫啊！

"雨，你知道吗？自从初中辍学，我就在小学代课了。邻家的冬对我挺好的，我们彼此倾心相恋了。可是我母亲，唉！……"梅，微启双唇，好像在说一个与己无关的故事。

梅的这段恋情，我是略有耳闻的，我回老家曾依稀听母亲说起过她的一些往事。因对方家贫，其母强烈反对，但是梅是个执着而倔犟的女子，她在十八岁的生日那天，就住到了男方家里，私定了终身。其母的哀号和叹息空随着不倦的流水而去。

"嗯，这我知道。那你后来呢，怎么没你的消息了？听说你外出了。"我小心地问，总担心我的粗心，会碰落了一地伤心的回忆。

"冬是个不安于现状的人，有了女儿以后，他就出去打工了，而且一去就是三年。在无尽的等待和渴盼中，我等来的却是一纸离婚协议。他跟定了一个比他大五岁的富太太。我想过死，还想过用什么方法死得不痛苦。"梅的脸上写着淡然，也有饱受生活历练后的豁达。

"他离开我后，我就一个人带着孩子，回到了我母亲那里，母亲原谅了我。我如今想想，此生我最对不起的是我的母亲。有时任性是需要付出代价的。再后来，我就离开了伤心地，不再代课。我把自己关在屋里埋头苦读，两年后拿到了大学文凭，就来到城市找了份兼职，给辅导班的孩子上课。整天跟孩子们在一起，少去很多世事的纷扰，心沉静了许多。这不，今天正带孩子在公园踏青写生呢！"

顺着她手指的方向，我才发现不远的草地上，端坐着三五个孩子，在画架上画着他们眼里的春天。

"哦，你教的是美术呀!"我不经意地说着，脑海浮现儿时我们头碰头画画的场景。

"嗯，从小我们就喜欢涂涂抹抹的。自你走后，我依然坚持自学画画，最喜欢画柳枝了。你看那依依的柳枝，带着春的消息，摇曳着春的梦想，多好!"梅淡淡地说着。

是啊，冬天过去了，梅开了一冬，也该歇歇了。春来了，心里的冬早该散了吧。记得一位哲人说：冬天从这里夺取的，新春定交还给你!我不禁感慨万千，抬头看到梅眼角里的忧伤突然消失不见了。此时，天边晚霞弥散，湖水被夕阳染得通红，孩子们还在草地上安静地画着画。梅看着孩子们的身影，眼神里透着坚定，装满了整个春天!

真假之间

冬日的午后，一缕暖阳透过窗户，仿佛是一双手，带着一股子热情，悄没声儿地伸到了我的眼前。打开窗，晒晒太阳，张开双臂，感受着阳光的沐浴，真好！

突然有个声音闯入我的耳膜，那是一首《流浪者之歌》，旋律低沉悲怆，让人一听就心生怜悯，有一种想去保护的冲动。我用目光搜索一圈后，最后锁定在一个匍匐着的爬行者身上。他只有半截腿，身子放在一块铁板之上，铁板下有两个滑轮，在他蓬松如杂草的头顶上方另有一个铁架子，铁架子里放着一个小型音箱，我想声音就是从那里传出来的。只见他一只手推动着滑轮前行，一只手拿着一个铁盆不停晃动着，正巧停在十字街头。一辆辆车从他的身边飞驰而过，来往的行人被他放的音乐所感染，不断有人朝铁盆里投钱。我下意识地把手放在口袋里，摸索并掂量着我能给他多少钱。

下定决心，下楼，穿过熙攘的人流，躲过一辆辆车，继续朝前走，将要走近时，耳畔传来这样一种声音：

"哈哈哈，你们看啊，这家伙这会儿假装残疾托着身体爬，一会儿不知道又去哪个洗浴中心快活去了呢！"

"是的，你们等着啊！一会儿你们跟着看，说不定一会儿腿就长出来了，说不定跑得比我们还快呢！"

……

第三辑　真情如花　一

不多会儿，围观的人们，也你一言我一语争论开来。声音来自那些正在路边等着做水电等零工的人，他们停下来手中的扑克，站成一列，交头接耳地说着，手里还不停地比画着，一脸不屑，冷嘲热讽着。那些等着打零工的人，大多是三四十岁的样子，一个个身强体壮，衣服脏乱油腻。这些人很是会精打细算，你一旦找他上门，换一个水龙头就会向你要两百元，说什么一分价钱一分工，自己的技术如何专业等。其实越是夸下海口的人，做事就越大打折扣。相反，那些默默无闻的人，总是给人踏实能干的感觉。

从他们身边穿过，我不禁闻到有股刺鼻的酸腐味，这些味道好似不是从他们身上散发出来的。同样是贫者，同样靠手吃饭，只不过一个站着，一个趴着，他们不但没有伸出友爱之手，却在这里指手画脚，去截获和打压着路人的同情心。

我边走边想，一阵冷风吹来，我打一个寒噤。是啊，好像前段时间在电视里还看到这样的新闻：有很多假乞丐利用人们的同情之心，假装残疾行乞，被记者曝光。还有一位晕倒的老太太被人扶起醒来后，讹诈去扶起她的那位好心人。后来网络还围绕着"该扶不扶，该帮不帮"的问题展开了剧烈的争论。好人的心就在这样的报道里，渐渐地变了。

社会这个大染缸，纯真的心染的都是暖色，冷酷的心染的都是冷色。我想，这样的报道，也许是十分之一，但是很多人却拿一当十了，从此不再献出藏在心底深处那份善与真了。其实，我们应该让那些十分之一，永远消失，让你的心还会有那么一点点感动，让你的眼角因为那一个个哪怕是欺骗的同情，而濡湿，即便，就那么一滴泪。

耳边依然有那样的声音传来：

"唉，你看，又一个傻瓜，去给他投钱了……"

"对，别去了，孩子。你听那边人在说，说不定是骗人的呢！"

我看到一位白发苍苍的老奶奶扔进了一元钱，我也把一枚纸币投入到那个被磨得明晃晃的铁盆里，转过身，我身边跑过一个穿着红衣服的小姑娘笑着把举在手里一元钱也投了进去……

不一会儿，那个用手行走的背影，随着煽情的歌曲朝另一个地方去了。这时，我抬头看天，阳光依旧明媚，马路上人潮涌动着。

那个远去的背影，在暖阳下，渐渐从我的视野消失了。我知道，真假之间，有时难辨真伪。我们左右不了真假，但是我们可以永葆一颗同情之心，做好自己，让爱暖一生！

"麦兜" 的善良

麦兜是香港漫画界，著名的漫画家麦家碧夫妇等人创作的一个粉红色卡通猪的形象。这组漫画被不同年龄阶层的人所接受和喜爱，我就是可爱麦兜的一名铁粉。

喜欢麦兜，喜欢他纯净的笑容，喜欢他那金子般的心。看着懂事的麦兜为了给妈妈争气而挑灯夜读的样子，看着麦兜和妈妈在相互推让着不吃平时最爱的快快鸡的样子，看着麦兜为了不让师傅伤心而刻苦练功的样子，我心里都会一阵悸动。麦兜纯真善良，总是处处为别人着想，怎么不令人动容！

其实，这样的麦兜在我们身边，他们的所作所为看似很平常，可是他们却有着不寻常的心。

第一个被我称为"麦兜"的人，是一个细心、耐心又热心的修理工。当我第三次拿着这个将要被我淘汰的随身听 MP5 去修理时，店内的这个二十多岁的小伙子，依然是一脸微笑。这个被另一家修理工宣布无任何修理价值的家伙，在这位小伙子的手里，竟然奇迹般地能用了。打开修理好的 MP5，竟然发现里面多了七八十首歌曲。我突然想起，在近两周前第一次找这个师傅修理时，随意聊天时我曾无意间抱怨："我家电脑网速太慢，下载一首歌需要半天时间，急死人。"我一首首翻看所有多余的曲子，多数是我很喜欢的。小伙子的细心，着实令人感动。

第二个被我称作"麦兜"的人是我家对门阿姨。她一个人生活，身体矮胖，见人就笑。有一次我刚出门，恰看她手里拎着两个大塑料袋，趔趔趄趄地走在我前面。当我要求替她掂时，她摇着头说："没事，很轻的。别耽误你的事，你快走吧！"相隔不久，又遇见了好几次。我心里很纳闷，怎么每次出门手里都是掂着两个大袋子呢，她家的垃圾真多！有次在路上又遇见了，她突然问我："你家最近怎么没扔垃圾了？"我愣了一下说："因为最近先生出差，我一个人垃圾少了。我也闲了点，出门就随时扔了，平时都是老公出去扔的。"她呵呵一笑，说："其实，只要我一出门，看见你门口有垃圾，我也会替你拎出去扔了。看你整天忙的，我一个老太婆也没事……"我听了一惊，一股热流涌遍全身。原来，每次看到阿姨拎着那两个大塑料袋，其中有一个是我家丢在门口的垃圾啊！

阿姨一如既往的关爱，让我感到生活如春阳初照，温暖入心。

第三个被我称为"麦兜"的人，是小区门口那个等妈妈的小姑娘。初见，她一个人立在单元门口的骄阳下，傻傻地等着家人，我路过她身边说："孩子，去阴凉地待着，别晒坏了。"可她固执地朝我摇摇头，说："那边阴凉地太远，我怕妈妈第一眼看不到我。"我笑着："让妈妈多看两眼不更好吗？"她笑着离开了。以后的日子，我与她渐渐熟识，她每次看着我远远走来，都会不断朝我挥手，冲着我笑，好像我们是认识多年的故友。她的笑眼像极了弯弯的月牙，亦如天山上的雪莲一般纯净美丽。

人世间会遇到许多这样令人感动的事，也会遇到许许多多像"麦兜"一样的人。麦兜的善良，如一朵花，开在彼此的心头，开在有爱的人的心里。善良，就是一种力量，让那些纯善的心，多了一些做善事的动力。希望这个社会每个人都付出一份善心，收获双倍友爱！

明净的善意

秋夜，凉风轻拂着窗前日渐稀疏的树影，静谧而沉静。一个人寂寂地坐着，书桌上刚冲好的咖啡，散发着清淡的幽香，我似乎看到那些熟悉而温馨的场景。

那日黄昏，我像往常一样穿过熙攘的菜市去买菜，随意停留在一个菜摊前。此时有三五个人正在精心挑选着各样蔬菜，我看着琳琅满目而摆放整齐的蔬菜，想问一下价钱，就四处寻找摊主，见是一位黑瘦的中年男子，短平头，看上去很精神，他正在低头摆弄着眼前被顾客弄乱的蔬菜。

菜摊很长，各种菜品尽有。"有韭菜不？"我问。那位中年男子抬头看了我一眼，用手朝对面一指，说："那边，自己拿吧！"我走到菜摊尽头，随意抓起一小把，放到了旁边的秤上，男子看了一眼秤，干脆利索地说："五毛六，给五毛吧。"我一怔，笑了笑，心里嘀咕着，难得遇到这样的卖主。我掏出一元钱给他，谁知，他朗声说："自己找吧，钱在你旁边的铁桶里。"我伸头一看，好家伙，有大半桶的钱，零零碎碎散散乱乱在桶里堆放着。我扒拉两下，找到了零钱后高高举起给男子看，并说："你看看哈，走了！"那男子忙着照顾其他人，朝我点下头。当我转过身准备走时，我笑着对摊主说："你那么相信我，就不怕我多拿啊？"他这时抬起头冲我嘿嘿一笑，说："没事的。"那笑容干净朴实，而又让人温暖。

回家的路上，心中一直涌动着一股暖流。从他干净的笑容里，我读出了人间最可贵的信任和友善。

还记得一次乘公交车时，很疲惫的我静静地看着熙攘的人群鱼贯而入，陆续而下。这时，一位抱小孩的女子站到我的身边，我急忙站起让座。这位女子眼里写满了感激，笑了笑就坐下了，然后让自己怀里两岁多的孩子冲我说谢谢。孩子看了我一眼，没出声，正在好奇地东瞅西望着。女子温柔地把脸贴在孩子的小脸上，轻声劝着："说啊，宝宝，说谢谢阿姨。等一会儿下车，妈妈带你去坐滑滑梯，好吗？"这时年幼的孩子才仰着小脸，腼腆地冲我小声说了句："谢谢，阿姨！"听着甜甜的声音，这位女子笑了。我不由得为女子的坚持而感动。

记得林清玄在《雪花片片》里写过一个卖奖券的肮脏的流浪汉，他把奖券包在崭新而鲜亮的红套子里，并写着祝福"一券在手，希望无穷"。一个小小的举动，不正是对买奖券之人的感激吗？总有一种不善会充斥着某些人的心灵，腐蚀着纯净的心；也总有一种善良如阳光一样普照着大地，给人温暖和力量。

是啊，善良是可以传染的，即使是一面之缘的人，也因为心有善念，让人铭记一生。一份善良，百份温暖，以我心待你心，善良这把火炬才能代代传递下去。

守望善良

最近在读《三毛》这本书，动情处，总有水样东西从心底滑落。三毛，一朵沙漠花，一位奇女子，一个大胡子荷西用六年时间等待的恋人，用十二年时间相伴的妻子，也曾是七十六岁西部歌王王洛宾的忘年交。她游历八十个国家，而四十六岁的三毛在离开王洛宾后，轻率结婚不久，吊颈轻生，这不能不说是个谜。而这就是人们所熟知的三毛。在我的眼里，她除了是一位活得酣畅淋漓的女作家外，更是一位善良若雪的普通女子。

她，宁愿放弃优越而丰厚的物质待遇，与荷西艰难生活在茫茫而贫瘠的沙漠里。我能想象着她在垃圾堆里淘宝贝时长发飘飘的样子，更能想象着她省吃俭用而慷慨资助或请那些贫穷而质朴的邻人们相聚的情景，但我无法想象她如何把淘来的那些旧棺木化腐朽为神奇。她对朋友是慷慨的，对自己是苛刻的，甚至有些自虐。但无论怎样，在我心里，她都是真善美的集合体，尤其是她心里那潜藏的小小的柔柔的善，常常打动我心，甚至让我泪眼蒙眬。

虽然会有人对她的一些行径感到不可思议，甚至觉得有些另类，匪夷所思。但是，经历过诸多波折的她，那颗向善的心，一直在前行的路上，感染着众多的读者。

三毛曾说："善良像雪一样，冰冷的人看到的是表面的寒，温暖的人看到的是纯洁。"同一事物，不同的人会得出不同结论。莎翁有言：

"善良的心地，就是黄金。"雨果有话："善良的心就是太阳。"这里都是说善心的可贵，只要你在心里种下善的种子，又何愁长不出参天大树?！但是，我想，只有善良的心还不够，更重要的是，要有善的举止。

伟大的音乐家贝多芬说："没有一个善良的灵魂，就没有美德可言。"这里，善，则是拥有美德的一个先决条件。而一个品德高尚的人，如果一旦和善的举动联系起来，会令人肃然起敬。

德国的著名诗人歌德，有一次听到了贝多芬的交响乐，被音乐所感动，以至泪如雨下。如果扼住命运喉咙的贝多芬不是用一颗真心谱就了一首首震撼心灵的音乐，如果听者不是用一颗善心去真切体会，也就不会有泪雨滂沱的情节。其实，善是相互的，用你心换我心，始知善心真。

心底的善，在你生活中的细节里。街头上一朵刚刚盛开的小花被人遗落在车来车往的马路上，你弯腰捡起，然后急匆匆拿回家养在水里，你的善心，会感动所有的花；一个失去下肢的流浪儿把自己放在自制的滑板上，用手滑动着，沿街乞讨，你不用倾注你的所有，只要你怜惜一瞥，这一瞥对他就是最大的善；一位白发苍苍的老人推着一车收买的废品在吃力地朝高高的坡上前行，恰逢路过的你，伸出一只手轻轻一推，就是老人前进的最大动力。生活中如果每个人都能积小善，定能成大善，长此以往，则己之幸矣，国之幸矣！

"勿以善小而不为，勿以恶小而为之。"善恶，有时就在一念之间，如果中间的支点找准了，你就是最大的善人了。

人心本善，错误的是人处在不同的环境，会受到一些外物的熏染，能够做到"蓬生麻中，不扶自直"固然是好，但是好的外界环境，却不一定有善的心。善，需要有一副慈悲心肠，一颗善感而体谅他人的纯净的心。如果一个人心事如荒草般芜杂，装满的都是私欲己念，又哪有空间去为他人着想，更不用说去证实善的举动了。

　　所言善，人之本性，"非独贤者有是心也，人皆有之，贤者能勿丧耳"。一个人，无论贤与不贤，都要"吾日三省吾身"，只求问心无愧矣。能做到面对别人的误会与埋怨，淡然待之；面对空穴来风的绯闻，笑而置之；面对人言可畏的纷扰，避而远之；面对污言秽语的污蔑，力争论之。我本善良，守望观之，真心行之，何惧以恶污之！

行走遇见爱

那是初雪后的傍晚，雪，铺天盖地，迎着刺骨的风，真真知道什么是如履薄冰。随着如织的人流，左等右等不见公交车影，因有急事要办，正焦躁不安地在十字街头来回走动着，眉头拧成了一个结。恰在这时，身后传来一个清脆的声音：

"嗨，姐姐，你是在等车吧，我在这儿也等了快半个小时了，车还没来呢。"

话语没落，从我身体左侧款款走来一位学生模样的姑娘，短发及肩，刘海齐眉，脸蛋圆圆，一双水灵灵的大眼睛忽闪着，好像所有的真纯都藏在了里面。我正要侧身应答，她却像百灵鸟一样闪现在我的眼前了。

"真的，很难等啊，你也是有急事要办吗？"

"是啊，同学聚会，KTV 里她们就等着我一个人呢。我去光明站，你去哪里？"

"我在你去的前一站。"

"真的啊，太好了，我们一块打的去吧。"我抬起头，看看日渐西斜，离自己相约的时间渐近，于是就爽快地答应了。

一会儿，姑娘已经伸手拦下了一辆车，一起坐上。姑娘问："你在哪条路上呀？姐姐！"我随便说了一个地址，谁知她竟然说那是她儿时居住的地方。于是乎，她就滔滔不绝地和我讲起了儿时的趣事来。一路上，车厢内充满了久别的温情。

车，蜗行着，不一会儿，到了目的地。我摸了一下随身包，恍然想起走得匆忙，竟然把钱包落在了家里，摸摸口袋里只有一张公交卡和四元硬币，又看一眼计价器上的十元，愧疚不安起来。

目的地到了，伸手掏出四元，我脸红红地说："小姑娘，谢谢你。不好意思，走得匆忙，就这些钱，差一元，下次遇到了再给你吧。要不，你给我留个联系方式……"

没等我说完，小女孩打断我的话，甜甜一笑，一对虎牙俏皮又可爱。她扬一下手中的小黑包说："不要紧，姐姐，我这里有钱呢。嘿嘿，没事的。你走吧。"

我感激地说着谢谢，随手关上车门，远远地还看见小姑娘在扭头朝我挥手微笑告别，那笑容，让这个冬日温暖如春。

后来，我们再也没有见过面，可每每想起这件事，我的嘴角就会上扬，走在路上，我都会有意无意去寻找那个身影，希望能偶遇上她，还给她那一元钱。可是，光阴流转里，总不能事随心愿。

这样的事情在生活里其实很多。比如，刚上公交车，你还没站稳，车发动了，一个趔趄险些摔倒，身后一双手轻轻一挡，而让你免遭此劫。再有，雨过天晴的小路上，你刚好路过积水处，从身后驶来一辆小车放慢速度，缓缓驶过。这样的风景在不断的行走中，总是会遇到。在这样萧瑟的冬日里，总有份陌生的情谊，让单薄的日子渐渐丰盈起来。

生命里，总有这样的遇见，让记忆充实，让心情灿烂。虽是一季的温暖，却是三生的缘分。谢谢你，我生命里的那些美好的遇见，让我感到了生命的纯真与友善。

晨风轻轻吹

黎明时分，晨风静静地吹着，世界是如此的安静。

"亲爱的，我爱你——"

"我也爱你——"

"我永远爱你——"

突然一阵响亮的呼喊声，把我从梦中惊醒，我揉揉惺忪的睡眼，以为自己在做梦，当我侧耳细听，依稀有回声在耳边荡漾。我摇摇头，坚信，这不是梦，这是飘在晨风里爱的呼唤。

仔细品味一下这一唱一和的呼喊，有股脆脆甜甜的味道。这该是一对相距有一段距离的女孩子之间的呼唤，童音中似有股野菊花淡淡的清香，若有若无，在风中飘散。

迷迷糊糊地思考着关于生命、关于人生诸如此类的问题，睡意又渐渐袭来。悠然间仿佛自己进入了一个唯美的世界，莫非，这是我一直想要的生活吗？

夹岸的杏花开了，漫山遍野的白，如雪如云。我在花海里徜徉着，静静地吹着清风，躺在松软的寻梦草上，夜露打湿了我薄薄的衣衫，微凉，但是那一阵阵花香，却醉人。倏忽间，自己仿佛成了杏花知己了。

这时若有人，微笑着向我走来，伟岸的身躯，有力的手臂，紧紧地相拥，在花树间旋转旋转。然后，调皮的人儿于嬉笑间，在我的脸颊抢了一个吻，躲在一棵高大的杏树后不见了踪影。睁开眼，发现一地的花瓣，如一片片凋零的记忆，惨白。但是，有一两片杏花瓣轻浮在我的脸颊，粉粉嫩嫩的娇媚可爱……

梦与现实之间，无非就是一睁眼与一闭眼之间的事儿。晨起，柔柔的高山流水般的曲子，从窗扉挤进我的双耳，这是热爱生命的早起者开始了新一天的晨练。匆忙洗漱完毕，生活依然是循规蹈矩，好似一切都是新的，什么都没有发生过一般。

朝阳有些含羞，躲在厚厚的云层里，不愿意展现完整的笑靥。手机在提示我，有人惦记我了。无论是谁，这都说明我的存在，曾经在他人的轨迹上留下过一道痕迹，抑或是一个很不起眼的点。人生有很多美丽的邂逅，珍藏在心底的，却永远是那些真爱过的人。

"雨，知道我是谁吗？好久没联系了，心最近很忙，才得知你病了，打个电话问候一下。都两周了，我才知道，真是抱歉……"湖北的心儿语气柔柔地说着。我心如蜜般，眼角湿湿的，一种被惦记的幸福，从我的心底飞跃出来了。有友如此，此生何求！有爱的日子，我的心也美丽起来。谢谢你，我的挚友，你的关爱真是甜蜜而又美好。

与心儿在网络相识近两年，从未谋面，而每每周末和节日都会收到心儿的祝福和问候。在我心力交瘁的时候，是心教会了我如何对待爱和被爱，如何淡然看待生活。心，一路走来，是你，让我的心日益丰盈，让我学会了感恩和感激！

爱，是这个世间最奢侈的财富，它让一个人的心灵世界更加丰富。因为爱，所以学会去爱，去爱身边的所有值得去爱的人。

爱的对话

前日里，迎着渐暖的晓风，听着晨起的鸟啼，穿梭在如流的行人中间，发现自己是如此的单薄，微醉的斜阳下，那渐渐拉长的一些人影，写满了尘世中的一种苍茫……

昨夜的一场春雨偷偷袭击了这个昏沉沉的城市，早起的我走在微润的马路上，空气里充盈着清凉的气息。"随风潜入夜"的雨，在许多不经意的时刻，等待着造访这个需要爱的世间。

BRT上。"你好，欢迎乘坐。请先下后上"。一句说过千百遍的问候，每一次听起来，依然那样亲切暖心，让人如沐春风。在狭小的空间里，我看见一双清澈的大眼睛，忽闪着浓黑的睫毛，眼神里写满了对生活的憧憬和向往。这时，一个有些疲倦的声音传来："乖，你的数学辅导班还有几次课呀？对了，舞蹈比赛就要开始了，好好练哦。等会儿去英语班的时候，记得问老师，下次的课调在什么时候？……"大眼睛姑娘说："好了好了，我知道了，妈妈，你都说过一千遍了。你就别陪着我了，我自己去好了。""那好吧，我还真有点事，等会我直接去单位了。你自己路上要注意安全，知道吗？……"又是一连串不知疲倦的叮咛。大眼睛女孩不耐烦地嘟哝了一句："不说了，不说了，好不？"随后用耳机把自己双耳堵上了，眉头微蹙，目光投向窗外。

看着女孩漠然的神情，我的心莫名地痛，年幼的我们不能深切体会到为人母的爱。那是一种久经岁月磨砺永远不会褪色的爱，在岁月的淘洗下，越是久远，越是难以令人忘怀的爱。

想起今年过年，一场大雪阻挡住了我探访家乡的脚步。我没有埋怨这不通人情的雪，便用电话来慰藉对父母的那份牵挂。那段时间梦里总浮现年少时，不愿意和母亲走得太近的那段叛逆时光。那个时候，也和大眼睛女孩差不多，心里装着自己的梦想，日记本里锁着自己的秘密，不希望妈妈关心太多，总是觉得自己是个受束缚的关在笼子里的小鸟，渴望着飞出去。因为这样叛逆和对母亲的疏远，总是会看到母亲失望的眼神。这样的疏离几回回在梦里演绎成了悲剧，妈妈不见了，我哭醒了，一身冷汗。而醒来第一件事就是慌忙抓起电话，在最短的时间里打给妈妈，急切地想听听妈妈的声音。这样的梦不断出现着，虽知梦毕竟是梦，可想起去年回家时的情景，我的泪又来了。

记得去年春节回家，妈妈看见我从车里下来，脸笑成了花。那双日渐浑浊的眼睛里闪着熠熠的光，布满皱纹的脸上也泛着一层红晕，腰里系着的围裙上还沾着白面的痕迹。看着又过一年日渐消瘦的妈妈，我的心里总有种东西在暗自涌动着。匆忙逗留几日，陪在妈妈的身边，感到温暖而踏实。在临走的那日，我拿来一把木梳，坐在院子里，第一次给妈妈梳着那头不再浓密而黑得发亮的长发，看着鬓角的一缕白发在迎风飘舞着，我的心口好像被什么堵着一样。

那次离别时，当车渐行渐远，母亲和父亲却还一直站在迎接我时的路口，看着我远去的方向，久久不愿离去。那时，路两旁的杨树瘦骨嶙峋，孤零零的枝柯如母亲举起一直不愿放下的那只手臂，在寒风中孤独地守望着，守望着……

在公交车上十分钟的路程，因为想念而变得漫长。车到站了，下了车走在路上，我看见一个银发飘飘的老人站在一个宣传栏前，佝偻着身体，探着头，在聚精会神地看着几张发黄的报纸，心里好像被什么触动了一下，我故意走到他的身边，也故意靠近报栏瞟了一眼，因为我觉得这位老人很像我的母亲。这时，老人扭头瞥了我一眼，我读到了老人眼里的温柔与和善。

　　走到电梯里，有好几张幼稚未脱的清秀面容，后面背着一个沉甸甸的背包，不用问，这都是在上补习班的学生了。如今，都市的孩子们，面对着繁重的学习压力，而失去了和父母沟通的欲望，只是如果等到有一天自己离开了父母，却又发现一直陪在父母身边，是多么大的奢望！

　　真的希望，每个人的不同年龄阶段都应去珍惜身边的爱，去当一位爱的使者，用心的交流，让温暖的阳光洒满彼此的心房。

谁伤了她的心

　　正午的骄阳，刺眼。士兵样的行道树洒下一片清凉，人行道里流动着一阵阵清爽的味道。难得闲暇，雨在大街上想去购买一些喜悦。

　　"喂——"接通了莲的电话，雨听到一阵如游丝样细微的声音，尾音拖得很长。

　　听着这样的声音，雨心里隐隐有一丝不安，忙急急地问："莲，你怎么了？那么有气无力的？"

　　"雨，我刚睡醒……我，我刚怀孕四十天的宝贝没了……"随之，一阵轻轻的抽噎夹杂着难言的沉默。

　　"啊？到底咋啦？本来不是好好的吗？我马上回去……"雨一连串的疑问。说话间，就飞快挂了电话，伸手拦了一辆出租朝家的方向而去。

　　雨坐在车上思绪万千，心里突然为莲难过起来，一个受苦的女人啊，原本以为命运最终会眷顾于她的。谁知在等待了八年后熬得贵子还未来得及品味喜悦就戛然而止了。

　　莲是雨的邻居，同时间买的房子，同步装修搬家，相同的家境，相同的性情，却有不同的境遇，不同的追求，但这也阻挡不了两个人成为无话不说的朋友。莲是个用心的女子，虽说只有高中毕业，却很爱学习，也懂得观察生活感悟人生，偶尔在网上也写写心情，看看文字，言语间也颇有几分哲理的意味。

莲的家庭并不富裕，自小在奶奶的呵护下长大。十八岁就在这个城市一家家电公司做销售，近十年的工作经历，对电器行业在本市的发展可谓是了如指掌。丈夫因工作需要，虽说每月只能回家一次，但是每天的查岗是必须的。莲说她家先生在物质方面从来没亏待过她，也很关心她。如今两人都已过了三十，还未得一男半女，经查问题是出在莲的身上。对于作为独子的丈夫来说，便要求莲放弃了自己的事业，专心做全职太太，并开始了漫长而艰辛的求子之路。跑遍了省内几家知名的医院，每隔一段时间要去抽一大管的血化验，还要喝一些难以下咽的中草药。其实这些苦，莲都受得了，为了孩子，为了丈夫，莲也心甘情愿。

于是，莲平时很少出门，由一个销售行业做得风生水起的事业女人摇身一变成了名副其实的宅女了，在家里除了电视剧就是网上炒股、看点文字。这样单调的日子过了近三年，直到这一天的到来。

"雨，你在哪里呢，快点回来，我告诉你一件事情，准让你大吃一惊的。"那日，天晴得奇好，雨刚走出校门，就接到了莲的电话。

刚走到楼下，莲就把头伸出窗外在挥着手示意雨上楼了。

阳光灿烂得很，楼下的石榴树正开着火红的花儿，间或有几声鸟啼传入耳膜。

"简直不可思议，在医院查的时候，卵泡发育不是太好，我们放弃了做试管婴儿，老公把钱也存了定期，心里真的没有报一丝希望了。公公婆婆也不打电话问情况了。今天却意外发现怀孕了！呵呵……"还未等雨坐稳，莲的话就像连珠炮一样一股脑儿说出，那种喜悦溢于言表。

雨见证了莲的求子之苦，知道拨云见日后的惊喜，心里自然也替莲欢喜得很，也高兴地把嗓门提高了八度说："真是山重水复疑无路，柳暗花明又一村啊。人生啊，就是这样有失就有得，不是吗？"

"我说，我的大文学家，你又开始感叹人生了。是啊，本来以为没有希望了，希望却来了。真是无心插柳柳成荫啊！"莲的喜悦爆棚。

雨深受感染，笑着说："真好！真好！从奴隶到将军，感觉就是不一样。走，庆祝下，我请客。"和莲手挽着手离去。

雨回忆的当儿，车已到家门，急匆匆直奔莲家。门开了，看着莲穿着睡衣，头发蓬乱，满脸憔悴，腮上还挂着一丝泪痕，让人怜惜不已。

"莲，你也别太难过，是自己的就是自己的；不是自己的，我们也强求不来的。一切会好的。"雨絮絮安慰着莲，一时之间却找不到更合适的语言来劝慰这颗悲伤的心。

"雨，我也看淡了。其实，越是太在意的东西越是容易丢失。这件事也过去两天了，我才跟你说。唉，想当初我怀孕时我就觉得太突然，一下子转不过来劲……"莲无助地说着，像极了一只受伤的羔羊。

雨语调低沉，幽幽地说："莲，我们不要去埋怨过去。人生中的波折你经历得太多，相信苦尽定会甘来，只要我们尽力争取，尽到责任就好。"

"我刚接过一个电话，一个不错的伙计跟我说她要生了，并且问我的情况，我和她说了。一提这事就不免伤心，不说也罢，唉……"未说完，莲的眼泪又掉下来了。

莲和雨相并坐在沙发上，雨抽出一张张纸巾递给莲，一种难言的忧伤弥漫了整个房间。

"你老公呢？"雨环顾一下四周，轻声问。

"他去上班了，公司最近很忙……我尽量不去摸凉水，也没什么大不了的。"莲的话语里藏着太多无奈，却装作毫不在意，为丈夫辩解着，"怀孕的时候，他每隔一天回来一次，老总生气了，说最近公司好多事没处理，所以就走了……"

雨静静地听着莲的话，为莲的善解人意而感喟万千，为莲的不幸而伤感流泪，真是造化弄人啊。

有句话说："人生就是一餐具，上面摆满了杯具还有洗具。"其实人生就是一部戏剧，无论悲喜，看剧的人和演剧的人都要找准自己的位置，如果你演错了自己的角色，如果你失去了自己的位置，如果你成为别人任意摆布的工具，再美好的"洗具"也经不起时间的冲洗。

悲喜之间，莲的心情从峰顶坠入了谷底。雨相信，这样多舛的命运会让莲变得更加坚强，莲在为别人考虑的同时，也一定会找到自己活着的价值！生活中伤痛是难免的，会摧毁一个人，但也会振奋一个人，只要我们正确去面对。

人生其实就像一个圆，转了一圈却又回到了起点，这都是自然现象。只要有乐观的心态，生活里的伤总会渐渐愈合，那么，谁伤了她的心，也并不重要了。

牵手，十五年

"你曾对我说，相逢是首歌，眼睛是春天的海，青春是绿色的河……"刚跨出学校大门，手机铃声响起，雨掏出看一眼号码，接通后浅笑着说："雪，在干吗？"

"雨，我想和你唠唠嗑，可否？"电话那头传出雪有些沙哑的声音，感觉有几丝疲惫如游丝一样缠绕心头。

"乐意奉陪，说吧！"雨笑着说，用另一只手把被风揉乱的一缕刘海别在耳后。

"这两天闲着无事，无缘无故烦躁，想起一些我们年轻时候的事，很是感慨……"雪絮絮地说着，语调舒缓轻柔。

雨静静地听着，思绪不觉翻飞，曾经的曾经都浮在脑海，挥之不去。

雨和雪是上高一时认识的，雨雪在寝室是上下铺。那时的雨花样年华，是同学眼里的佼佼者，对文学情有独钟，一心在自己构建的象牙塔里编织着自己的文学梦。每周节省下来的零花钱都用来征订《小说月报》之类的杂志了，校门口的书店里总是少不了她的身影。而雪呢，却迷恋音乐，小录音机是雪贴身的伴侣，逃课成了家常便饭，校园后面的小树林成了雪放歌的地方。但是，两个不同爱好的追梦人，像是着了魔一般彼此成了形影不离的铁姐们。

记得离别那天，雨雪报了同一所学校，一个音乐专业，一个中文专业。夜色浓郁，雨和雪躺在学校空旷的操场草地上，周围熟悉的杨树、槐树被夜风摇曳成一些诡异而莫测的姿势。雪扯着喉咙教雨《追梦人》这首歌。这首歌一直为二人喜爱，这歌声也翻越了一座闭塞落后的小城，飘荡在了另一座繁华热闹的大城市上空。

天遂人愿，二人考进同一所大学。雪整天滞留在琴房，而雨却整天泡在图书馆，梦好像都找到了落脚点，彼此接触的时间少了，接近梦想的时间多了。雪单眼皮，低鼻梁，薄嘴唇，单独看五官一点也不好看，整体看来却很协调，耐看，也很有韵味。所以刚大二，雪陷入热恋。而雨却依然和书相伴，不问情长。雨雪各自生活在自己的世界里，似乎没了当年牵手时的温暖。

毕业之后，雪牵着恋人的手双双回老家任教了，雨形单影只也上班了，从此雨雪天各一方。一别就是七年，雨雪再也没有联系过。

一次大街上购物出来，雨迎面碰见一个窈窕女子衣着讲究，不免多看一眼。四目相对，异口同声喊出对方的名字："雨？""雪？……"相拥而笑。

一时间，所有的时光好像是一下子浓缩在一起，凑热闹一样在彼此的眉梢、眼际、嘴角一一蹦出。

此时雨和雪都已为人妻、为人母。两人的先生却在同一所学校进修，宿舍里竟然也是上下铺。相似的经历让两个曾经相近的心灵，相隔七年后又彼此靠近……

后来，就再也没有断了联系，几经辗转，雨和雪几乎同时搬到另一个城市，彼此相邀去公园散步，家庭聚餐，其乐融融。至今，雨雪认识了整整十五年！

"喂，在忙吗？怎么不说话了？臭家伙！"电话那头雪劈头盖脸嚷着。

雨恍然一怔，微笑着说："刚走神了，想起了年轻时候的事。这不，又让你给拽回来了……"

"好了，不说废话了，中午来我家包饺子啊！"雪的声音清脆悦耳，没等雨回答就挂断了电话，那边是无尽的忙音。

六月天，阳光正艳，路边的爬山虎正在昂着头倔强地向上爬着，亮丽的砖墙，宽阔的马路。雨骑着车，抬头看了一眼蔚蓝的天空，两片云恰好相遇，组成一个心形。此时，阳光透过云层洒下来，照亮雨雪相遇的十五年记忆，天地一片灿烂！

她的前后十年

　　四月的早晨，黑夜的宁静还没有完全褪尽，白日喧闹的都市在夜露的滋润下有几分清新和安闲，早起的人们在公园一角尽情舒展着筋骨，贪婪地呼吸着新鲜的空气。我跑在马路上，依稀看见一个熟悉的背影在带着孩子们晨跑，与我擦肩而过，回头一看，哦，原来是她。

　　她叫云，早已年过不惑，可风韵犹存，身材修长，浓黑的长发如瀑，眉心的红痣点缀在略显沧桑的脸庞上，有几分妩媚和俏皮；一双眼睛一说话就笑，偶尔会逃出一丝忧郁。她喜欢把自己的往事支离破碎地说给别人听。说到伤心处，泪流成河；说到温情处，眼里写满笑意；说得激动时，眼睛会异常发亮。她的那双眼睛会说话，而且她的语言也极具感染力。在她的面前，能做到"不以物喜，不以己悲"，真的很难。

　　记得有一次，她和我们正闲聊呢，手机来短信。她满面春风，给我们大声念短信的内容："谢谢您，妈妈，钱已收到。我这里都已安排好，假期就过来吧。"她继续说，"孩子现在正在考研，刚寄过去五百块。孩子很懂事，尽量抽空挣外快，这不用他的第一份工资花了二百块给我买了一件裙子寄来了。"此时她的眼里写满了骄傲。是啊！当一份付出得到回报，那该多么欣慰！这时，一位同事问："你的孩子都已慢慢独立了，你怎么还不考虑个人的事呢？是你的孩子不愿意吗？"她眉飞色舞地说："才不是呢，孩子早给我提出来了。我和孩子一直是无话不说的好朋友，他劝过我的。可是有很多原因呀。"她突然神色黯然，忧伤的目光把我们拉到那段不堪回首的岁月……

那年七月，她从华东师范大学毕业，上个世纪八十年代的大学生顺理成章地被分配到嘉兴市的一所学校从事教育。可能是家人的唠叨或是想叶落归根所致，她后来回到了自己的故乡，调到一所重点高中教体育。她责任心很强，备受领导器重，且屡获佳绩。后来在别人的撮合下她认识了林。林是一个高中还未毕业的公交车司机，他憨厚老实，潇洒倜傥。初次见面，她就被他光鲜的外貌吸引住了，相处不到一个月，就走进了婚姻的殿堂。婚后，甜蜜幸福了一段时间，林慢慢地成了这个车队的大队长，身边事务繁多，自然需要有个秘书协助。而这个秘书却纵容着他一起贪污公款，并暗中发展为他的情人了。没有不透风的墙，此时的云事业上正春风得意，有人就借此大肆渲染，冷嘲热讽，云家的上空阴云笼罩。

一九九八年的一天，风雨交加，云去意已决。九岁的孩子刚从学校回来，看到爸妈阴沉着脸，怯怯不作声，懂事地回到房间做作业去了。云极力控制情绪默默地把写好的离婚协议放到茶几上，轻声说："孩子归我。我什么都不要，家里财产都留给你。"林蜷缩在沙发里默不作声。云实在忍无可忍了，声嘶力竭地喊道："你到底同不同意？"林突然从沙发上跳起，一拳砸在茶几上说："除非答应我三条：第一，我们离婚不要让家人亲友知道；第二，离婚后你不许再找；第三，我想复婚时你必须随时答应我！"天哪，这不是霸王条款吗？云一怔，为了尽快走出痛苦，强忍着泪答应了。林最后默默拿了几件衣物走了，宽敞的房间里一直回响着那一声重重的关门声。屋里静得可怕。

而这一天，正好是他们结婚整整十周年纪念日。

离婚后，她就带着年幼的孩子离开了伤心地，来到这个城市。她是个很要强的女人，工作上总是很出色，生活里要求也很严谨。曾有很多人为她介绍对象，可她说考虑到年幼的孩子，怕重组家庭会给孩子心里增加阴影，都拒绝了。如今儿子长大成人，在北京理工大学考研，云的一个心愿已了，却依然孑然一身。

云现在的生活忙碌又孤寂。云一直拼命工作着，她喜欢和学生们打成一片，学生们都喊她云妈妈。有一次学校演出，她竟把自己的这段往事编成了小品，台上声泪俱下，台下一片唏嘘。有这些孩子们，她觉得很知足了。还有一次云偶然邂逅了初恋情人，他有一份辉煌的事业，一个可爱的孩子，一名贤惠的妻子。云生日那天，他在校门口整整等了两个小时，给她买了暖和的羽绒服。她说到这件事的时候，脸上洋溢着温情。是啊，人生若只如初见，多好！可是云知道，是第三者让她的一生这样痛苦地度过，她不想做第三者，决不！于是，后来，二人再也没有见过面。

其实当初林离开后也是一直孤身一人。林早有悔改之意，几次拉着她的手痛哭流涕求她原谅。可是云对此不再眷顾，而是倔强地走着自己选择的路⋯⋯

时至今日，母子二人依然相依为命，整整十年。

宁静的街道渐渐喧闹起来，我默默地看着她远去的背影，一缕霞光洒在她头上，她那颀长的背影看起来那么坚定有力。

是啊，十年前，你侬我侬，耳鬓厮磨；十年后，愁怨已了，从此陌路。人生能有多少这样的十年？前后十年，其中的恩恩怨怨，是非曲直，谁能明了？

漫漫人生路，我们都会有走错的时候，有时一步走错，再回首已是百年身！幸福与不幸福很多时候就在一念之间，如果我们一旦错过，想回头却很难。既然当初选择了，就有选择的理由。我不敢猜测此时云的心理，我只希望云能一直这样乐观坚强地活着，让自己离幸福近些，再近一些。

住在美好里

我坐在秋里，看风渐渐冷却，夕阳和曙光在交替关照每一片秋叶。天空宁静辽远，大团大团的白云挂在谜一样的苍穹之上。秋天如此美好，这样的天气，适合回忆，回忆那些秋天里的人和事。

想起八月九号的曲阜之旅了。那日顺着人流匆忙走出曲阜火车站，双脚未站稳，一个电话打过来："您好，您的手机号被多人投诉了，请核对一下您的个人信息，好吗？""为啥投诉我？"我心如鼓擂，不明所以，于是，按下免提让身边的他一听究竟。恰好，一女子从我身边经过，冲我微微摇头示意，我心知肚明，摁断电话。女子走近对我说："这样的诈骗电话很普遍，不要理会就是哦。"我微笑着对她点点头。望着萍水相逢的她飘然离去的背影，这种善意的提醒让我感到很温暖，我的心住在了美好里。

美好不单单是一种陌路相逢的善意提醒，更是一种自我的挑战和对自然的敬畏。

八月十日的太阳火辣辣的，秋老虎厉害起来毫不留情，初登泰山至孔子登临处，三五成群结伴而行，或流连于古柏奇石，或驻足于庙寺石刻，或嬉戏于潺潺溪流。每到一处，倒也是悠闲自得其乐融融，走走停停，行至中天门。

遥望南天门，于两座山峰之间黄豆样一点，不觉心灰意冷起来。从下午三点半开始登山，爬到十八盘早已气喘吁吁，大汗淋漓了。渐渐夜色四合，停歇处，望着泰山脚下的泰安处灯火通明璀璨闪烁，妙不可言。停歇时登山棍不小心滑落好几个台阶，后面的女孩弯腰帮着捡起，紧登两个台阶递到手边，心里的欢喜一下子代替了登山的疲惫。

一路走来，你不认识我，我不熟悉你，你吆喝着快走吧，快要到顶了，他应和着加油啊、胜利在望啦。手里有手电的前方带着路，没手电的靠边扶着侧栏艰难地迈动着沉重的双腿。近了，快近了，还有一百米，还有五十米。是的，陌生人之间因为同一个目标，交谈甚欢，配合默契，相互鼓励，这就是坚持的美好，这就是登山途中的乐趣。

翌日晨四点半起，看云海蒸腾，一轮红日喷薄而出，光芒万丈，感受到另一种自然的力量和美。有时，就是这样，只有绝处才可以看到人间美景！美好，就住在最险要处！美好就在这样的坚持里。

济南，是个温暖而又安静的城市。这样一个小城，有山有水有泉，太阳暖暖地晒着，泉水汩汩地冒着，荷花静静地开着，柳树在大明湖畔轻轻地袅娜着。夏雨荷被人记不记得不要紧，这一方山水安静地等着你，等着我，等着每一个美好的人到来。

记得那日去趵突泉北大门，偶遇一位吹唢呐的花甲老人，长须飘飘，银丝满头，任身边车来车往，自我陶醉在同一首乐曲里。一边是老年手机放出来的刺耳的背景音乐，一边是老人煞有介事吹出来的暗哑的唢呐声，听起来很不协调。但老人的神情吸引了我。你看他腮帮鼓鼓的，额头上条条青筋好似要跳出来一样，微闭着双眼，脖子跟着节奏左右摇摆着，穿着旧布鞋的脚还不时打着拍子，真是老翁之意不在曲啊！

是啊，这种对音乐的陶醉也是一种美好，这种美好是一种投入与专注，一种忘我和热情。如果你爱了某样东西，那么就去投入你百分之百的热情吧！无论结果如何，享受其中的乐趣，就是一种美好的人生！

罗曼·罗兰说，生活中不是缺少美，而是缺少发现美的眼睛。自然之美让人陶醉，可是，人情之美更是可贵。尤其是陌路相逢的关切提醒，登山途中的鼓励坚持，还有那街头不起眼的一次投入和热情，都是人性中最闪亮的风景。

让恨像花儿一样

又是蔷薇飘香的季节，穿梭在都市的丛林中，萍越来越淡漠了浮躁的人情，清纯的记忆在岁月的流逝里弥足珍贵。每当闻着淡淡的花香，萍就习惯了回忆，习惯了想念那些走过的青葱岁月，习惯了想念那位陪她走过豆蔻年华的同窗三年的薇。

自从初三毕业之后，萍再也没有联系上薇。萍和薇分别已近二十年，萍一直在四处打听薇的消息，可一直都是杳无音讯。因此萍一直不能释怀。

一日，萍趁假期，悄悄回了一趟初中时的母校，破旧衰败而又瘦削的瓦房摇身一变成了臃肿的模样，好像是一瞬就变得富贵起来似的，四层的楼房写意着一种陌生，萍再也找不到往日的一点点痕迹。门口那棵高大的槐树不翼而飞了，这时早该是挂满紫红桑葚的桑树也不见了踪影。萍看着路两旁挺拔的青松，莫名涌起一股惆怅。几经打听萍找到了原初三班的班主任，问候过后，萍问起了薇，班主任神色黯然地告诉萍，薇早就住进了精神病院。

萍的泪默默流下，成了一条河，这是一条蓄满了血泪记忆的河啊。

萍在初一的时候父母离异。父母各寻归宿，把萍一个人孤零零地留在了外婆家里。孤独的萍初到这个学校的时候，和薇分到一个寝室。那时的萍很懂事，她不恨父母，但萍很伤心，薇就会跳着笨拙的自编舞蹈，模仿着赵本山的经典台词，逗萍开心。从此，萍和薇在学校里一直形影不离。

萍喜欢艳丽的裙裾，长发飘飘，成绩很好。而薇却一直喜欢把自己打扮成男孩的模样，休闲的体恤，发白的牛仔，成绩一塌糊涂。

每当夕阳西下，她们喜欢去校外的小树林里散步，春暖花开，会在田垄河畔寻找刚开放的野花；夏日骄阳，会觅得一片阴凉，共同朗诵一首诗；黄叶飘飘，会一枚一枚细数那些在空中纷飞的枯蝶；冬雪皑皑，会"咯吱咯吱"踩着积雪，回头细看串串脚印……无论是哪一个季节，如果是彼此累了，倦了，薇都会把她的心事一点一滴地说给萍听，萍一直默默地聆听着。

薇，八岁之前是在父母的打闹中度过的。就在薇八岁生日的那一天，她的爸妈狠狠地吵了一架，妈妈去了外婆家。而薇的爸爸带回了一个女子，当着薇的面亲热。浑然不知此事的薇是多么的渴望一小块蛋糕，哪怕是一个微笑，甚至是一句生日快乐也都成了一种莫大的奢望。懂事的薇不哭也不闹，心中却悄悄地种下了一颗仇恨的种子。

也就在薇生日第二天的早上，薇的妈妈提出了离婚，她的父亲义无反顾地抛下这个家，带着那位女子外出打工去了。薇和两位姐姐就一直和妈妈相依为命，这样过了一段平静的日子。

薇的妈妈漂亮而又精明，这样一个单身女人为了三个女儿，苦心经营着一个鞋店，每日早出晚归，忙里忙外，在孩子面前从来没有流过一滴泪，坚强地苦撑着这个家，日子过得不算富裕，可很安适。

五年后的一天，那年薇十三岁，薇的爸爸从外地带回了另一个女人和一个儿子，并在薇的妈妈的鞋店斜对面，也开了一家鞋店。薇冷冷地看着这个本该熟悉却很陌生的父亲，没有吵也没有闹。在父亲开业的那一天，她拿了一瓶农药走到父亲面前，趁父亲不在意时果断喝下。她，倒在了父亲的脚下。当薇醒来的时候，看到的只有妈妈。爸爸依然在经营着他的鞋店，好似一切都没发生一样。薇心里的仇恨像个恶瘤一样在一点点扩散。

因为薇的妈妈热情诚恳、踏实能干，鞋店的生意越做越大。薇的生活也发生了巨大的变化，薇开始大把大把花钱，买昂贵的衣服，有时会逃学去网吧上网。每天都会买零食分给室友们。生活的快乐好像暂时掩盖了薇内心的仇恨。

薇的妈妈也开始物色心仪的对象，一个仪表堂堂的军人走进了薇的家庭。可是，这位冠冕堂皇的军人却是个骗子，在生活不到两个月的时间里，发现自己掌握不了薇家的经济大权，就绑架了薇的二姐，以此来要挟薇的妈妈拿出家里所有的储蓄。大胆而又勇敢的薇协助派出所，抓获了这个家伙。此后，薇不再允许妈妈把任何男人带回家里，来一个她就赶走一个。

薇对萍说，她仇恨男人，所有的男人；如果杀人不犯法的话，她会先把她的爸爸杀了，然后自己再去死。萍听了心里咯噔了一下。

初三临近毕业的时候，学校就有人偷偷地传言，说薇和萍是同性恋。萍为此哭过无数次，从此再也没有和薇见过面。薇听说这件事后，把那位传言者狠狠打了一顿。结果那位传言者，在医院住了一周，薇为此而结束了初中生涯。

薇临走的时候，萍躲在寝室的被窝里偷偷哭了一夜。

从此，萍薇天各一方。

时光飞转，记忆不会带走萍对薇的牵挂，萍一直关注着薇。因为萍知道，在她最痛苦和孤独的时候，是薇给了她温暖和快乐，而她却不能为薇分担内心的仇恨。萍一直希望薇是坚强的，会放下仇恨，快乐地生活，可是几经辗转却得知一个这样的结果。

萍收回思绪，静静地听着。老班主任依然在诉说：有个和萍同届学生来看他时告他说，薇后来就一直辍学在家，从来不和男人来往，试着模仿男人的声调，甚至想过变性，想让自己成为一个真正的男人。可在她母亲再三阻挠下，未果。在她二十岁的时候，有一次，母亲让人给她提亲，并把她和那个男人关在一间屋里见面，薇突然大叫一声，狠狠地打了那个人。薇，疯了。

如果仇恨在心里聚集得久了，多了，在一定时间里，没有释放出去，那么心脏就会超负荷运转，总有一天人生的列车会脱离正常轨道的。

朋友，适时释放出内心的仇恨，给心灵腾出更多的空间去装载爱和希望吧。把仇恨的种子扼杀在萌芽状态，让心灵永远沐浴在爱的阳光下，让恨像花儿一样，开在哪里就谢在哪里吧，永远不牵连，不波及。

|第四辑|

万物如莲

云，一种游走的感情

如果有一天，你倦了漂泊，你是否会和我一样，抬起头看一看蓝天？看看那一览无遗的蔚蓝，你会不会觉得天空孤单？这时，偶尔飘过一两朵白云，你会不会惊喜于那漫天的云影，不禁欢呼说：呀，好飘逸的云！如果你对云儿的期盼，只停留在这一声遥远的呼唤里，那你就错了。

其实，云有多种，风云、雨云、烟云、晴云、阴云，都各具神态和风韵，并且都有自己的思想。

喜欢看让太阳光镶上一道道金边的乌云，有一种炫目的美丽。曾记得高尔基在《海燕》中写道："乌云听出了愤怒的力量，热情的火焰和胜利的信心。"是的，乌云有灵性，能感受到一种力量，这就是"山雨欲来风满楼"的前兆吧。我不喜欢单调的乌云，让人敬畏，让人心生寒意，太咄咄逼人。如果这时有太阳与乌云相吻，你再看看这些在阳光中游走的云朵，那就是另一种感觉了，壮美？不，这是给人一种向上的力量的美。

我还喜欢看巧云，就是在风中舞蹈的秋云。脑子里一直有这样一幅画面：晴空一鹤排云上。真的，很想做一只白鹤在云里自由地穿梭，和着风，在云里舞蹈。任或浓或淡的云在身边游走着，那该是多么悠闲和洒脱啊！

"行看流水坐看云。"在这个城市里，多数的时候，不是坐着的，就是站着，步行的人越发少了，能偶然抬头看一看天空，把思绪寄托在这变化莫测的云朵里的人更是寥寥无几。如果此时，你恰好走在幽静的竹林，那么就坐下看看天吧，天上那些游动的云影会让你惹出千般情愫、万般感触的。而这些起起伏伏的情愫，不身临其境者，是道不出其中的奥妙的。

"宠辱不惊，闲看庭前花开花落；去留无意，漫随天外云卷云舒。"看花需要一种安闲的心境，看云亦是如此。云是有情趣的，是有家的，是温暖的。有人曾说过，白云深处有人家，初感，意味索然，再品，心生向往。后来看到一句诗"云外一声鸡"，我不禁哑然失笑，原来在白云深处，还真有人家。尽管云如浮萍般让人捉摸不定，可是只要让信念扎下根，哪里不是家？

张炜的《柏慧》一书里有这样一句话：人们没几个能抓住感情的，感情就像是夏日的一朵云彩，飘移得非常之快。张炜把感情比喻成夏云，真是绝妙。云儿也有自己的思想和感情，只是有太多时候，我们只顾沉浸在自己的情绪里，却忽略了云的思想。

有人说，云是天空的脑。喜欢这句话。我想，云儿一思考，天空就会笑了。当我们学会了用脑思考的时候，就不会觉得天空遥远了，所有的梦也就不再是梦。汪国真说："没有比脚更长的路，没有比人更高的山。"我对此深信不疑。如果我们追随着云儿的脚步，去自由地游走，去开阔自己的视野，那么生活中的喧嚣和杂念，就会显得多么渺小和不值一提啊！

云，是一种游走的感情。它扑朔迷离，千变万化，时如万马奔腾，时如碧波漾漾，时如柳絮翩翩，时如山峰巍峨，时如衣袂飘飘，时如彩蝶翻飞……我在云下坐着，看着行走的云，目光追寻着云的踪影，笑而不语。

生命渡口的芦苇

在我记忆的长河里，那烟波浩渺之边总伫立着一排排绸带样的芦苇，一处处苇秆相依相偎，像极了我生命中那些匆匆而来匆匆而去的过客；那相逢时的郁郁葱葱，铺满我生命所必经的每一个路口。

最早关于芦苇的记忆，是小时候看的小人书。喜欢那些书中的芦苇小插图，每当看着那一杆杆迎风而飘扬的芦花，心中总会涌动着一种莫名的喜悦。于是，我便学着描摹，凭着想象用稚嫩的笔锋去勾勒。那时候我的笔记本里随处可见那一丛丛瘦长而坚韧的芦苇秆，还有那迎风摇摆着的瑟瑟芦花。当时说不出它美在哪里，只是在心里有着这样一种情愫，它是最美的。

儿时对芦花的喜爱，像那逝去的轻盈而飘逸的梦，在我那幼小的记忆里留下了绵绵不尽的渴望。

岁月如歌，一路磕磕绊绊走来，后来我循着诗歌的源头，去寻找芦苇的身影。《诗经》里的蒹葭早已飘荡千年，晃晃悠悠地牵着多少文人的魂魄和情感，而此刻它占据了我所有的思维。那"蒹葭苍苍，白露为霜"的盈盈水岸，那隔着茂密的芦苇而在水一方的伊人，如今又不知在多少个日日夜夜闯进了我的心扉。那追寻的道路啊，一路走来，隔着晨雾弥漫的苇丛，总是无法到达。彼岸，幽微处，蒹葭上的水珠透着几多的清亮与凄凉。

当安意如这个古灵精怪的女子用她独特的眼光对这首《蒹葭》解

释后，那飘扬着的芦苇在我的思绪里更加清晰可见。哦，我梦中的芦苇，当秋风一阵紧似一阵，你是不是有"枫叶荻花秋瑟瑟"的凄凉，这时的芦苇是不是恍如一位凄婉的女子迎风走来，带着些许哀怨，让人爱怜不已。

芦苇的生命自有一季的繁华，当西风渐冷，那枯黄的苇秆犹如光杆司令，凄苦地与一池寒水相伴，守着一方瘠土而等待着来年的荣华。而那空中轻抖的芦花，在肃杀的寒风里，显得多么单薄而伶仃啊。

就这样寻寻觅觅着，而真正一睹芦苇"尊容"是在最近去植物园，恰逢芦苇花开。彼时，风霜高洁，大片的芦苇如浩浩荡荡的江水一样扑入我的视野，我心里涌动着说不出的惊喜。这之于我是一种视觉的盛宴，仿若故友久别重逢，温暖亲切而又恋恋不舍。闭上眼睛，那风景，清新旖旎；那气味，沁人心脾；那迎风飘洒的芦花牵着你的思绪在风中一点点摇曳，然后散开，散开，像是那撑着伞的蒲公英，载着一个个绒绒的梦，在风中流浪，流浪……

后来曾留意了一些写芦苇的诗句，我还是最喜欢司空曙的《江村即事》："纵然一夜风吹去，只在芦花浅水边。"想那苍茫江水之上看一叶扁舟顺着江流而消失在溶溶月色之中，此时芦花的开落恰如那月圆月亏，这是多么悠闲自得的生活情趣。

岁月的荣枯里，再茂密的芊芊苇丛，也躲不过时光霜剑的侵袭。当那些梦中的意象真的走到了现实中来，心里总少不了一种想去保护它的冲动。可是当我再次与芦苇邂逅的时候，却是在肃杀的寒风中，当时在禹锡园里，那一方水泊清浅见底，岸边的芦苇显得有些萧索而孤单。想必这位诗豪也曾有着和司空曙一样的情怀吧，看日升日落，任芦花在风中飘零，然后魂归于一方淡薄宁静处，终了一生。

人，处在自然之中，当一切人生得失尝尽，人间繁华阅遍，几度飘零悲叹后，还有什么不能放下的呢？此时的禹锡多么像那一杆杆瘦瘦的风中芦苇，指着天，循着根而回归了自然。将别时，我久久伫立在埋葬一代诗豪刘禹锡的圆圆坟墓边，凝视，默叹。

最近见到芦苇，是在一方村落里，密匝匝的树木塞满了稀落房屋的空隙处。我循着落日趋向田野，当来到那碧绿的田野之畔。我看到一处浅浅的沟壑处长着一小片笔直挺立的苇丛，那没有被寒风吹尽的芦花，在夕阳下猎猎飘着，像极了一杆杆与寒风抗争的武士。其边一棵矮小的枯树相衬着，越发衬托出那高大苇秆的威严。这直刺蓝天的苇秆，好像触摸到那空中凉凉的云儿，似乎在热情地召唤那即将上岗的月亮姑娘。哦，芦苇，你在生命的尽头，依然用你那瘦瘦的筋骨彰显着一份渴望，一份力量。

法国哲学家帕卡尔说："思想形成人的伟大。人只不过是一根芦苇，则自然界最脆弱的东西，但它是一根能思想的芦苇。"是的，人，是会思考的动物，但很多时候，伟大的是思想，脆弱的是生命本身。

生命的起落，恰如那芦苇的荣枯，有坚韧的地方，亦有柔软的一面。人，或许会害怕灾难侵扰，担心蜚短流长，惧怕孤老终生，但最终，还是要选择如芦苇一样坚韧地活下去。

无论岁月如何荏苒，安心做好一杆会思考的芦苇吧，随着瑟瑟的芦花，让岁月的风霜，在生命的每一个渡口流转，绵延……

春天不是读书天

春天不是读书天，关在堂前，闷短寿缘。

春天不是读书天，掀开门帘，投奔自然。

春天不是读书天，鸟语树尖，花笑西园。

春天不是读书天，宁梦蝴蝶，与花同眠。

——陶行知

正值人间四月天，细雨缠绵，杨柳堆烟，莺歌燕舞蝶翩跹。花树卸妆去，怎堪风摧残？梧桐更兼细雨，到黄昏点点愁，丁香谁人怜？雾蒙蒙，烟水寒，百花凋零为哪般？玉珠轻弹西窗前，剪短花缘。纵人间有千丝万缕难，也串不起这是非恩怨！罢罢罢，不必轻移莲步，花锄葬怜，只须趁这大好春光，珍惜这人花情缘。

都道是，一年之计在于春。春之时，正萌动着希望，勃发着生机，何必要局促一室之内，啃着那些经史子集，说着那些书中的儿女情长，看着那些书里的蜚短流长。书中的知识多来源于大自然，走出去，会看到一个不一样的春天。这个春天。就在你眼前，不在书里面。

记得前段时间看到这样一则新闻：一位三十九岁的广东男子刘崇景放弃了百万年薪的嘈杂生活，而着一身布衣隐居在了终南山。想想看啊，日出而作日入而息，蒲团之前，眼看群山连绵，飞鸟掠过，或看书沉思，或打坐禅参。这不就是陶潜当年所隐居之所吗？"采菊东篱下，悠然见南山。"修篱种菊之时，也会种豆南山下，每日里"晨兴理荒秽，带月荷锄归"。这样的生活才是最本质、最原始、最贴近人心的生活，不让浮躁的世事沾染宁静的心灵，多好！

或许有人会说，这是一种消极避世行为。五柳先生的世外桃源，其实不会存在的，它只能存在于我们的内心。可是，当我们在时代的变迁中，看着那些凝聚着我们情感和故事的钢铁森林，在一座座建起，又被一座座推倒，每日里行走废墟之上，在紧赶慢走地追随着时代的步伐，高唱着改造自然、人定胜天的赞歌。我们却渐渐迷茫了，困惑了，不知道自己想要什么了。我们又有多少人，能平心静气地去听一听一朵花开的声音，闻一闻一声鸟儿的轻啼，看一看一片叶子的徘徊，体会一下一棵小草在舒展筋骨时铿锵有力的姿态。

是的，最美人间四月天。花儿都开了，鸟儿都来了，树叶都绿了，可是我们的天空却依然灰蒙蒙的，有蓝天白云的日子屈指可数。我们周遭的碧水蓝天，鸟语花香，始终在与我们忠诚相伴，它们，才是我们真正活着的最美的渴望啊。

很喜欢梭罗的《瓦尔登湖》。当年梭罗是跑到瓦尔登湖畔的小木屋里住了两年零两个月后，才完成了这本书。他的一生孤独而又简单，但是又馥郁芬芳。他的思想里到处开着花儿，有着春天的气息。

当我们希望过一种明净自然的生活，不只是在书本里就能寻到，一定要到自然里去。因为我们都是自然之子啊，我们身上处处流动着自然所赐予我们的新鲜的血液。但是，物质的膨胀，却生生让我们的心里多了一些浮华，一些虚空，更多的是多了一些浮躁。其实我们不必像陶潜一样真的去隐心，只需像梭罗，或者是王维一样，只需隐身便可。只需身在自然，情在人间，心在天下，虽然这样的境界，不是常人所能有的。但是，我们却完全可以暂时放下手头芜杂的生活，投身到自然里去，趁着花好月圆夜，趁着姹紫嫣红四月天，去享受这美丽的春天。

梭罗曾言："我愿意深深扎入生活，吸取生活的骨髓，过得扎实简单，把一切不属于生活的内容剔除得干净利落，把生活逼到绝处，用最基本的形式，简单，简单，再简单。""最富有的时候，也就是最贫穷的时候。"是的，当我们在财富面失去了自我，我们何不在自然面前找到一份自然、一份安然、一个最简单的自我呢。冰心对繁星春水是痴迷的，否则不会有文集《繁星·春水》；蒋韵对心爱的树是痴迷的，否则不会有《心爱的树》这篇小说。每个人都有自我的生活方式，爱书，并且从大自然里去找到，印证书中的一些现象和真理，不是更好吗？

其实，一些文学作品是来源于现实生活，在现实把日子过得乱七八糟的人，她的文字或许也是很凌乱的。所以，不如放下一些虚无，趁着春光正好，花儿正艳，草儿正绿，多多走在大自然里吧。这样，再回过头来，去看看书里面那些所谓的人和事，不是时时刻刻都在我们的身边上演吗？

试想一下，"吹面不寒杨柳风"，当春风像母亲的手抚摸着，在你的耳畔掠过，在你的发间嬉戏，你安静地坐在一株高大的槐花树下，看一本闲书，闻着花香，就着夕阳淡淡余晖，就这样安安静静地坐在美好的春光里，做人间惬意事，读人间最美书，那该是多么美的一件事啊！

只需要闭眼想想那个画面，再轻轻吟唱一下陶行知所写的这首歌《春天不是读书天》，那种花一样的心情就开了。

一匹新绿裁旧梦

　　春，到底是满目蔓延开了。这个春天来得太迅猛，去得也突然。君不见，昨日高傲的玉兰肌，今儿乍一看怎么满面尘灰烟火色呢？前一秒目光灼灼中妖冶至华的桃花面，这一秒怎地就生生摇曳一地的花瓣了呢？聪明的，谁能告诉我，这花开花落之间，为何让流年过得如此匆忙呢？

　　于是，我便低头走路，不再垂怜四顾那些一路上粉嫩嫩白亮亮华丽丽的花儿们了。于是，在我边忽略中，边期待里，那些鹅儿黄、青儿草就这么不情不愿地兀自走上枝头了。于是，满眼都会撞见绿意。似乎这样，春，才是真真儿地来到了我的视野里了。

　　时值柳絮儿满天飞了，如雪一样洋洋洒洒。我不奇怪谢道韫一句"未若柳絮因风起"道出春之底蕴，且让我的眼前，在春季里，就这样隐约展现了冬的画面。但，我还是清清楚楚地知道柳条最初的样子，带着娇羞，带着俏皮，带着一丝蠢蠢欲动中的欲语还休，就这样在飞扬的枝条展露风采了。仰面，苍穹有一抹灰蓝，但趁着那浅浅的绿，还是足够养眼的了。就这样，带着最草的书写，柳枝开始在蓝天写意了。

　　等万条垂下绿丝绦的时候，那些淡淡的绿意才开始浓妆重抹起来。东一棵，西一棵，春风姑娘慷慨地挥洒着热情，让那些点点新绿，开始一大片一大片晕染开来。放眼望去，一整匹一整匹的绿就这样裸露在人世间了。这三月的风之剪刀，我想是忙乎不过来了，何况已近四月了呢。

第四辑　万物如莲　一

偶见女儿在便笺上写了一句话："春天的感觉，就是枝头上那一抹有生机的嫩绿。"嗯，一语中的。春天，绿的主宰，遇见你，那该是人世间最温暖、最醉人的、最让人欣羡的一场遇见吧。

路边的法桐，也不再假装酣睡，或打着哈欠，它彻底苏醒了。开始响应着春的呼唤，打理装扮着或欹斜，或笔直，或粗壮，或瘦弱的，一枝枝美丽而富有生机的梦。

从一束花的遇见，到一株柳的相识，再到一树梧桐叶的邂逅，在鳞次栉比钢筋水泥筑成的高楼丛林里，才发觉，这样的绿，是不是给那些灰色而单调的空间注上一股打开闸门的洪流呢？

裁一绺儿旧梦挂在岁月的门楣，让季节的风去招摇去。在新春将去、初夏未来之际，独自守着窗儿，等待天黑，梦着天亮吧。

春风十里，总有长亭一别。人活一世，草木一秋。当我们老了，留在回忆里的春，还依然是那一匹匹盎然的新绿吗？

一场花事送春归

四月将了，风沉迷在最初的柔情里，到底是没有一点寒意了。阳光真好，明媚着，晃着你的眼。

爬山虎沾了春雨的光，铆足劲儿生长着，叶子都被雨水刷得清亮。墙在坚固中站立，叶子在信任里延续，可爱的图案在大肆渲染着四月的美丽。

栖息在爬山虎脚下的蔷薇花零落地开着，曾经的娇艳，只消几个春日，就消了它的颜色，淡了它的芬芳，惨败而憔悴的容颜写着疲惫，写着沧桑。

美丽的四月，在多少弯月西挂的夜里，花儿们释放着它的温馨，散发着它的热情；又有多少晓雾将歇的时刻，那些过往的行人，是那么熟视无睹地走过。

把你的双脚交给大地吧，你会在这个城市，这个四月，随处可见那些迤逦在路边的蔷薇花。它们绽放在或白，或灰，或黑的铁栅栏上，一路路蓬蓬勃勃地开着，一副副或粉，或白，或红的娇羞模样，浩浩荡荡而来，如流动的生命之河。

你看，那些花儿，它在笑，它在嚷嚷，它在歌唱这个春日里拥有的全部美好，它们灿烂着行人的眼，给这个黯淡而低沉的城市添了一抹亮色。

那洋溢在枝头的欢笑，犹如一面面胜利的大纛，在张扬的风里，宣传着一种渴望和热情。"你是一树一树的花开，是燕在梁间的呢喃。你是爱，是暖，是希望。你是人间的四月天。"你是徽因笔下的暖，是希望，是春天，是春光潋滟里灵动的变，是诗，是我心灵深处最美的那个四月天。

或许对于有些人来说，四月或五月，都是日子，没有什么区别，但是对于蔷薇花，却是它生命的全部。所以，它倾情，它任性，它温暖，在这个四月里。四月，因为有你，才是最美；因为有你，才是真正的人间四月天。

无论是花间的月影、晨露的霞光、叶尖的雨珠，还是西去的浮云、后半夜的星光，在时光轮回里，总有错过的美丽，总有留下的遗憾，在心里形成一股股暗流，涛声依旧。

而今，季节如此慷慨，馈赠我一场这样的花事，我又怎能不去珍惜？又怎敢不去珍惜？

纵然是越过刚翻修的路，迎着四处张扬的尘，忍着青涩荆棘的刺痛，我终于还是放逐了自己。身心在绿色里逃逸，目光在花海里游离，我将自己放逐在碧水幽林之间，花情蜜意里，心，才是真的属于自己。

有人说，生命本是一场虚幻。在这虚幻里我依然不停地跋涉，奔波。笑着追求那些想得到的，笑着掩饰那些不想得到却偏偏得到的。人生在世，总有痛苦和欢乐交织，就好像在经历无数个翻飞的昼夜，交替之后，注定有个黎明。无论是哪一种生存的方式，活着才是真，活着就要活出自己。

生命就像一朵花，在不断的迷茫与挣扎中，开出最绚烂的自己。无论有没有人去听花开的声音，去忧伤花落的凄迷。花开，只是为了证实自己曾经存在过而已。至于，行人的驻足，镜头的留恋，孩童的采摘或丢弃，这些，花，又怎会在意？又何须在意？

乱红飞过暗香去

一场春雨过后，空气里充盈着湿漉漉的感觉，心肺如水洗过一样，好久没有过的轻松清爽。雨后的公园，游人稀少，我可以多享一份这无边的春色了。

这个季节的花很是热闹，挨挨挤挤吵吵嚷嚷地都来了，视野所及都是花的世界，嫩黄的迎春花娇羞地闭上了单薄的容颜，桃花杏花你不让我我不让你也争着来了。诗人多喜欢娇艳的桃花，"桃之夭夭，灼灼其华"，桃花怒放千万朵，色彩鲜艳红似火，可我总觉得有"逃之夭夭"之嫌，所以对桃花有一种难言的远离。当我看着一地缤纷的落英，我却发现我错了：炫目的一刻，永恒的归迹，那一地的落红啊，又是谁曾经俊俏的容颜？一枝出墙的红杏，世人隐喻为出轨之意，所以世人多对墙外的杏花另眼相看，对墙内的杏花却喜笑颜开。可是，花本花，无论墙内墙外，自有花语花情，只是赏花人偏要将自己的情感强加于其上，无端地生出些是非罢了。

"梧桐更兼细雨，到黄昏点点滴滴。这次第，怎一个愁字了得？"四月，梧桐花亦如约而来，那一树的紫，多么典雅诗意。我想起了那一架一架的藤萝花了，紫色的瀑布一泻而下，好像一帘幽梦。我不担心藤萝花是否绵长，因为它的生命长河是无止境的。而对这一树的梧桐花却忧虑起来，梧桐还在，凤凰不知何处去了。一夜的风雨，满地的凋零，那一地的紫啊，静静地匍匐着，再也不见枝头吹着喇叭时的热闹劲儿。

我想，梧桐的愁，是来自它短暂的辉煌。而易安居士的清愁寄托给这雨后的梧桐，似在情理之中了。

同游的好友突然问我，这满园的春花，哪个是你最爱？我不假思索地说，最爱海棠。她没有牡丹的富贵、桃花的妖娆、杏花的心怡、樱花的单薄，也没有桐花的典雅、海棠花姿潇洒、花开似锦，自古以来是雅俗共赏的名花，素有"花中神仙"之称。一路穿行在铺满海棠花瓣的迤逦小径上，微凉的石子在春雨洗涤后越发的清亮。我想那迤逦的小路上，藏着多少曾经烂漫的生命啊，我不忍踩上，轻轻踮起脚尖，好似一个蹩脚的芭蕾舞者。一阵风起，那些艳若霞、红胜火、白似雪的花朵啊，迎风簌簌而落了，翩然若蝶样在我眼前翻飞，画着优美的弧线。海棠，你这生命的舞者，你是在对生命做着最后的谢幕吗？

鹅卵石路边的小草冒出了绿莹莹的小脑袋，有一瓣粉色的花瓣轻浮其上，像极了一顶优雅的的羽帽。此时，一阵斜风细雨，清清淡淡的小憩戛然而止，这枚花瓣又飘然而落于小径之上。可谁知，一位游人在仰视着枝头的美丽，却不小心踩疼了另一个无辜的生命。

还记得去年赏海棠之际正是花繁之时，今年因琐事缠身，在花谢之时我误期而来。看着枝头零落的娇艳，树下一片的乱红，不免痛恨我的失约。绿肥红瘦之时，海棠不再依旧，独留下一些残香在雨里散去散去……

开花的季节，谁也不会拒绝花开的，美丽的时刻总是很短暂的，可是花落的时候，就让那些安静的香魂散去吧。无论在赏花中，生出多少的曲折，找出多少的理由，那些花儿总是会绚烂于枝头，化身为泥土。

自然地来，自然地去，应该是最好的生命状态。世间万物，莫不如此，怀一颗淡然之心，应对善变的人生，何尝不需要一些落花的精神和勇气呢？辉煌过，欢笑过，生命淡淡来过，足矣。

梦里花落知多少

春风打了一个漂亮的口哨，沉睡的花儿都睁开了惺忪的睡眼，好像一夜之间所有的花儿都如解冻的江水一样铺天盖地而来，每一个小小的花萼里都藏着一个心事，平平仄仄地铺展开来，在春风里庄严地宣告着自己的花期。花事如潮而至。

"花开花落二十日，一城之人皆欲狂。"久闻牡丹花期已至，个个开得惊心动魄。游人们趋之若鹜于牡丹园，争着一睹其国色，闻其天香，一朵朵雍容典雅，端庄大方。镜头闪烁，花颜娇媚，有一两人为贴近花容一比娇态，做一个拈花微笑状，不巧碰落了一地花瓣，甚至碰折了一枝正在怒放的花。倩影如梦，留作回忆，这本无可厚非，可花是无辜的。真正爱花者知道花是"可远观而不可亵玩焉"。我无语，悄然为这朵早逝的花魂留下最后一抹美丽。无可奈何花落去啊。

又过一周，重游牡丹园，见满目青绿，枝头无半点嫣红，唯留一地落红静静地躺着，瑰丽的花瓣重重叠叠，证明自己曾经来过。让我不忍再看，我知道花期已过，惆怅于心。牡丹花往日的神韵荡然无存，留下的这抹可怖的苍白没有一丝血色，它已香消玉殒，魂归天外了。"泪眼问花花不语，乱红飞过秋千去。"我举目远眺，视野所及处看到一株高大的海棠树上，却仍留着一枝鲜红的海棠花，冥冥之中，这株花的到来是为了慰藉我此时的感伤吧。

"花谢花飞花满天，红消香断有谁怜?"一曲《葬花吟》吟断多少花魂？花开无言，花落无声，柔情而有智慧的黛玉含泪葬花的情景已定格在我的记忆里成为永恒。"天尽头，何处有香丘？"而今葬花人不在，落红满地，满地落红谁来收？

君不见，"千朵万朵压枝低"的花儿，昨天是迎风怒放，今日就花容失色，"零落成泥碾作尘"。生命亦如花般怒放，美丽如斯，短暂如斯。匆匆过往里，有的"花开堪折直须折"；有的是在感叹"花落知多少"；还有的"宁可枝头抱香死"。"年年岁岁花相似，岁岁年年人不同"，花样年华，芬芳绽放着，岁月，从来不会亏待每一位爱它的人。

当你微笑怒放，任芳香自然四溢；当你黯然神伤，任忧伤蔓延心底。凡此种种，不一而足，每个人对待花的方式不同，自然结果各异。人生百态，花如人生，好好展示自己的美丽，好好活着，珍惜当下的每一刻芳华！

相遇，没有错

还记得，你第一次与他相遇的时候，是在车水马龙的街头，你只是一个不经意的回眸，就被他精致的外表和柔弱的样子所吸引。原来，有一种相遇叫喜欢你没道理。

你以百米冲刺的速度跑到他的身边，眼眸的灰暗霎时被一阵清爽之风吹散，你睁大亮亮的眼睛，与他默默对视着，眼神里有种说不清道不明的情愫。而他，静静地伫立在风里，舒展着自己的英姿。整齐而如羽翼一样的外衣，像极了一对欲要展翅而飞的翅膀，你轻轻地触碰了他一下，他竟然会含羞地合拢外衣，并低下了头。于是，心生欢喜的你毫不犹豫地把他带回了家。

窗前的阳光很充足，风里裹着一丝丝燥热。这样的夏日，你总是为他担心，怕他会渴着，或被热气蒸着。于是，你悉心地守护着他，每天都让他喝足水，让他静立屋内，以免被骄阳晒伤。或许因为，你的过于紧张，给他带来了压力，仅仅相守一周的他，便脸色发黄，直到在一个不确定的时间里，他悄然而逝。你心里一阵揪疼，却没有说些什么。或许，你是知道的，万物都有自己的归宿，无论他存在的时间长短。

他离去后，你沉默了良久，等待着他能回来的那一天。

或许是你的执着打动了上天，一场你期盼中的相遇，突然从天而降。你又把他带回家，他的个头比先前高了许多，稍显挺拔。你像是照顾老朋友一样，让他在你视野所及处立着，阳光下的他，显得是那样朝气蓬勃，绿色的外衣越发衬托着他的俊美。这段时间，你的心情竟然也是绿色的了，好一场让人心动的相遇！

但是，世间总有一些相守的时刻，不会因着甜蜜而不再离别。已是初秋，当风轻轻剥去他的衣衫，天变得灰暗得很。你知道他病了，他总归是要离去的，你不忍心看他最后消瘦的样子，所以你转过身，眼前却有一抹晚霞拂过。在他孤独离去的最后当儿，你只听见一声轻轻的叹息。

岁月的风，静静吹着，每一个相似的瞥见，也不过一种模糊的幻觉。你知道，你是忘不掉他的。毕竟，他，曾经是那样认真地走进你的心里。

送走许多个日落，迎来许多个晨曦，当最后的鸣蝉不再在枝头歌唱，当第一片落叶飘然滑落，你知道，秋，已渐渐深了。

在你快要忘记他时，他又却奇迹般出现了。于是，你义无反顾地又把他带回了家。这次所见的他，身体更加壮实魁梧，毛发愈加浓密，看上去愈加典雅而不失庄重。这次，你发誓要好好吸取教训善待他。

窗前的白纱幔，被俏皮的秋风撩起一角，他的样子在纱幔后面若隐若现，那身影看上去让人心醉。于是你用镜头记录着他来到你身边的那些欢喜的日子。

因经历过一些类似的情景，你不断调整着自己面对他的心态。所以，这次的相遇是最长的，近一个月里，他都是那样朝气蓬勃。他甚至会在阳光微露的早晨，给你送来一两朵淡紫色的圆圆花球，你亲昵地把这些花儿叫作绣球。你知道这是他在与你相遇的第三次时所抛给你的绣球，这是他给予你最好的报答。

但是，好景不长，在你看到第三朵花时，你看到他的身躯有些微驼，面容写满了困意。你知道，或许是他为了回报你，而用尽了毕生的精力去汲取营养，滋养小花。他的脸色由墨绿变成了枯黄，有时身体萎缩一团，看着让人怜惜不已。于是，你查找有关资料，你发誓要医治好他。可是，该去的总归是要去的，你已无回天之力。

又一阵风过，窗前的叹息声，渐渐消失了。就这样，他静静地站立着，枯萎……

因为，他知道，有些相遇，本身没有错。错，就错在相遇之后那些过多的呵护，或是因着一己之私的占有，而使一场场美丽的相遇变成了难以忘记的殇。

当叹息声渐远，当秋风里少了一个熟悉的身影后，你才明白：其实，天地之间，最好最美的相遇该是自然地来，自然地去，而不是一味地占有。

这就是我这段时间三次养含羞草的经历，看着含羞草瘦小的叶片一点点发黄，然后凋落满盆，心疼不已，故写下此文，以告慰那些曾经相守的岁月。

一种遇见

昨夜梦见
独自穿着冰绡之衣
从汹涌的波涛中渡过黑海

——冰心

一 一片海

夏季的风，微倦。一直以为自己是沉睡在暗淡梦境中的人。

总喜欢落日时分，游走在某一个廊上，然后，静倚远眺，想象着去见一个未曾相识的山，伴着清冷的月，轻轻飞在海涛之上。

月的梦是朦胧的，树的梦是清新的，鸟的梦是自由的，而海的梦呢？

藤椅上的影儿在背着阳光的时候，有些孤单。对面的花蕾，在等待一种欣喜。书落在脚边，不想拾起。倏忽便听到了花开的声音，惊心动魄般，让心也随之战栗。

明月的清辉，在庄严地织着一件智慧的衣裳，淡淡的伤在无尽的遐想里被熨平了。我想那泛着银光的田野是否隔着一条唱歌的小溪。你听，那潺潺的水声唤醒了谁不老的念想？

君可见，那欢快的小溪啊，不停息地向前奔走着，前方的海啊，一直嘶哑地呼喊。而那曾经走过的路，又会在谁的心里留下痕迹？

不经意间，一阵阵雪白的海潮，总是夜夜袭来，漫湿着一颗焦渴的心灵。

微微的云在悠悠地走，崖壁的隐隐之处，海的气息依然弥漫。蔚蓝的海水中有谁在钓着那亘古不变的诗魂？薄袖的清风已流浪在海面，若，谁有画意？谁的诗情？

那倾泻一海的思念啊，浸润着谁，因望眼欲穿而枯干的双眼？

潮来相拥，潮去相忆。潮来潮起，都是一种遇见。

二　一棵树

楼下的那一株石榴树今年有些奇怪。

去年，花开的时候，整棵树都洋溢着火般的热情，如一个故事的高潮部分。

迎着艳阳，透过绿色的云，看着那些隐藏着的小头颅——若隐若现的果实，心里装满了喜悦。那一树的果实啊，灯笼一样垂挂着，有咧开嘴大笑着的，有矜持地裂开一道很细小缝隙的，还有干脆来个固守着最初的那份圆满的。其形态各异，风情万千，让人爱怜不已。

秋风乍起，树下，铺了一地精致的石榴叶子，那不是一地的思念吗？走过春，经历了夏，迎来了秋，送走了冬，树的年轮一如既往前行着。这是一种宿命，亦是一种过程吧。

今年四月，看不远处那棵瘦小的石榴树，花开得如此热闹，而这株大石榴树却一直不露声色，静悄悄地任绿色在枝头繁华着。花，失约了。我不觉哑然，盛夏的果实，今年是不能一睹了，心里不免升起一丝遗憾。

有人说，这个世上就只有两种人：一种观望者，一种行动者。石榴的命运让我的心纠结起来，我的观望变得毫无意义了。

其实，花和人一样，有生命的高潮，亦有低谷。望与不望，生命依然如水流过。

花开心喜，花寂随意。花开花谢也是一种遇见。

三　一轮月

安静的夜里，窗前的花儿落了，有一种寂静的悲哀。我把头发散开，任风儿嬉戏而过。深深的树影帐幕般，笼成了一个梦。

月下的原野里，赤着脚在草地上无目的地走来走去，累了，躺在茸茸的草被上，看着慈怜的月穿过浓密的叶子。繁星错落有致，如蛛网，儿时那个数星星的孩子不知何处去了。

时间在翻阅过青春的书页之后，梦的田园也荒芜了很久，没有谁会在意谁会入谁的梦。

凭窗而立时，曾细想，头顶上的那轮明月，曾经沧桑了多少容颜，熬白了多少白发，秦时的明月历经了千年风霜，依然在空中皎洁。而，月下的人呢？

聚聚散散，来来去去之间，人们啊，错过了多少遇见的机缘？

月缺是诗，月圆是画。月无论盈亏，之于我，都是一种遇见。

秋瘦，语绝

去雁声遥人语绝，谁家素机织新雪。

秋山野客醉醒时，百尺老松衔半月。

——施肩吾《秋夜山居》

壹：秋风

是秋了，我的味觉没有欺骗我，周遭都是凉凉的、湿湿的气息。

秋风凉，一天紧似一天。旷野远，凉薄了一个季节的温暖。但，秋还是来了，秋意渐浓，眼眸间有微黄的迹象飘过。

一缕清风绕耳过，两袖清凉伴君行。孤单的风，在这个秋季里，是最喜欢流浪，最喜欢和人捉迷藏的。它俏皮地藏在你的衣襟间，裤脚里，领袖中，一阵阵清洗着你经夏的浮躁和燠热，然后，又轻轻熨平你起伏的思绪。

秋风，是最懂事的。晨露的轻摇，花语的粲然，秋叶的曼舞，似乎，总是它最忠实的伴侣。过往的心，也会在这丝丝缕缕的微风轻拂下，而变得愈加淡然而从容。当你走在大街上，你会笑着，看着愈加旷远的碧空，心里会莫名升起一股豪气。秋，像极了一位智者，给人一种沉静，一种悠远。

秋风，细细地斜吹着，吹红了挂在西天的斜阳；吹黄了遍野的梦想；吹落了枝头新绿的向往；吹散了满池荷花的馨香；吹蓝了苍穹无尽的空旷……

在这样的秋风里，我喜欢静立在无边的荷塘边，看瘦瘦的荷茎倔强地擎起一朵朵鲜嫩的荷魂；我喜欢看枯叶随风摇曳，飘落，然后捡起一枚，细数那瘦瘦的叶脉，想它如何在盛夏，轰轰烈烈地演绎一场生命的预约；我喜欢在寂静的夜空，看瘦瘦的月牙，挂在谁家清冷的窗前，一任那一地的月光，去照亮谁写满相思的眼眸……

瘦瘦的秋风啊，你，是秋的使者。你，明晰了世间的喧嚣，清除了一个又一个空空的承诺。

贰：秋雨

友说，一雨成秋。而分明这雨，稀稀疏疏，没有停的意思，莫非，这秋，已不是先前的秋了？

岁月经不起秋的，特别是在这样淫雨霏霏的日子里；那些灼热的心，也是经不起秋的，尽管这颗心曾一度是多么地痴迷秋日的到来。

年华悄然轮转，过去的，好像在这样的秋雨里被冲刷殆尽了，再也找不到一丝曾经到来的痕迹。看着一滴滴晶莹剔透的雨滴无辜地落在这个城市的每一个角落，而无人一瞥，心里竟隐隐地疼。美丽，有时身边俯拾即是，却那么容易被人遗忘。一如身边有些人，有些事，总好像是四舍五入法使然而在五字后面舍去的那些数字，永远都是被人忽略不计。

漫天的雨，湿了我窗前静心伺弄的小花，看着一朵朵粉嫩的单瓣花上托着的一颗颗晶亮的水滴，心里竟说不出的柔软，那些小小细细瘦瘦的花蕊啊，竟然能与那豆大的水珠如此融洽相处。谁说，那些柔软纤细的生命，不值得人钦佩呢？

秋雨，很瘦，也很密，斜斜而懒散地织在城市的上空，洗涮着城市潜藏着的所有污垢。我爱着这样的秋雨，这样瘦瘦的秋雨。

看，雨势蔓延，我满眼满心的喜悦，那些曾经郁结的浮躁，涌动的燥热，"唰"一下子，会如浮云一样散尽。

此时，所有的语言和想念，似乎都是多余的。在这样清瘦的秋雨中，只需一个人，一颗心，足矣。

叁：秋云

"天凉好个秋"。爱秋的人，都自有爱秋的道理，我不想去追根究底。我只知道，我喜欢傻傻地看着秋空，数着那些轻飘飘的云，一任日升月落。

云儿，在秋日里，是凉薄的。透过瘦弱的枝条，看，一丝丝、一缕缕的浮云，悠悠地走着，心，竟然似到了天外。

这个秋日的雨水很多，我想，是云使然。太多的水雾让瘦瘦的云如何承重呢？如果，没有一场雨的到来。一切都是自然的，万物在淤积着太多东西的时候，总是要学会释放，不分季节。

夜空苍茫，烟雨弥漫，再孤单的大雁也终归要去南方栖息了。冷的时候，谁不会寻找温暖呢？

素时锦年里，秋水寒，秋山瘦，秋树凉，自然使然。

随着云的脚步，款款而行，岁月依然，寂静依然，清凉依然，这正是我所想要的。

"问余何意栖碧山，笑而不答心自闲。"云笺玉树，凄风苦雨，也不过都是过往。"相顾无相识，长歌怀采薇。"前途漫漫，长行谁伴？一切不过浮云，而永恒的，唯有心里那细微的一点点发黄的回忆而已。

肆：秋花

落花微雨时，该是人间最美的时刻吧？淡雅的国槐花，在雨水里簌簌而落，洒满一地，踩上去，犹如踩着一地的落寞。

紫薇的花瓣有些单薄，有些清淡，在视野所及之处，有种说不出的清寒。

八月的月季花，少了五月的雍雅华贵，一朵两朵小小的花朵，勉强立在瘦瘦的枝干之上，让人说不出的爱恋。五月的花，太多妖冶，太过狐媚，经不起推敲的。因为往往越喧闹的，越是肤浅的。君不见，那浅浅的小溪哗啦哗啦响个不停，而那幽静的深潭藏着多少诡秘与宝藏。

夕阳中的秋荷，有着娇艳的辉煌与招摇，在光与影的转换里，最爱行人远离后，那一池的怅惘。纤弱的荷茎上，拖着硕大无比的荷叶、荷花和莲蓬，游人在留恋感叹荷花之美艳、莲蓬之清香之时，谁曾在意，那细细的筋骨里也曾藏着自己的梦想呢？

记忆里的桂花，是清幽的，远远地看一枝两枝逶迤而出，临着淡淡的清风，才会真正领略得到那种令人难以忘记的清香。在柔弱的枝条上，绽放着一枚枚的精彩，仿若那一枝梅花细细伸出的枝条之上流露的轻盈、淡雅。我突然明白了，为何是"一枝红杏出墙来"而不是"满枝红杏"。在那一枝的瘦弱里，藏着多少令人魂牵梦绕的爱恋啊。

……

"暮色树影秋千架，雨后阶前拾落花。何须经年望月处，偏逢秋思别人家。"友人的一首诗，写尽了秋花的情、秋花的意。暮色斜阳芳草处，无语静赏落花雨。一任岁月流转，往事如风，花开花谢……

世间繁华，一如这秋风清清，秋雨凄凄，秋云悠悠，秋花寂寂，总有绚烂、消落、归隐之时，爱，亦如是。

怒放的野菊

已是冬了，郊外，依然随处可见一簇簇野菊在寒冷中怒放着。

放眼望去，陌上的野菊层层叠叠，铺天盖地而来，在斜阳里是那样的斑斓，如一个个迷失的梦，让人不知所措。那些白的、紫的、黄的花儿，如千军万马一样很霸道地闯入我的视野，生生把我的双眼看疼了，心里不禁涌动着这样一个想法，谁才是生命最后的守候者呢？

路边的秋草变得暗黄，一株株铺展开来，像一段平平仄仄的心事。洁净高远的秋空下，陌上的一株秋菊，昂着倔强的头颅笑着，格外地引人注目。你听，在空旷的野外，它的笑声如涟漪般一点点漾到四方。

散乱的草丛中，那些狗尾巴草被笑声惊醒了，也翘着头，在秋风里摇摆着，招摇着自己的美丽。我知道，每棵草都会开花，每一束花都有自己的芳华。我没有资格嘲笑狗尾巴花的不自量力，我只是独独喜欢野菊罢了。

轻轻凑近一朵最鲜亮的黄色野菊，看着那花蕊和绿叶之间悬挂着一个破旧的蜘蛛网，花儿在冷风里孤寂地抖擞着。我有些心疼，把那些蜘蛛网轻轻弄走，然后轻叹一声：可怜的花儿，你较弱的身躯如何承受得了这些猛烈的侵袭？你还是回归自由吧，在独守的宁静里，你能更读懂坚强的意义！

一个人的郊外，有些冷清，却很适合怀念与思考。

盯着一朵野菊花微笑，眼前渐渐浮现出一个友人坚毅的背影，依稀看见他憔悴的容颜上写满了坚强，清楚地记得他写过一篇《寻找野菊花》里有这几句：

"以为秋冬的颜色总是灰色和冰冷，然而，谁能想到野菊花会给那万物消沉的季节如此及时和温暖的点缀。也许野菊生命中最美的片段就是展现在即将落幕的季节舞台上。"看过这段文字，我心头一震，这也是一个爱菊如命的人！

我独爱菊，以它的淡雅、清香而把它视为知己，欣赏它的傲霜、孤寂，并读懂了它的坚强。

写此文的友人是个热爱生命的人，他正微笑着与病魔抗争着。他就是寒霜中一朵怒放的野菊啊，它傲视着风霜，在郊外独品一份孤独和感伤。他是那样坚强，面对着多舛的命运，把孤独留给自己，把快乐带给别人。他说，他不希望把自己的悲痛让朋友和家人分担，在以后的日子要坚持记下自己的心情日记，一如既往地笑着生活，笑着工作。他想一个人默默忍受病痛的煎熬，不希望亲人朋友替他担心，他要让自己的生命如菊样怒放。

是啊，既然选择了坚强，便只顾风雨兼程。苦痛在一个坚强的人面前显得那么渺小。从他的字里行间和款款话语里，我真正读懂了他对野菊的那份情。

不知不觉，在这朵黄色的野菊前，我已伫立很久很久，想到如菊的他在与生命不屈抗争着。此时，我不觉泪湿双眼，双手合十，愿菊的清香伴君一生，愿菊的坚强伴君平安渡过难关！

初冬的叶子

时候竟然是初冬了，那满树的叶子怎么就一下子灿烂得不行。你不让我，我不让你，有的争着炫耀于枝头，有的抢着委身于树下，不管怎么说，那是一个生命最后的赴宴吧。

最喜人的是满树的五彩斑斓了，有黄得不彻底的，有绿得不尽人意的，还有红得让人不忍直视的，无论哪一种色彩，都是生命最后的展示，集合在一起，就是一种前所未有的视觉盛宴。

可是，我只是喜欢最后一缕秋风吹起的时候，风吹落叶四起的情景，那满地的黄叶追着风拼命地朝着一个方向跑去，那是一种千军万马杀将过来的畅快淋漓和气势磅薄啊。无论是多么斑驳的叶子，焦黄枯绿抑或是深红浅褐，好像没有哪一种颜色不是被秋风唤醒的，然后又被秋风无情地吹到一个个不知名的远方去。

冬天的那些风不单单像是一把扫帚了，更是加了一层凛冽。隔着窗棂，听着寒风肆虐，心里对秋竟然多了一层留恋。我想，我不过是一枚秋天的叶子，被遗落在冬天里了，我不但没有被遗弃的忧郁，心头却莫名升起那么一丝悲壮，或者是豪情来。

人，非生而痛苦，不过担心失去罢了；也非生而幸福，不过缺少追求罢了。在来来往往的人世间，没有哪一种获得不是用失去作为代价的。叶子的失去，不是树的不挽留，也不是风的无情，不过是一种使命使然。

活着，就是要有那么一种信念坚守着，不离不弃，在生生世世的轮回里，最终你的坚守，会有云开见月明之时。一时的失去，一瞬的惆怅，在每个人的生命里，都是必经的一个阶段。当我们渐渐从困顿中走出来的时候，你才会慢慢发现生命的另一种美丽，那就是一种回归的快乐！

"冬天来了，春天还会远吗？"冬来，春不远了。初冬的叶子，卸去了曾经的戎装，那是一种释然，一种回归的轻松与愉悦。每个人的一生，都会经历冬的凄凉、秋的萧瑟、夏的炎热、春的温暖，无论走在哪一段生命的渡口，都会有一些生命的获得与失去。当我们失去，我们从容以对；当我们获得，我们坦然而待。

静看花开花落，淡观云卷云舒，也是对生命的另一种诠释。所以，安然做一枚初冬的叶子吧！从喜悦的摇曳枝间，到平静的辞谢枝头，匍匐大地，那该是生命最好的轮回。

所以，每当我经过一棵树的时候，就会情不自禁地仰望，仰望那一树的嫩绿或金黄，繁华或伶仃。我想，如果有来生，我愿意站成一棵树的样子，守望着茫茫尘世，无忧亦无惧。

我想我是树

心中的树栽满儿时记忆的路口，清新的榆树，诱人的桑树，香甜的梨树，温情的枣树，总会在梦里不期而遇。

孩提时，老屋前有棵大榆树，一到榆树吐芽，妈妈就会让我和姐姐提着竹篮去采榆叶。姐姐把捋下的嫩叶一把把放进我高高举起的篮里，我仰着小脸，看着高大的榆树，闭上眼，一股股榆钱饭的清香，随着袅娜的炊烟，就会偷偷钻进我的鼻孔。有榆钱饭吃，那是童年最美的时光。

稍大些，我常惦记着水塘边的那棵桑树。因为，家里养了一些小小的蚕，姐姐总是会让我爬上树，折下几片桑叶来喂蚕。而如今多年不见那些吃饱桑叶的蚕儿，徒留嘴边一抹微涩的记忆，在无人的夜晚悄悄地回味着。回忆里有那个扎着红丝带的小姑娘，会在桑葚落满地的时候，咯咯笑捡拾桑葚吃，吃得满嘴紫红紫红，依然毫不在意。

后来，上了小学，每到七月半，都会眷恋着屋前水塘边的那棵歪脖子梨树，担心着会不会有人先爬上去摘下了那个我觊觎已久的果子；有风吹过的日子，树下的一方池塘里会不会有被吹落的一些早熟的梨子。一旦发现有梨子落入水中，节俭的母亲都会让哥哥去水塘里搜寻，哥哥会一个猛子扎进水里，捞出一些半生不熟的果子扔到岸上。妈妈微笑着，让我捡到篮子里，拿回家会把第一个洗净的梨子，削好递给我。那梨子的味道，如今回忆起来，绵纯甘甜，就好像一个美丽的梦。

　　长大后，离开了故乡，上班的地方随处可见挺拔的杨树，看着那笔直的干，笔直的枝，片片向上的叶子，我就有一股使不完的劲。当第一缕曙光照在窗台上，风吹树叶的沙沙声，如美妙的乐曲伴着我一天；晚风轻拂脸颊的时候，走在被路灯笼罩的树影下，踏着凌乱而沉重的脚步而去觅得一处难得的清闲。青春的痕迹被岁月的车轮一点点碾过之后，却难以消融我那颗追求向上的心。

　　后来几经辗转，许多事千头万绪，如盘根错节的树根，却找不到一方伸展的天空。走在钢筋混凝土铸就的城市里，到处都是冷漠的墙，一座座摩天大楼鳞次栉比，穿梭其中，心里总有莫名的恐慌。我想，或许是因我的心中少了一棵树吧。

　　"我必须是你近旁的一株木棉，作为树的形象和你站在一起。根，紧握在地下；叶，相触在云里。"轻轻吟诵着舒婷的《致橡树》，我知道，我必须是一棵树，不是舒婷笔下的木棉。这棵树在紧邻故乡的地方，让我扎下根，把我带到那个魂牵梦绕的故乡。

　　岁月更替，无论寒暑，无论风雨，我想我是树，勇敢地站立着。此时的我，把手臂伸向凉凉的云，蓝蓝的天，把坚实的脚印踩在厚重的大地上。让青青的草、嫩嫩的花在我的脚下任意嬉戏，让坚定扎根心底，站出了一片属于自己的天地。

窗外的幸福

从我居室的窗口望去，两枚长长的丝瓜在阳台上悠闲地迎风而立。我羡慕这两枚成熟的果实，尽管风霜在它们的身上刻下难看的痕迹，但是它们却在那儿静静地长相厮守着，厮守着。在我的眼里它们就是世上最美丽的风景，它们牵动着我的灵感，拨动我心里最柔软的那根弦。每当我感到疲劳，抬头看看窗外，疲惫就烟消云散了，我把这位隔窗而立的邻居视为我的知己了。

今晨，当我打开窗想呼吸一下新鲜的空气时，我借着冬日的第一缕阳光看到了那枚最长的果下半部分已经变黑，腐烂。心中莫名涌起一丝悲伤。生命是这样的脆弱，在一夜之间却会让一个生命承受病痛的折磨，甚至覆灭，生命总是这样在轮回里如风而逝。

曾记得在这条长长的藤从邻家一点点侵占到我家阳台的时候，我心里的欣喜无以言表。我喜欢着这一根披着绿衣、带着淡雅小黄花的藤，它缠缠绕绕地来到了我的世界，在我猝不及防的时候，霸道地侵占了属于我的地盘，侵占了我的心。我每日到阳台去浇花的时候都要看着这一不速之客，有一种不羁的幸福如脱缰的奔马在心的原野上驰骋着，驰骋着。我的幸福来得是这样的让人毫无准备，我的幸福有些虚脱。

这抹绿意陪伴我走过了一个多雨的季节后，那抹浅黄在我的期许里结出了两枚长长的果，我心里的幸福在这枚果里藏着。随着它成长而成长，饱经着风雨的洗礼，严霜的侵袭，冷风的蹂躏，这枚果却长得愈加丰盈硕大，长长地垂挂着，向世间炫耀着自己的幸福。我的幸福也是这样长长的了。

可是我的幸福在长到有近一米的时候却累了，是的，它是很累了，是要休息了。冬天了，该是采摘回去过冬的时候，可是它的主人全然不顾它的感受，让它在严冬的摧残下苟且地活着，只是活着而已。它的生命已经走到了尽头，却没有人来采摘属于它的幸福，所以它就这样让生命自由地离去，静静地离去……

我终于明白为何昨夜的风会刮得如此凄凉，风拼命地敲打着我家的窗棂，从狭小的缝隙里侵入了我的居室，侵入了我的心。原来，有一个生命在和我做着最后的告别，告别在一个无人深知的黑夜，黑夜里一个灵魂在悄然游走。

午后的阳光，依然暖暖地透过绿纱窗，静静挤进我的房间。借着这一缕温暖，我习惯地去阳台浇花，那枚病了的果依然安逸地守候在稍小一点的那枚果的旁边，神情是那样的恬静和安详，那是对生命的一种超脱和豁达。

窗内的人儿痴痴地遥望着窗外的幸福，静读一本《罗摩衍那》，突然希望自己能像罗摩一样和亲爱的人儿远离世俗的纷扰、名利的纠缠，躲到一片森林里了此一生。可是，又为何非要追寻这份窗外的美丽风景呢？要知道我们有时候要为此付出太高的代价，太高的代价啊！

我默默地在心里为它们祈祷，为自己的幸福而祈祷，但愿我的幸福也会如这般能长相厮守。无论是风霜的敲打还是病痛的折磨，都不能夺取这份难得的幸福，生命的守候里能有你时刻感知我的悲喜，此生足矣！

穿越繁华的屏障，爱原来就在自己的身边，幸福触手可及。可是现实里我们的双眼却总是很容易迷失，迷失在自己虚构的森林里。眼睛在寻觅的时候会酸了涩了累了，心就会很倦了苦了痛了，还有谁会在意自己毕生追求的幸福就在身边呢？

亲爱的，能守着窗内的你，我就很幸福了。我愿每天为你浇水，静静地守候着你，等你吐出第一缕芳香，就这样一直到地老天荒。我不会再羡慕窗外的风景，我知道，窗内的我该有窗内的幸福。

人说：人之幸福在于心之幸福。是的，我能时刻感受到你的心跳，我就是天底下最幸福的人儿了，我还奢求什么窗外的幸福呢？

谁伴落叶舞

又是一年落叶舞，看着一片又一片落叶辞谢枝头，优雅的舞姿款款飘落在地面，我满心满眼的宁静与欢喜。我欢喜这样的坠落，没有多余的哀怨，没有无谓的缠绵，有的是义无反顾的坠落，坠落……

风，朝着不同方向吹，时光在流逝中总是要带走一些东西，并留下一些什么，供人们把玩抑或是在心中怀念。冬风渐寒的日子，这几棵小银杏树的叶片像在赶着约会一样，一下子都换上了金灿灿的外衣。那片片夺目的黄，冲击着我的视野，吸引着我的眼球，让我每次经过都要为之而停留片刻。

第一眼看着那片金黄是在校园内，办公室的窗外有四棵娇小的银杏树。记得那树干是瘦瘦的，稀稀落落的几片绿叶迎风舞着。有位朋友带我走近细看时，无意发现，银杏树的叶片竟然直接长到了主干上，而且没有旁逸斜出。朋友的新发现，让我对银杏树莫名升起了一股敬意。因为我不喜欢那些诸如一味攀援的凌霄花，借他人的高枝去炫耀自己，我喜欢每一个生命的一份独立与安然。

记得那日周末，阳光很明媚，走到街头小广场，坐在冰凉的长椅上，任身边银杏树的叶子一片片拂过我的鬓角、肩头、手臂，最后落在我的脚尖。捡起一枚精致的扇形叶片，心里说不出的柔软和欢悦。伴着一片片金黄的叶片，落日也一点点西坠，然后隐于还未落成的高楼后面了，喜欢这样有着落叶的黄昏，可以让心自由地放逐。

我从来没有见过这样惊心动魄的壮举，风卷着一枚枚的落叶犹如千军万马般，有的心甘情愿地匍匐在我的脚边；有的落在被修剪得很整齐的灌木丛中；有的逗留在停靠在马路边的轿车顶上；更多的是聚集在墨绿的草坪上，为之铺上了一层厚厚的棉被；还有的落在旁边的鹅卵石小径上，为之穿上了一层金色的冬装。我不忍心踩上去，我想，那些落叶是在大地的怀抱里安眠吧；抑或和久违的地面浅浅私语，诉说离别衷肠。我怎么能忍心去惊扰它们，我又有何资本去破坏原本属于落叶的那份安静！

这是几棵还未成年的银杏树，远远望去，满树的黄澄澄，金灿灿，像一幅油画，惹来不少路人的欣羡抑或诧异的目光。我想，上苍何意如此厚爱银杏树，让其长得如此精致可人。但是又为何在落叶时分，如此毫不留情卸下它们那身美丽的外衣呢？立冬后，好像全城的银杏树一下子约定好了，要在一夜之间全都脱掉金色的外衣。这可忙坏了环卫工人。不远处，一位五十岁左右的阿姨正在左手撑开大麻袋，右手使劲往里面塞着银杏树叶。我悄然走近轻声问，这叶子怎么处理呢？是拉去郊区让农人烧火做饭呢，还是放进垃圾中转站处理掉？阿姨说，是卖给专门收银杏树叶子的商人。因为这些叶子据说可以入药或做成一些工艺品之类的，以前是很值钱的，听说今年好像不太好卖。阿姨说完就去别的地方装落叶去了，我不好意思跟着仔细打听个中缘由，于是，我对着阿姨笑了笑，道了别，就离开了。

一路上，我在想，只要这些叶子能找到属于自己的归属，不被世人抛弃掉，我也就深感欣慰了，我又何必非要问个水落石出呢。又一阵冷风拂过，几片聚拢在一起的叶片，又被风吹扬，然后飞一样跑向远方去了。

迎着寒风向前走，看着路边的行道树，也都黄得如此有层次，心里头却没有了一种因落叶而生的惆怅和哀怨，凭空多了一些无限的憧憬和向往。我多想让自己也成为一片落叶，在秋去冬来的时候，找一片安身之所，安息！

告别银杏树，最常见的还是路边的梧桐树。这些树看上去依然威武，像一位庄严的战士，凛然不可侵犯。然而无论那些枝干如何的虬枝盘旋，依然抵挡不了落叶的飘散。看着厚厚的落叶一路铺来，我有些沉醉，有些沦陷，更有些不可自拔，而更多的是惊叹：这么美的景致，竟然让我遇上了！

看着铺满一地的落叶，我不想用脚去碰触那些落叶，不是因为昨夜的雨让路边充满积水，而是因为，我只想静静地看着一片片落叶在水面的倒影。我想，那些清澈的水洼里，是不是藏满了叶子的心事？如果是这样，就让那些落叶顺着水流，自然地来，自然地去吧。

用手轻轻捧起一片片不知名的落叶，然后迎风抛洒。我想，我抛洒的不只是一片片简单的落叶，而是一个个伏在心里的希望。

看过银杏叶，躲过梧桐叶，我的心，也仿佛是一片叶子，在胸腔里飘了起来。

我与竹的故事

初夏，早晨，微凉。

仰望，碧空如洗，一望无际的蓝，丝丝缕缕的浮云漂游着。徜徉于公园内鹅卵石铺就的灰色幽径上，一路逶迤而行。路旁翠竹森森，一片清凉，绿，铺天盖地而来。绿意沁心，所有的故事从最初开始，都是最清新、最难忘的，一如这青竹的味道。

我一直有恋竹情结，文字里对竹更是情有独钟。郑板桥的"千磨万击还坚劲，任尔东西南北风"，是写竹的坚韧正直和不屈不挠，一如我青春岁月倔强而执拗的心。后来在一些写意画里一睹它的芳容，却多见墨竹，少见赤竹，颜色单调了些。一直有个念想，希望自己有一日于萧萧竹林之中，听枝头绿云与风窃窃欢叙，感受"一枝一叶总关情"的韵味。

日子在来来往往间交替着，约定俗成地前行着。最初，与竹相识，没有太多惊喜。见竹，仿若故友重逢，感觉温暖而亲切。田间沟畔的竹杂乱恣肆，似无美感，却莫名喜欢；园林芳亭边的修竹亭亭玉立，太过瘦削，让人怜惜；深山茂林里的竹海气势磅礴，让人震撼；囚禁一室之内的竹形单影只，令人扼腕。于不同景感受不同情，月下，听竹风，看竹影，似竹林仙子，乐在其中；雨至，风雨拍打竹叶沙沙之音，诉尽心中无限事，若离人相别时的叮咛，忧在其中。竹在不同地方，竹韵亦随之不同，但是虚空的心，正直的杆，却永远不会改变。

　　因为爱着竹，所以就蓄谋已久，想去花市看看，搜一点绿养在家里，细心守着。看着花市争奇斗艳的鲜花，环顾着琳琅满目的花样，心生一种倦怠的感觉，在扭头要走的一瞬间，无意间瞥见一束青竹斜倚在一家店铺门后不起眼的角落里。我急忙走过去，凑近，轻闻。我知道无香无味，可还是喜欢靠近它的身躯，感受它的气息，有一种轻微的幸福感在心头缭绕。

　　没讨价还价，富贵竹已握在我的手中，喜滋滋付过钱，虔诚地捧着，朝圣一样尽力用双手托举着它，生怕把它弄疼了。逡巡了一圈，觅得一方肥口瘦腰的大玻璃杯，轻轻地放置其中。亭亭玉立在这杯净水里的瘦竹哦，我要用什么语言来形容你的孤高与清雅呢？

　　一路上，车水马龙间，到处充斥着灰色的阴郁，污浊的黯然，苍白的空洞，整个城市都被灰色笼罩，难免让人心生出一种荒蛮的感觉。幸好，我的心里还留有着这点绿意，我始终保持着一种姿势捧着盛竹的玻璃杯，眼睛在这几管瘦竹中间穿行，陶陶然。

　　简陋的居室，因可爱的青竹莅临而蓬荜生辉。我把竹当作我的闺中挚友了，我热情地款待了它，把它当作我的嘉宾。我挑选了最佳位置，让其在最显眼处落脚，并精心地滴上几滴营养液。霎时，绿意蔓延，整个房间都有春天的味道了。

　　两周后，我突然发现这几管竹叶大部分都发黄了，有种朝如青丝暮成雪的感伤。我心慌了。上网细查养竹有关事宜，方知换水过勤所致。原来，爱太多，反而是一种极大的伤害。如果爱，就学会适当地放开。

　　看着一枚枚枯叶在我的手中随着剪刀而魂归，我心里隐隐地痛，对剩下的几枚竹叶的命运也不抱乐观的态度了。我决定放弃对它的关照，但，在它完全枯死之前，我又于心不忍弃之。剩下的几片绿意，也只好自生自灭了。

一个多月后的午后，阳光透过明亮的窗洒满小屋，感觉暖暖的，甚至有些燥热。慵懒地卧在乳白色的沙发里，百无聊懒地拿起一本书，翻了几页，然后把书盖在脸上，总感觉心里好像是少了些什么，又好像多了些什么，四下寻找，无果。当我望去，看见了眼前的富贵竹，竟然是绿意片片了。我惊呆了，那是怎样的绿呀，像是朱老先生笔下的女儿绿吗？不，它该是我心里一直在寻求的心儿绿！

　　那一抹心儿绿，如一抹清凉的云占据了我的世界。无意间，我成全了一管竹！

透明的秋天

又逢淫雨霏霏，街边的树，冷冷的，躲在一隅经受着秋雨的洗礼。很奇怪，这样阴郁的天气，却分明在屋角听到几声蛐蛐叫。女儿在隔壁练古筝，从《洞庭新歌》到《浏阳河》，一遍遍拨弄着琴弦，和着窗外的雨声，内心愈加沉静淡然。

突然想起一句诗："何处合成愁，离人心上秋。"其实，秋，本来应该是金色的，不该是蓝色的忧郁、灰色的淡漠，或是赤色的张扬。早就过了"为赋新词强说愁"的年纪了，再装一把幽怨，反而不伦不类。

岁月静好，光阴慢慢而过。日子，就该活在最美的情怀里。

在我看来，秋雨，是透明的，可以映照出人心深处的喜怒哀乐。当在柴米油盐酱醋茶中疲倦了身心，可以在心里装一个秋。因为无色的秋天，谢落了那一身沉甸甸的繁华之后，有着一种发自内心的释然。

当你细看，请你聆听，你会从秋雨里听出一份空灵，一份淡泊。滴滴答答的秋雨敲打着窗棂，和着此时耳边的筝音，真是"此曲只应天上有，人间能得几回闻"啊！这乐曲静了我的耳，醉了我的心，顿时，什么都可以想，什么都可以不想。

秋风也是透明的。在无边的旷野里，让清爽的风为你引路，你会捕捉到田野里散发的香甜、果林里飘来的幽香，还有那一阵阵幽幽桂花香、菊花意。穿越在小树林里，看着夕阳从雾霭弥漫的小树林渐渐隐落，心里有种说不出的清淡与愉悦。嗯，那该是秋风的功劳。

秋叶也是静美透明的。当所有的梦想都已成空，那份尘埃落定的安然，在泾渭分明的脉络间穿梭，谁还会在意那枯黄的叶肉，还有那曾经绿意满怀的笑靥？沉寂在大地的怀抱里，秋叶是最安详的，也是最幸福的，因为那份透明，已经和厚重的泥土相融。谁还会说，叶的飘落是因为树的不挽留呢？叶的归宿本来就是大地，它是不属于树的。

叶有叶的家，树有树的守候。谁说一份静美不是一种通透、一种沉默后的安逸？

寒意渐浓，年华渐远。手中握着的一份温暖，在微微发着汗。芭蕉在秋雨的敲打下，诉说的不再是离人的哀怨。当你心里装着一个美丽的秋天，你的心就是美丽的。而如果你的心里装的全是忧伤，即使在美丽的秋天，也都会黯然无光。

不要让你生命的荣枯围绕着无关紧要的人事起落，当寒冷渐近，学会在心上织一些温暖的文字。即便不能温暖别人，最起码也能温暖自己。因为，生活，不需要寒冷和冷漠。

记得有这样一句话：你有一双眼不代表你会看，你有一双耳不代表你会听。如果你闭上双眼，捂着双耳，能真实地听到那些来自心灵的声音，那么，你就是天底下幸福的人了，我愿意做这样的人。

特别是在这样冷飕飕的天气，再读这首《唐多令》："何处合成愁？离人心上秋，纵芭蕉，不雨也飕飕。"却没有了当初的泪自暗洒，分明从一首忧伤的秋怨诗里读出几分澄净来。这或许是因为，在心里装有一个透明的秋吧！

两棵石榴树

有两棵树，长在我每天所必经的路口，一棵是石榴树，另一棵也是石榴树。

入夏，晨起的阳光，微醺，卧室的窗前有绿影晃动，清风中，一阵清凉清洗了混沌一夜的肺腑。那片绿影来自与我朝夕相伴的石榴树，长在我家楼道口的出口处。细细的身子，蓬勃的枝叶，从楼上望去，像是撑起的一把大绿伞。时值花开季节，但是枝头上却只零星点缀着几点红，让人心生疑窦。

沐着晚间的风，拖着疲惫的身子回来，小区门口一棵小小的石榴树就会迎接着我。这棵只是比窗前的瘦弱了许多，若把两棵树相比，一棵是饱经沧桑的母亲，另一棵则是未成年的幼儿。这棵小石榴树在灰色的路旁显得是那样的靓丽，一阵风拂过，片片红色花瓣飘然落地，乍一看像极了印度舞女眉间的红痣。抬头细看纤细的枝条上缀满了密密麻麻的小红花，真是千朵万朵压枝低，让人心里不禁感叹万分。

这对母子般的石榴树，在我每次出门前后或站在窗前的时候，我都会凝视着它们，我把它们当作我心灵的朋友了。

时光的水在不觉间滑落，石榴花开花落的轮回里，在我的心里早就形成了一个芬芳的花园。

当一阵阵春风拂来，看着枯褐的枝干不知何时有星星点点的绿意点缀，我的心情一天都是明媚的。有时站在树的浓荫下，如云的绿荫里，有朵朵火红的小花在枝头随风跳跃着，我的心里也似乎点着一把火。这让我想起了如火的年华，那段青春的岁月，仿佛一下子由暗黄变成了艳红。此时，我会情不自禁地把低下的头轻扬。

看着第一片秋云飘过，枝头上早就挂满了红灯笼样的果实，有的在咧开嘴，张扬成一首欢快的歌；有的低头不语，内敛成一种沉默的诗。我的心里于是也写满了诗。等到皑皑白雪缀满枝干，琼枝玉叶下的躯干却显得愈加坚劲，这让我想起了边疆的钢铁战士，心里多了一份期许和等待。

这两棵石榴树见证了四季的荣枯，还有我生命的起落，我的每一根神经都会因着石榴树的变化而变化。记得去年的秋天，大树空无一果，而小树硕果累累，我就在想，造物主是公平的，当大树把所有的繁华都经历之后，是该安定的时候了，而安宁后的那份落寞有谁知道呢？没有经历过繁华的小树，当尝尽人间春色，当所有的荣枯都一一来过后，是不是如大树般的命运也在等待着它呢？这或许就是生命的轮回吧，谁也避免不了的。

春去夏来，看着繁花遍树而青春洋溢的小石榴树，再看一眼稀稀拉拉小花相伴的大树，谁能不会说，今日的大树不曾有过小树样的炫美，明日小树不会有大树样的落寞呢？无论这对石榴树如何变化，这都是自然的使然，是岁月的轮回。

看树般人生，感世间命运。我的心里总会随着这对石榴树的荣枯而收获着一种淡定，采摘着一份从容，放飞着一个梦想，种植下一个新的希望。

于是，我在心里许下愿望：来生，我愿化作一棵石榴树，长在另一棵石榴树的身边，为它守望，为它忧伤，为它欢喜，为它彷徨。

有天夜里，我突然做了一个梦，梦见我变成了一棵石榴树，长在冷冷的山崖之上，在崖的另一端，也有一棵石榴树，微笑着与我相望……

秋色几许谁人知

一日，我在灰尘弥漫的田埂上遇见了某年相遇过的雏菊，说："哟，你怎么没去参加比赛？你孤独地在这里默默地开放着，是为了等我来采摘吗？"雏菊微微颔首，轻声说："是的。"

哦，原来，你经历了五百年的风雨烟尘都是为了我能为你停下匆忙的脚步，希望我为你伫立，与你密语。

谁家庭院前的向日葵高高地挺直着脊梁，美人蕉吐了一口仙气，不用凑近就香气扑鼻，大丽花和鸡冠花顶着火红的脑袋与散落在草丛里的牵牛花争着去参加选美比赛。

梦幻蓝与热情红不相上下，观众们敲锣打鼓地看着。扁豆花那淡紫或粉白的笑脸很低调，只是丝瓜花黄澄澄的样子爬上高高的门楣和围墙，摇动着脑袋，跃跃欲试着，也想参加这场比赛。

院内一个小花篮里的狗狗说：带我一起去流浪吧。站在它身后的猫咪说：不可以，我一个人就够了，不想让你陪我委屈。啊，还有一只小花狗蜷伏在门槛前打了一个长长的哈欠，看了一眼红漆脱落的木门上那褪了色的对联说：主人这会儿去田野了吧！

生活就是这样啊，有时候看着不可思议，可是依然有情有义呢。

乡野平原敞开宽阔的胸怀，又一次被农人开膛破肚了。这一片橙黄，大豆熟透了，传来哗啵作响的炸裂声；玉米排排坐好，安静地等待着分离高高的秸秆；花生们呢，一方方铺展开来，深埋着一份成熟，看着农人们怎样匍匐在地，表达着对土地的虔诚。

平野的秋色很是纷繁，想念那多情的豆荚、温柔的棉花、香软的红薯、馋人的玉米香，还有那成串成串的桂花粒，开得轰轰烈烈，馥郁的香味缭绕在你的鼻尖，让你无法移动脚步。它们大大方方地开，热热闹闹地落，还未等香气散尽，还未等行人的鼻翼足够承受住诱惑，就轰的一声乍谢一地。满地黄花堆损，独自守着窗儿，怎奈秋分夜寒，无人解花语。

清晨的浓雾铺天盖地，犹如仙境，一时分不清是天上的云还是地上的雾。好像是天破了个大窟窿，一股脑儿，一块蓝布被撕裂，咕咚咕咚一大卷一大团的云骨朵都掉落人间。有人形容世事多变为波诡云谲，形容头脑混沌为一头雾水，很是形象。雾，如一道薄纱连接天地间，身处莽荒，终难逃离。也只有阳光的双手才有力量揭开它的神秘！是的，身处迷境，朝向阳光，就会走出心灵的阴霾！

中午，雾霾散尽，天空如一大块蓝底印着白花的丝绸一般，慢慢滑向天边。夕阳留恋在地平线上，红着脸与白云争辩，吵得不可开交。白露时节，天空越发高远深邃，凉气偷偷从后半夜潜入窗棂，在暖融融的房间开始大闹天空了。蛐蛐的叫声越发清亮悦耳，若不是倦意缠人，窝在被窝里听着这样的乐曲，还真是秋日里最美妙的事情之一。

秋夜凉如水，有一片片落叶开始起程了，簌簌而下，回归生命的另一段轮回。秋，是极好的，九月的光阴里有多彩的秋叶与树枝在决绝告别呢，若不是放弃旧日的眷恋，又怎么会开始新的征程？

在心里，不用修篱种菊，就这样开辟一处小院，一方田地，看日出月落，听乌啼鸟鸣，此生足矣！

万物皆有情。是的呢，在简娥笔下，柳月呢，是个爱臭美的女郎，赶着赴宴；时间呢，是个多头妖怪啊，藏在许多你不在意的瞬间里冲着你龇牙咧嘴地笑。每一个季节，每一棵树木，每一株花草，都有了情，有了存在的理由，让你爱不释手。

秋风乍起，有种一见钟情总会旧情复燃，那种相见欢如一堆篝火，在一个个不经意的瞬间，一下子点燃了你的思绪。

择一片秋色，与水木共眠。看睡莲与垂柳缠绵，听秋风与清浅私语，看落叶与曲径相合，听楼房与天空争议，或许，在每个人心里都有某一处心灵的栖息地，可是当你习惯了听风赏雨，你会把心交给那一草一木一花一水。

我想念那生我养我的乡野平原。我懂得天空与自然的呓语，熟悉麦田与大地的缱绻，欣赏白云与清风共舞。啊，在钢筋混凝土的冰冷里，我能找到那么一丝旧日的欢喜来。生活，并不总是冷冰冰地板着面孔，而是也会和蔼可亲地对着你笑哩！因为总会有那么一束阳光，会照进那阴暗的心之谷底！

又是一年看荷时

又是一年一度荷花开，夏风清爽游人来。荷花十里香，疑似他乡是故乡。

恋荷由来已久，喜欢它的高雅端庄，喜欢它的清新脱俗，喜欢它的纯洁正直。一直想象着——风荷举，莲叶何田田，铺天盖地而来的荷的样子：阳光透过，蜻蜓飞过，把空气也染成了淡淡的绿。荷叶像绿色的帐篷，把炎热挡在了外面，阴凉下有一两朵或红或白的荷花，若隐若现，似有诉不尽的娇羞，看不尽的婉转。此时偶有一两条冒失的金鱼在荷梗之间来回穿梭，些许惬意，些许悠闲，让人羡慕不已。

年少时从未与荷谋过面，只能画中见而已。每看到有关荷的图片，都会如获至宝，涂鸦在心爱的日记本里以慰荷思。后来，大学校园北不远处有一大片荷塘，每至夏荷怒放，顶着烈日，偕友而赏。回来的路上，每人头上顶着一片大大的荷叶遮阳，嬉笑之间，一份逍遥。工作时，任教的校外也有一方荷塘，但只见过一面，第二年再去不见荷影。后来有人说，很多人把莲藕都挖走了，所以荷没有了。当时我待在空空的水边，看着一摊污水，心被惆怅填满了。

于是，我把对荷的思念寄托在文字里了。"清水出芙蓉，天然去雕饰"，这是对朴素淡泊人生的概括；"莲叶何田田，鱼戏莲叶间"，这是对自在洒脱生活的演绎；"出淤泥而不染，濯清涟而不妖"，在污浊的世间，这是告诫我们洁身自好，不随波逐流。莲花，在文人的眼里都是青睐有加，或许每个人对自己的心灵之荷都在精心灌溉着。

直到前日有幸于汴京一游才再见荷颜。下车，飞奔，抓拍，视野所及，绿意荡漾如海。手指轻摇一片荷叶，有一滴水于荷叶上摇曳生姿，荷叶因水珠的摇动而愈显可爱。远处，突然看见一只褐色蜻蜓落在一片边缘枯败的荷叶上，"小荷才露尖尖角，早有蜻蜓立上头"，真是应景了。莲叶与荷叶之间稠稠密密地排列着，好像在遮掩着一些大大小小的心事，莲蓬也若隐若现。想起"低头弄莲子，莲子清如水"这句诗了。既然错过了"映日荷花别样红"的好时节，我只好静赏这些无穷碧绿的莲叶，并想象着，在重峦叠翠之间，悬泉飞瀑之下，一片荷塘前静立，看溪头有一女子，正在卧剥莲蓬，那嫩绿的莲衣被一点点剥落，那香甜的莲子不经意滑落而下……

看荷，让自己与荷并排站立，想着自己成为荷的样子，期待着一年一度看荷时。

写给那个追梦的风筝

　　盛夏的一个早晨，天空一碧如洗，浮躁的风不再狂吼着东奔西走，悠闲的云也多了一份飘逸。喜欢这样眯着眼，透过斑驳的树影，看阳光照着有缝隙的树影，一点点金子样的光芒闪烁着，就好像是在看一个个梦里曾编织的无数记忆。

　　行走中，一抬头，竟然惊奇地看到一只风筝。那是一只金鱼形状的红风筝，顶着风，在空中摇曳。不知道是哪位乖巧的孩子能够在这样的夏日里去放三月三才能看到的风筝。原本以为只有在春日才有的景象，竟然重现，这不得不让人感到有些意外。

　　细想，在生活里总有太多约定俗成的东西，左右我们向前或者向后。左手拿着未来，右手牵着过去，一路上摇摇晃晃地沿着固定的轨迹前行着，而我们就好像是孩童手中的那只风筝。

　　在鳞次栉比的都市丛林穿梭，熙攘的人群，如潮的车流，排山倒海一样地穿过去，然后又有新的一拨涌过来。一时间，好像自己被淹没在这样的流里，而忘记了前行的方向……

　　我是多么羡慕你啊，那个夏日里追梦的风筝，可以在一个酷热的季节里依然留恋在自己梦想的天空。那里，有风的青睐，有云的召唤，有线的牵引，还有，还有自己义无反顾的向往。

　　追梦的风筝，我可以这样妄想吗？你能带我一起去飞吗？我不怕疼痛，也不敢遗忘，相反，我有些怕死亡一般的平静。带我去飞，好吗？

亲爱的风筝，无论多远，无论多难，我愿意，去尝试一种全新的生活，尽管是在这样一个不合时宜的季节里。

我能遇见你，仅仅是因为缘分、幸运吗？不，什么都不是，而是源于一种梦的牵引。所以，我来到这片广阔的地方，所以，我才看到了你，尽管你已经在蓝天上飞了。

我不去奢求生活总是会恩赐于我幸福，命运女神会多看我一眼，我只是希望，在幽深的梦之湖里，能够像鱼儿一样自由地游弋。在无边的苍穹里，像风筝一样飘飞，哪怕只是短短的一瞬。

我可以牵着你的手吗？风筝，尽管你已经飞得那么远。可是，在梦的远方，是没有距离的，无论多远，我们都是那样的心心相印，不是吗？因为，我害羞的样子，你是见过的，你低垂的眼帘里其实早已记下了我的样子。虽然，你不言不语，我想你是知道，我一直在仰望着你啊，我梦里的天堂！

可是，越是立于旷野，越是感到自己的渺小无助。就好像是那个借物的小人艾莉缇一样，有着一双倔强的眼睛，但是微小的身躯却受着现实巨大的压力，有庞大的外物需要去征服，有危险的猎物在虎视眈眈地注视着她，想随时把她吃掉。可是对于她，这些都不算什么。我也想去挣脱这些压力，跳出命运的桎梏，在我的心里埋藏一个无法挥去的梦，因为，那里有一片属于自己的蓝天。

看着你，那个遥远的梦，好像一下子贴近了许多。于是，我立在一片阴凉的树下，热烈地喊着你：追梦的风筝，你能停下来一会儿，带我去飞吗？

可是，天空里没有任何的回音。你，高傲地仰着脸，依然自由自在地飞在希望的天空，全然不顾我的呼唤。我知道，我是多余的了。

是的，有些牵挂和呼唤是多余，因为没有得到相应的回应，那么，就干脆放弃了，不要去为难自己。每个人都有属于自己行走的路线，你何必冒着粉身碎骨的风险去做一些无谓的牺牲呢？

只有那些来自心灵深处相通的感觉才值得去珍藏，全然没有一丝的悲悯和楚楚可怜的同情，就好像是花儿对着骄阳，芦苇迎着晚风，草尖对着露珠，那该是一种最美丽的相守吧?!

好吧，你飞吧，飞吧，我不挽留，也不苛求。深呼吸，细思量，原来，与你相逢，不过梦一场。你飞，还是停，全由你的心；我等，还是走，也全由我的心。

再见，那个追梦的风筝，谢谢你，让我明白了，没有方向的执着，其实是在饮下没有解药的毒。我的担心，我的牵挂，还有我无端的小小悸动，都曾是那样真实地来过，却又那么真实地远去了吧。

心跳了，是因为梦里的恍惚，还是因为知道疼痛了？能飞了，是因为放弃了，还是因为自由了？如果都没有的话，那么就安于自己的平静吧，还奢求什么飞翔的梦能变成现实?!

谢谢你，追梦的风筝，你的不言不语，恰似对我最好的应答，我多么希望你就这样永久地住在我的梦里，无人轻叩我的窗，而我的梦，还是那样的绚丽多彩……

再见，远去的风筝！你看不到我的眼泪，是因为你离我太远；你不懂我的伤悲，是因为你根本就没有住在我的心里。

再见，追梦的风筝，你飞走吧！因为，你有你努力的方向，我有我自由的向往。

浅草的忧伤

壹

三月的烟雨，恣意弥漫，像一场可遇不可求的梦。

我是一株落满尘埃的浅草，立在一座城市的飞尘里，等待一个春天，很久了。

所有的时刻都已准备好了，为了和你相遇，相拥，斜阳里，我在御风而行。

我听见那些可人的春花，在旷野里嬉笑，却无人为之驻足。忙碌的人们，活在现实的桎梏里，却忘了心之外，还有一个春。

没有一个梦是平白无故的，横空出世的多是一些凝满水珠的云朵，而谁的想念，却是这般地让人不可理喻。

雨，落个不停，都市丛林中的灰尘，依然没有洗净。

心，在城市的风云里坠落，无端的忧伤。或许是因为一直渴望飞翔，却没有一双梦的翅膀。

汽车一辆一辆地从我的身边疾驰而过，高压线一码一码地在我头顶延展，离我不远处，一座高楼在一米一米地向上升起。我忖思：人类啊，为何这般自不量力，竟与天公试比高？

我不羡慕那些繁华，我自甘于我抖不落的寂寞，和着我那心里浅浅的向往。

贰

我不是故事里美丽的绛珠仙草，不是可以随着音乐扭动腰肢的跳舞草，也不是会迎风摇摆的狗尾巴草，更不是可以入药的忍冬草；也不敢自称是周老先生笔下自爱的野草。

我只是我，一棵无名的春草而已。我只是一个卑微而忧伤的生命，而我自爱我的忧伤。

我没有兄弟姐妹。人行道边枯干的海棠花被春风吻得羞红了脸，公园里的杏花桃花也跃跃欲试，想崭露头角了。而我却一直在酣睡。尽管，春风真的吹来了。

雨，一滴一滴，落入我的眼帘，像一串串珍珠。我醒了，想起了一帘幽梦。我爱这样的春色，雨落，微凉。

清楚地记得前天的云是软软的，丝丝缕缕在澄澈的蓝空里，飘浮着，皓月是明朗、干净、而清爽的。喜欢这样的天，像那个可望不可即的梦。

守望，在三月里铺开一张素锦，为你着墨，用诗意的眼神鉴定一次心灵的预约。

然后，我坐在一首诗里，怀想你为我挥笔泼墨时的样子，是如何的让人怦然心动。

叁

我看到三月的天空，不时有一两群小鸟一掠而过，天空，没有孤单的忧伤。

风筝在雨天是缄默的，没有谁会在意一个在雨中伫立的不安的灵魂。而我却独守着一方沉默，任风里来雨里去的人，为我扼腕叹息，仅此足矣。

希望有一天有一场清澈的相遇，无论是雨中的伞还是身边的那棵梧桐树。心花总会开放，在没有时间的光阴里。想要一缕清风，你会来吗？想撷一抹月光，你会给吗？想要一场相遇，你会在吗？

我只是一株浅草，立在尘世的忧伤里，我的同伴都还在沉睡，独我醒来，等待着一个开花的梦。

听，春的声音，由远而至，那里有醉人的芳馨、迷人的怡悦，还有一个不为人知的秘密。

山河如故

情洒九里沟

七月，雨泛滥，情亦然。

前日，端坐居室，轻掩卷，思飞扬，欲敲击往事。此时，一十年未见之好友来电："久未见，甚思。吾等相邀，前往王屋何如？"吾惊呼："善，甚合吾意。"故，携女拉夫，随其驱车而往。

故地游，思如潮。是日，于济水畔相拥。自别十年，恍如隔世，叹时光荏苒，容颜若飞电，青春残歌不见，谁曾沧桑了曾经之娇艳？谁遗落了一地之感叹？雨中观济源，路宽洁，人稀少，路边垂柳依依，紫薇怒放，落红满地花初歇，心事凄然谁来解？葬花怜花人不在，自等化泥春风来。

翌日，天稍和，日光微露，心窃喜，天助之。早八时，两家聚首前行，《雨的印记》车里传，欢歌笑语洒济源。窗外，清风朝阳，窗内，旧日时光。不时，至九里沟，停车，四顾，凉意沁心间。

拾级而上，所见之树皆非吾常见之树。故相问，友答曰："此地核桃树、橡树、苟树等闻名。"心喜舒婷《致橡树》之情，故遇之细观之，小且瘦，有橡籽藏于光滑叶间细。细申而思：爱其莫若此，于万树丛中，不见其光华，因情之深，故爱之切，传之广也。且行且看，见一细密枝叶间紫花点点，满山可见，友曰："此为荆也。廉颇负荆请罪所背之荆是也。此荆韧，不易折。"吾折一枝试之，果如其言。

行数步，停多时，脚下山花灿烂，黄白野菊昂头而笑，吾抓拍，视若珍宝。小溪潺潺，孩童逗留其间，觅得一螃蟹，捉之，置瓶中。倏忽，见爱女弯腰伸颈，细视水中，吾侧目而视，见游鱼嬉戏其中，若星点般点缀清水之中，时而安然不动，时而倏忽远逝，似与游者相乐。爱女欲捉之置瓶中，久试未得，后怅然弃之。

沿山路迤逦而行，每隔不远处，皆可见一水潭，绿水如缎，若裁之以为裙，下水捧着，漾起圈圈涟漪，如褶皱四散，爱极。高出石坝有几股水流凌空而飞，诱人驻足一观，有一股细流自坝中一孔中穿过，众惊呼，真乃滴水穿石也。低处水面落花飘逸，静观而醉，爱女吹五彩泡，漂浮其上，欲增添一丝娇媚。杂石交错纵横，吾赤脚站一石上，以手触水流，虽寒意入心，凉彻骨，却喜悦填充于心。水之湄，水之媚，若有伊人在岸，顾盼生辉，得此景，住此处，此生还欲何求？

缘山路至一古庙内，从石阶下而观，书曰：闲云野鹤是也。入内，一石碑简介其主许爱茹生平及功绩，吾景仰之，不只因其名与己有同字。济水之畔，因冬凌茶而有名。其对面见于两拱形若桥洞前有字，右曰"煮茶"，左曰"饮茗"。吾留影于此，以示己志，若茶般人生，且珍视之。

看四周奇异草木，听清泉石上流，山风掠过耳际，拂过发间。与友曰："来世汝欲变为何物？"友曰："蛇妖，至山中，汲天地之精华，领风雨雾与吾共玩。岂不快哉！"众大笑。其问吾，答曰："我欲变一树精，统领众树，号称百树之王，餐风露宿，不食人间烟火。岂不美哉！"语刚落，友呼曰："树精，勿动，汝发间停一蝴蝶。"吾惊恐，后知其戏之。一路蝴蝶蜻蜓相伴，倒不足为奇。吾欲静坐候之，等为我而停之蝶，心亦随之化蝶矣。

至山腰，落花洒满石阶，不忍踩之。野草莓点缀杂草丛中，野菜随处可见，友人采之，置于口中，细品之。吾笑其痴迷山物。前行不多时，有一山民拎一怪状果实似人状，猜想，莫非何首乌？揣思之，欲问之，那人已远去，至今不得而知。且罢且罢，留一谜于心间也可。

行九里飞瀑前，只见一行细流冲顶而下，虽不壮观，却依然戏之喜之。几行水流从巉岩峭壁而下，若珠帘状，疑似花果山福地，水帘洞洞天。于滑石前想感之其灵气，却欲倒之，惊魂未定，吾爱珠帘若此，皆叹惋。后两家齐聚留影，做千手观音状，众狂笑不已。

入午，坐山谷一石上，凉意扑面而来，停歇而语，听溪流若琴音清脆，忽有一曲《自由飞翔》传入耳膜。友人放歌多时，唯我心在山间，无暇顾及而已。水声歌声相容，醺醺然，陶陶然。

未至山顶，饥肠辘辘。一览众山小之情境，十年前已于王屋山领略之，此地留些遗憾而去，也未尝不可。人生亦然。看景，不必登顶，高处不胜寒之清影，几人能懂？原路返之，步履匆匆，来时所见之景，却熟悉如故人。无初见之惊喜，莫非人生所见之人，亦是如此？

倾洒一腔爱意，种满一山爱恋。吾去也，心留之。

雪花洞游记

　　临近清明，寒流来袭，冷风时作，夹有灰尘弥漫。近日清闲，局促一室之内，余端坐桌前，凄然凝视窗外，寂寥无神，形容黯然，心如死湖。

　　今日天稍和，柔风拂面，备行囊，偕亲友，出城区，至浮戏山雪花洞而行。一路车流如水，时有烟柳俯仰生姿，行道树修剪如塔，威严而立，繁花错落有致。至郊外，一望空阔，麦田翻碧浪，油菜花似海，心若脱笼之鹄。

　　久在樊笼，复返自然，视野所至，欣欣然。不时，见青山起伏，绕山路逶迤而行。清风伴花香，沁入心脾。至景区，游人如织，车队如潮。下车，各商店小吃前，人头攒动，急寻一处，解决饥饿之苦，亦暂缓路途之劳。即罢，随导游往深山探幽。

　　越假山，穿怪石，行石阶，清水悠悠，湖边小亭独立，有一两人在此歇脚。吾等前往紫龙峡而行，吾恨不能再生双眼，尽收这湖光山色。抓拍，定格，凝神，细赏。拾级而上，脚下怪石嶙峋，溪流潺潺，野花随处可见，仰望一鸳鸯桥于峡谷间凌空而飞，险哉。

　　至顶峰于雪花洞口列队等候。稍后，至洞，初感深不可测，阴森森，寒潮之气逼人，石阶陡立，如入无底洞，骇然而行。终见钟乳石，形状各异，若珊瑚，若葡萄，若寿星，若飞天，若雪花茫茫，若梅花点点，奇矣怪矣，惊叹于大自然之鬼斧神工！吾正出神间，导游轻言细语道：此洞天福地。有一音乐石，手拍之，发出空空之声，拍之福亦至。吾等争拍之，而后，相视而笑。

出洞，辗转至小龙池。此又名珍珠泉，泉水清冽可饮，有黑白二龙戏水。泉水碧绿，水下若有地下森林，美哉。

夕阳欲坠，人影散乱，返程。车内歌声缭绕，众人呼呼大睡。吾窃笑，亦随之。

郊田之外春尚好，春意浓，游人醉乎。

我心之旅

一日，晓雾已退，秋阳高照，万里无云，寂寞之城顿失。晨练声，呼喊声，早买声，渐渐嘈杂，驱走了整个秋夜的宁静。昨晚苦于与文字鏖战，倦意难除，却又难以成眠。轻叹起居，拉开窗帘，一抹秋阳一览无余，炫耀之光弥漫整个房间。心里储满晨光，轻唤爱人：今日一游植物园，何如？夫应。吾心雀跃。隔壁之女早醒，闻之，亦欣欣然。

匆忙洗漱，拉夫携女前往。人流如织，且心思万千。一车之内，形态各异，或站，或坐，或蹲，中途堵车，焦虑之情溢于言表。我把MP4音量放大，让歌声充盈于耳，把心关在自己的世界里。久之，复前行，不多时而至。

放眼望去，一片空阔。门前一株树雕醒目而立，喷泉四溢，游人徐徐而至，留下一瞥永恒。吾心若出笼之鸟，与女亦随之，喜不可言。购票入内，一片美人蕉鲜艳欲滴，如火如霞，喜迎游客。穿过一条迂回的小路，至圆形温室前，三处喷泉，水花四溅，伛偻提携，争往观之。前行，一省之内盆景聚集一处，眼花缭乱，独观之景，则情趣盎然。各路英豪皆云集于此，则不分伯仲。我流连于竹林深处，探海，奔月，浮云之上等，独特的构思和创意，让人叹为观止。惊呼，朽木逢春，枯树开花，是为奇迹也。自思量：再美的事物，看多了就会审美疲倦。只是可惜了那一出出匠心独运的作品，游人一瞥而过，或无人理会。试想：这需要多少年的栽培，方成硕果呀？罢，罢，罢，空惹一腔感叹，我自寻一番快乐去！

　　行走在鹅卵石小道之上，隐约有潺潺水声，狂呼而至，人为的飞瀑从假山飞流直下，流动的水延绵很远。途经水中嶙峋的乱石，径直往前，一路杂草丛生，碎石伶仃分散。一股水流又从一块平坦如砥的大石上倾泻而下，一幼儿光脚在其上而戏。吾女心窃喜，脱鞋挽裤飞去，一会儿弯腰捧水四洒，一会儿蹦跳任水花四起。我蠢蠢欲动，爱人笑之，我放下淑女的姿态，亦光脚而去。深秋，水微凉，正值午后，水花亲吻双脚，甚为舒服，心温暖，凉意全无。此时两岸芦苇迎风飘荡，各种野草开着自己的花，对着花儿微笑，与水草亲密接触着。乐不可支！游人渐多，见有人水上嬉戏，便趋之若鹜。稍后，又有三四人脱鞋而至。我悻悻然，让之而去。

　　秋阳渐斜，倦意袭上心头。园内丛林内，青草上，游人三三两两，或躺之酣睡，或坐下小憩片刻，或聚首交头接耳，不一而足。我等寻一处林荫幽静处，躺下，放开四肢。草软绵绵的，像柔软的云朵。秋风徐徐，吹动树叶的沙沙声，极其动听，这纯粹的天籁之音让心沉醉！我眯着眼，久久地望着无边的蓝天，没有一丝云，像极了一片平静的大海。我的心陶醉在这无边的蔚蓝里。稍歇后，在不远处的芦苇荡里，传来一阵歌声，袅袅娜娜，混着风吹树叶的声音，妙极。

　　又从一片月季花园里走出，那些凋零的花香混在泥土里，也填满了我的心。迤逦而行，来到竹园，看方竹蔚然连成海，若一个个沧桑的老人，峨冠博带。细看紫竹亭亭玉立，如娇羞的少女，随清风而舞着曼妙的舞姿。喜欢竹子，中通外直，不蔓不枝，笔直地向苍天述说着自己的意愿。心有追求，我亦足矣！

　　夕阳已累，渐隐憔悴容颜，人影渐渐稀疏。返路时，见路边有一野草顶部若伞状，不是蒲公英，茎是三棱的。记得小时候，就拿来一分为二，然后中间扭转成一个正方形，我美其名曰放露天电影。顺手采撷一棵无名草，拿在手里，做给女儿看，似乎自己又回到了儿时。

点点滴滴的温暖记忆总是在不经意间就像电影一样一幕幕闪现出来。归后，坐于屏前，往事又一次袭击我心。我无处可逃，唯有信手敲下这些文字，然后轻言一句：我心之旅，唯有自然！如此而已。

绿博园，锦绣如你

十月十七日，一早醒来，似有秋蛉在耳边呢喃催促。一路辗转，半小时就到了神往已久的绿博园。

下了车，秋风加剧，有些冷意，缩了缩脖，不觉把衣领竖起拉紧。抬头望眼，大门蔚为壮观，身边的女儿不禁欢呼雀跃。从逼狭的出租车内出来后，顿觉豁然开朗。此时，虽冷风大作，游人仍络绎不绝，其间多为老人和小孩。

一路欢呼奔至湖边，凭栏而观，见渺渺烟雾于一湖之上，一观光塔巍然而立。不时，一阵悦耳的舞曲从岸边传来，循声望去，见一对花甲老人，正随着舞曲跳着优美的华尔兹；旁边还立着一对戴着墨镜的老人，精神抖擞，像是坚守岗位的保镖，让人敬而远之。我立于一侧，悄悄把这个镜头定格，在心里也暗暗许下心愿，等我垂垂老矣之时，也要在一个风景秀美的地方，秀一把自己笨拙的舞姿，方不辜负这大好秋光。

遐想间，女儿催促前行，沿着湖岸逶迤而行。女儿拿着地图做向导，我紧随其后，见湖岸的草坪已枯黄，流露着秋的萧索，湖水中不时有游鱼与游人相戏。路过一棵银杏树，见树下有一蝴蝶状的枯叶，我心生爱怜，弯腰拾起，轻轻拿在手中把玩。记忆里，在青春年少之时，爱极了秋日的树叶，日记本里总夹着或红或黄或褐的枯叶，不同形状的叶子记录着我生命中的每一处曾经走过的痕迹。

顺着游人的足迹，来到山西诗礼园，见一方墨池，一墙诗画，一尊顽石，一股浓郁的诗文气息迎面扑来，感受着一种别样的文化氛围。从一个展园到另一个展园，不同地域各具特色，一座座亭台轩榭，一幢幢竹楼草屋，一道道屏风隔墙，一尊尊奇形怪状的雕塑，一条条潺潺水流居高而下，一棵棵苍天古树，一座座小桥，一片片竹海之中，竹楼之上，人声鼎沸，笑语不断，慢慢冲淡着秋日空气里那股清冷之气。

一直以来就有一种浓郁得化不开斩不断的江南情结，所到之处，记忆最深刻的就是那些粉墙黛瓦、小桥流水了。此时，于竹影绰约之间，不时有人影晃动，透过镂空的门窗看去，有一种不真实之感，犹如人在画中游。过一道曲栏，见一道曲梁，睹一方池沼，赏一片水草，叹一池残荷。不时，见亭亭垂柳迎风而舞，纤纤玉影倒映于碧水之中，一座秀山于旁巍峨而立，让人爱惜不已。不远处，一对衣着情侣装的青年男女，手挽手说笑着从我身边穿过。我回过头，品味着并感染着一种渴望已久的幸福。

听着从园内音响里传出来的舒缓优美的轻音乐，留恋于这些江南展园，让人竟疑似来到悠悠江南。看着一处处具有江南风情的景物，我不禁感慨万千，真真是"江南好，风景旧曾谙"。从湘皖到苏浙，每一处风景都在记忆里留在永恒，穿过一道道长廊，透过一些隔而未隔界而未界的屏障，那些奇花珍木总给我的视野倾注一些新鲜的活力。

在不同地域穿梭，总有不同感受，或许生平最爱花草之故。一路走来，最留意的还是那一片片招摇着的芊芊细草，一簇簇或红或黄的无名小花，一杆杆风中的芦苇，一排排迎风而舞的依依垂柳，一棵棵古朴遒劲的参天大树……这些都让人留恋不已。

一帧帧风景，定格在记忆里，成为一种过往。人，游在风景之上；心，留在风景之内。原来，美，就在这一花一木、一草一秋之间。想必，自然之美，方为大美也！

青岛， 雨中印记

在梦幻之海漂浮得久了，有些倦怠，于是蓄谋着去看海。七月九日晚八点，我们出发去青岛看海。

翌日早八点至青岛。天，灰蒙蒙，微雨。干净整洁稍逼狭的街道，错落有致且高大的行道树，鳞次栉比。古韵十足的建筑，从眼角一一逃逸后，我闻到了海的气息。

海，我终于来了，来看你了！

游轮早已准备好了。码头上，游客云集，列队等候，然后鱼贯而入游船。雾蒙蒙的海面微波荡漾，远处中国制造的第一艘105战舰蓄势待发，威风凛凛地仁立在海面，像是随时准备投入战斗的钢铁战士。仿悉尼歌剧院而建成的酒店点缀在不远处，给平静的大海增添了一丝异国风情。

携女至船头观海，看浪花与船头相吻，与船身嬉戏，于船尾而消隐。碧波微漾的海面，偶有翠绿浮萍飘过，远望，海波如片片鱼鳞，亦如丝绸随风轻拂，或如无瑕的翡翠，让人不忍触碰。不远处，间或游船快艇倏忽而逝，缥缈如沧海一粟，苍茫如浮尘一粒，让人不得不感叹，海之博大，人之渺小。

海天一色间，真的容易让人迷失方向的，尤其对于容易迷途的人而言。

不如从船上下来，去海底世界看看，如何？

随导游指引，游水母馆、海兽馆、鲸馆，几经辗转，不觉间被人流推入海底隧道了，游人摩肩接踵，人满为患。看到的人可比看到的鱼儿还要多得多呢。从光怪陆离的海底世界走出来，有雨点簌簌而落，砸在脸上、手臂上，微凉，冲走了一些拥挤时的燥热，多了一些惬意。看样子，这海底世界没有传说中的神奇、想象中的清静，觉得和郑州的海洋馆没有什么区别。看着琳琅满目的海产品和一些面无表情的推销女，倒是多了一份浮躁，不如去栈桥一观。

栈桥上各种珍珠饰品和五颜六色的贝壳排满桥的两侧，吸引着众多游客的眼球，三五成群地围在一起，挑选着自己喜欢的商品。我也选了一串珍珠手链，洁白的珍珠配上淡绿色的透明饰品，看上去典雅清新，爱极。

石墙内开花的树，枝繁叶茂，好奇地把头探出铁栅栏外，用柔软的枝条轻拂行人的脸颊或双肩，或撩起披肩上的发丝。走在马路上，甚是疑惑，路名多由江苏、武昌等地名而得，路上行人少之又少，若有一两个人擦肩而过，也是步履匆匆。路过处，未见电动车与自行车的踪影。

雨，渐稠。路边，绿树成荫，浓密之间，偶见不知名的花儿点缀其间，那些花被雨水洗得愈加鲜亮，草坪也青得逼你的眼。这样的马路，这样的天气，是适合恋爱的地方。也是恋爱成功率最高的地方。导游如是说。

路过天后宫，也就是妈祖庙，明朝所建，约五百年历史。导游说，妈祖安徽人，本姓林名默，自幼善良聪慧，后成仙，解救许多海上遇难船只，遂被后人供奉。一行人进入佛寺而观，一股股佛香直刺鼻孔，我不信佛，就静倚在一棵挂满许愿牌、约有五百年树龄的银杏树下，稍候片刻后，顿觉无趣，从侧门而出。

坐在马路边，眺望远处的海。海里人头攒头，如一条条鱼儿在浪花里窜动，走近一看，多是一些本地鹤发童颜的老人。我不觉讶然一惊，与随同者走到栈桥之上，目睹两位精神抖擞的老人在岸边的台阶最高处试跳的情景，举起双臂，翘起脚尖，纵身一跃，钻入深邃的海里，许久不见人影。岸上的观者为之捏着一把汗，不多久，跳水老人像一只健壮的海豚浮出水面，引来岸上一阵掌声。此时，一阵海风吹过来，我不禁瑟瑟发抖，冷如深秋。

雨中看海，真是别有一种韵味。苍茫的海面朦胧了远处的建筑，增添一些如梦似幻如纱似烟的感觉，遥看海边的青岛，如一位婉约的少女，给人一种神秘之感，让人浮想联翩。中午的小吃，自然少不了海鲜和青岛啤酒，纯正的口味给我的味觉带来另一种新的体验。

下午，雨依然没有停息的意思。路过八大关，这是领导休闲避暑之地，这里平均温度在 22 摄氏度，是个很适宜放松身心之地。随后，下车撑伞去海边奥林匹克主题公园，也即五四广场，重约七百吨、高七层楼的五月的风，举着猎猎火焰，给清凉的海风增添些许温暖。其对面的万国旗迎风飘舞着，巨大的火炬还在，五环标志还在，看远处白帆点点，若奥林匹克万帆竞赛的场面浮在眼前。雨雾迷蒙间，看三五成群的游客流连在雨中的悠闲样子，我想，这是海的魅力所致吧。海，的确让人着迷。

暮色渐浓，雨，一直没有停的意思。静静伫立海边，心，被海水洗得透亮。那些海边的人，海边的景，都如一阵海风一样飘过……

心，住在了海里

七月十一日早，不知何时雨停了，太阳从海上升起的时候，我们一行还在日照的一家渔家旅馆酣睡。海上日出，是错过去了，入海嬉戏倒是在期盼之中了。

上午于观光灯塔去看海。日照的海不同细雨中青岛所见的海。青岛微雨中的海很温顺，如一位娇羞的新娘，穿着绫罗绸缎，静静地等人观赏，感觉很秀美朦胧。而日照的大海，却是别样的风情，海浪一阵紧似一阵，不停地拍打着岸上的礁石，浪潮如一堵雪白的墙壁倾天而倒，亦如千军万马卷着灰尘而来，气势壮观浩大。

"惊涛拍岸，卷起千堆雪，江山如画，一时多少豪杰。"苏大胡子的感叹用在此处，很适合我的心情。大浪淘沙之中，有几人能在千年之后留下自己的足迹呢？看着浩瀚的海洋，我们不得不扼腕而叹人类的狭隘与渺小。"寄蜉蝣于天地，渺沧海之一粟。"人生一世之于大海，短暂得不值一提，而人们啊，还有什么值得去炫耀的呢？抛却内心的烦忧，让一切的不顺都埋葬在大海深处吧。让海来洗涤一下你的内心，你会发现，天，总是那么蓝；水，总是那么清；人生，总是那么美好。

赤着脚站在一块硕大的礁石上远眺，所见之处，除了海，依然是海。我的心住在了海里。

有句话是"观海听涛万平口"。万平口有"万艘船只平安抵达口岸"之意。现在的日照人结婚都要来这里摄影留念，取其万事平安之意。下午导游细致入微的介绍让我对此多了一份向往。走在万平口偌大的广场，烈日当头，不禁想起儿时最喜欢的歌曲《外婆的澎湖湾》："阳光，沙滩，海浪，仙人掌，还有一位老船长……"一路遐想间，心早已飞奔至海边。

烈日当头，浪潮不断拍打着沙滩，沙滩上身着泳装的男女老少，有的弯腰捡拾着贝壳，有的在太阳伞下闲聊；有的躺在沙滩上用细沙覆盖一身，微闭着双眼享受沙滩浴；还有的擦完防晒油干脆来个日光浴。不过之于我，最希望享受的是海潮浴了。

坐完快艇后，迫不及待备好行头就直奔海潮而去。海潮一个接一个劈头盖脸打过来，随着潮涨潮落，心情也起起伏伏。于深海处嬉戏，一定会有许多的风险；于浅海处，却不觉已身陷海之囹圄。一个浪袭来，我狼狈地逃上了岸，咸咸的海水钻入我的鼻孔，海的气息呛得我无法招架。

静静地在沙滩上捡了一些五色的贝壳和石头，像宝贝似的捧到岸上晒干，等再去拿的时候，却发现那些本来晶莹透明的贝壳和鹅卵石，离开水后，却是如此不堪入目。原来，贝壳的生命是属于水的，而我的生命则是属于陆地。原来，隔着水的距离才发现心里的宝贝才是那样的美。于是，我就只好在梦里与海相拥了。

我坐在沙滩上，任海潮亲吻我的双脚，静赏潮来潮去，潮去潮来，观那些穿着泳装的男女在海水中弄潮而戏，在潮涨的时候，一起欢呼雀跃；看沙滩上的顽童掂着红色的小桶，拿着绿色的小铲在沙滩上堆着城堡。从远处看，人们都穿着同一样颜色的衣服，很难辨认出彼此的不同。这正如远处看海，一望无际的大海之上，都是一样的蔚蓝，彼此之间没有分别。

雨果说过："世上最辽阔的是海洋，比海洋辽阔的是人的心灵。"

是啊，海，可以去包容那些激流险滩，容纳那些暗礁旋涡，蕴藏一个神奇的世界，最后，再以一种静美的姿态去等待人们检阅。而一颗心，不是更应该如此吗？

外滩，别有风情

入秋以来，所有的叶子，依然绿得逼你的眼，一如那些明媚的记忆，在你的脑海里亮亮地闪现，让你不得不去品味。

走在步行街，东西两端均有一块暗红色大理石屏，上面是江泽民主席亲笔题写的"南京路步行街"六个大字。这条路西起西藏中路，东至河南中路，是一条世界知名的商业街，所以处处可见那些金发碧眼的外国游客。街道两边的建筑物都有着上百年的历史，拱形的大门，黑漆的阳台上有红花绿叶点缀其上。超大的落地玻璃橱窗上摆放着名贵的瓷器珠宝之类的古玩，流连其间，仿佛置身于时光穿梭机中，浑然不知心处何处。

避开涌动的人潮，我们从河南中路穿过，然后拐了一个弯儿，到了外滩。远远地，东方明珠塔就赫然出现在眼帘了。一些古典式哥特式等建筑物门前，总会有一些爱好者琢磨一番年代及曾经的用途，然后留下一长串对时光流逝的感叹，悠然而去。

我带着十分虔诚的心，用手指触摸着那高大的圆柱和冰冷的石砖，骨子里都透着一股子对旧时代的怀念与感叹。虽然，那是一段屈辱的历史，但物是人非万事空。这里有外国人留下的足迹，他们以为建下这些宏伟的建筑，就可以永远控制这片土地；他们以为时光老人会宽待他们，于是就这样肆无忌惮地让自己的智慧在黄浦江边流淌。于是，就留下这些各种风格的建筑群，留给后人去玩赏，去感叹。而，"昔人已乘黄鹤去，此地空余黄鹤楼。黄鹤一去不复返，白云千载空悠悠。"最终的最终，只是留下千年不变的白云，在建筑群的上空，悠悠飘忽。所有的历史最终灰飞烟灭，时光淘洗尽多少往事，黯淡了多少刀光剑影，远去了多少鼓角争鸣，那一个个或鲜活或黯淡的面容也在史册尘封，蒙了一层厚厚的尘埃。只有那鲜艳的五星红旗至今还骄傲地炫耀在高高的楼顶上空，随着初秋的凉凉的江风，在猎猎飘舞。

远去的终归要远去，谁也阻挡不了时光匆匆的脚步。脚步轻移，我小心地踩在楼房前的石砖上，透过一道铁栅栏，一扇大门，我又能读出什么呢？毕竟是凡夫俗子，又有何德何能去评价和推敲那些尘封的岁月？

此时，大片烟雾终于散尽了，瓦蓝的天空上，太阳从雾中挤出来了，云朵也渐渐呈淡白状。

跨过一条人行道，迈上一道斜坡，缓缓走到黄浦江边，岸边的围栏早被游人围得水泄不通，想拍照也找不到一处无人之地。外滩边大批的中外游人来来往往如鱼儿穿梭，随着那滔滔不绝的黄浦江水而涌动不已，阳光如瀑倾泻而下。巡逻员腰杆挺直，警惕地在人群中来回走动。

我想，外滩，应该是对外交流的一扇窗吧？如果说东方明珠是上海的心脏，那么黄浦江水应该是上海的血脉，汩汩流动的就是那厚重的透着沧桑的历史，正因为它的那段历史才引来中外游客前来驻足啊！

我们迎着江风缓缓向前走去，长发被风凌乱，却不用刻意去摆弄。所有的姿态之于明珠来说，都不过是一个小小的点缀。每一个人的出现，无论在多大的相册里都不会夺走明珠那熠熠光辉。是的，多少年来，东方明珠以它明媚的双眸见证了多少的盛衰荣辱、世事变迁。而我们，之于长长的黄浦江水来说，不过是渺渺天地间，小小一沙鸥而已。我们以为可以留得住时光，谁知时光却在我们的眼角眉梢倏忽而逝。是的，"逝者如斯夫，不舍昼夜"。这日夜不停的江水悠远流淌着，而我们所留下的，也唯有记忆而已。

走累了，随意找一处石板，不用拂尘，这早已被上一个游人坐过，还有温热在上面。

坐下看风景，风轻轻从耳边吹过，云在头顶悠然飘起，有一两只水鸟在空中展翅飞舞。江边拍照的有两三处，但那个挂着琳琅满目的旗袍、放着一辆写着历史的面包车，却引来了众多年轻人的青睐，不时有一两个帅小伙穿着黑色的风衣，戴着黑的礼帽、黑的眼镜，拿着黑色的手枪，装一把酷，玩一会儿穿越。当然还有亭亭的女人身着不同花样的旗袍，撑着油纸伞，袅袅倚在面包车前，那姿势那神情，仿佛自己就是冯程程。耳边那首《上海滩》和《万水千山总是情》在循环播放。在这样怀旧的旋律里，我的心再次飞到了那段刻骨铭心的历史。那是上个世纪三十年代的爱情故事，许文强和冯程程的爱情故事，在那样一个内忧外患的时代，这样的往事让多少人扼腕而叹，唏嘘不已。

沿着街道行走，因为只有徒步才会更真切地体验到一种上海风情。漫步在街边，时间一晃就到了黄昏，太阳不知什么时候退场了，天空灰色的云再次压过来。

都说夜上海的璀璨灯火是不容错过的，于是乎，我们坐在江边，静静地等待天黑。晚风，有些凉意，但游人却未减半分。潮水在夜色静临的时候，慢慢退去许多。潮涨潮落的时候，那些江边的水藻水草，依然静静地守候着。突然，多么想做一株江边的水草啊，任浪潮扑打，我自泰然处之，虽然偶有倾斜。但是，你看，那一只有情有义的的水鸟啊，一直守候在潮后的水草边。是的，它在寻觅食物。因为我不止一次地看到这只灰色小鸟的嘴里不时会叼出一两只活着的小鱼儿来，可怜的鱼儿，在潮落的时候，来不及撤退，就这样成了鸟儿们的腹中之物了。

世间万物皆为优胜劣汰，物物相克间，人犹如此，我们选择什么样的方式才能更好地生存呢？这是一个需要好好深思的问题。

天色，终于暗了下来。六点左右，一两处楼顶的灯火次第放亮，暗黄色的灯影照着白色的楼体，看上去像童话里白雪公主住的宫殿一样，玲珑剔透，妙不可言。每隔十五分钟江对面楼顶的钟声会敲响，浑厚的钟声回荡在江面，一两艘彩船会慢悠悠晃来晃去，那是载游客观光而做的广告吧。右上方的一座大楼上树叶形的彩灯引起了我的注意，我想没有一种姿态会比树叶的形状更让我着迷。明珠塔的七彩灯，在迷离作态，冲着游人眨着媚眼，引来众多游客换着不同的造型合影留念。

夜渐渐深了些，七点半左右，所有的灯火全都亮了，万家灯火旖旎处，我是过客，谁是归人呢？

旧物犹在，斯人已去

八月十一日的上海，天，格外的清亮，仿佛秋日的明媚一下都聚集在这里了。风，凉凉吹着，不觉神清气爽。

用罢早饭，匆匆赶到一号线地铁站。此线路直达黄陂南路，在那里我们可以追寻到曾居住上海的那些风云人物的足迹。下了车，走了几步，正苦苦寻觅间，一座座古朴的建筑好像突然从地下冒出来一样，让我有说不尽的惊喜。

路过太平桥公园，穿过几条小胡同，在兴业路，太仓路，我们兜兜转转流连在有着一座座古式建筑的小巷子里。那些建筑大多保留着原来的样式，青砖灰瓦，漆黑的木门紧紧关闭，透着一股沧桑和凄凉，像一位位饱经风霜的老人，静立在穿过薄雾的晨辉中，脸上写着安详与恬静。那些橱窗上摆放着典雅的玻璃酒杯或是一些旧瓷器，看上去增加了一些怀旧的色彩。透过一扇扇幽暗的窗子，我仿佛看到里面有一位位身着青衫的男子正在慷慨激昂地做着演讲……

那些古式房屋有的已经租赁出去，亦有打折出售一些名贵衣物的牌子在门外或橱窗挂着，有的门前摆放着整齐的藤制座椅，等待着疲倦的客人坐下饮用一些咖啡等，小小的纸板上只用英文写着每杯饮料的价格，看上去仿佛专门为那些外国游客准备的。从迷宫似的小巷子走出来，有一座小小的喷泉，周围是身着旧时官帽的三位文人，我不敢去猜测这是谁。因为，每个人走在这里，都好像在与古人对话，仿佛时光就在这样的小巷子里停滞了。

绕过"新天地"，向左走一小段路，就到了中共一大会址了。刚走到一大会议旧址门前，一个教师模样的妙龄女子带着二三十个五六年级模样的小学生排队入馆了。我们也领了票，跟在队伍的最后面。走进馆内，偌大的一面五星红旗庄严地闯入我的视线。我敛声屏气，顺着箭头所指直上二楼参观，这里无疑是旧时代重新定格的缩影。一张张图片和实物浏览过去，对那个时代的热血青年的敬意又加深了一层。从陈列馆到旧址参观，也不过十几分钟，眼前就仿佛出现了一幅幅炮火纷飞的情景。对于在新时代的我们，还有什么资格不去珍惜自己所拥有的一切呢？

顺着自忠路，我们一直前行，拐到重庆中路，就找到了那个隐蔽在小区里的韬奋纪念馆了。走进五十三号小院，门是紧闭的，轻轻敲了几下，有人应一声，推开，一位壮实的中年男子就微笑着迎了出来。空调开得很冷，一下子把外边的热气和一身的倦气吹得无影无踪了。这里是文学界大师韬奋曾隐居的地方。他曾经颠沛流离，在这里著述译文，直到垂垂老矣，依然带病勤耕不辍，为文学界留下了一部部让人惊叹的译作。玻璃柜下有他写给高尔基的英文亲笔信，娟秀的字迹如印刷品，可以看出邹韬奋的文学修养与素质极高。这位杰出的出版家和新闻记者创办了《大众生活》，后人在此基础上而发展为如今有名的三联书社。虽然我所知也不过凤毛麟角，但是，从内心里把他与周树人相比了。因为来人很少，和善的看馆人特例让我们去了韬奋的旧居转了一转。踏上吱吱呀呀的木制小楼梯，陈旧简陋的客厅卧室卫生间都原封不动地陈列着，只是故人已去，旧居依然。看着书房陈旧的木桌上摆放的那本扉页发黄的《高尔基》一书，我心绪难平。

沿着一条长长的篱笆小墙，我们又走到香山路。这里是孙中山先生的故居，花了二十五元买了门票。在大门外，参天的古树下，是坐着的孙中山雕像，旧屋犹在，斯人何去？

踏着红地毯，走到内屋，从孙中山最初学医救人所用的器械，到改变志向从政救国，在不同的时间段里，沿着那些旧迹，我仿佛听到了那句铿锵有力的"天下为公"。从一道小门顺着一道仅容一人的木制楼梯走进孙中山与夫人所居住的房屋，看着那窄小的楼梯边堆放着一架架堆满书籍的书柜，看着那陈设简陋的窄窄卧室，接待来客的客厅，一股书香之气迎面扑来。依然踩着吱呀的木梯，回头望，突然想起鲁迅的那句话："躲进小楼成一统，管他春夏与秋冬。"如此安谧的地方，很适合思考与阅读的。离开前，走到后院偌大的露台和小巧的花园，顿时觉得有股浩然之气，不可抵挡。

从香山路向右拐进思南路，就走进了思南公馆。这里也是一些旧时的建筑，门前高雅的楼梯口摆放着紫蓝色的小花篮，红绿相间，点缀其上。抬头望，雕花窗户上一些小巧的绿色植物一小盆一小盆搁置其中，背景衬着幽蓝的天空，悠闲的白云，仿佛置身国外。再向前，到了周公馆。周公馆不大，二层小楼房，因为整修，我们未能如愿参观。

斯人已去，旧物犹在。人世苍茫间，真正能留下来，或许不仅是那些故事，还应该有一种精神，一种奋斗的勇气和魄力吧！

雨游西湖

人都说：上有天堂，下有苏杭。去江浙一带，若不去苏杭，此游何憾！八月十二日下午两点多，从上海站出发，两个小时后，就到了杭州站。

天阴雨沉沉的，此时的西湖，游人稀稀疏疏。西湖之上，蒙蒙水雾在湖边缠绕升腾，已看不清远处景物。雨，密密斜织着，濡湿了大地。

静坐湖边，不一会儿，耳边响起了介绍有音乐喷泉的消息。十五分钟的旋律响起，水也千姿百态起来。曲子忽高忽低，水流也随之缠绵着，像极了一个个衣着白纱裙的舞女，那飘逸的裙裾和柔软的身姿，让人遐想万千。

音乐声停，雨点点点滴滴拍打着树叶，滴落在我的脸颊上。向东走，又是一阵婉转的曲子声声敲击在心上，原来在淞沪会战阵亡将士的纪念牌前，一位年约五十、身着迷彩服的男子正在舒展着身姿，跳着有力的蒙古舞。是的，这是一个孤独的舞者，在这样绵绵的细雨里，谁又能不为这样一位舞蹈爱好者驻足停留鼓掌片刻呢？他，应该是一位老艺人，或是一位退了休的舞蹈家，他在用自己对舞蹈的热情去感染着每一位舞蹈爱好者。在这样的微雨中，在西湖边，那个孤独的舞影，一直深深地印在我的脑海里，默默激励着我，感动着我。

沿着学士路，我们找好旅店吃了些点心，返回了西湖边。穿过湖畔居，看着湖边玲琅满目的商店里挤满了游客。原来，雨中，还真不乏西湖爱好者啊。这里的十元商店很多，杭州特色的小吃还是挺实惠的，那些雕饰摊前吸引着一些少男少女，偶见有些青春妙龄女子会买个五颜六色的花环美美地戴在头顶，彰显着逼人的青春魅力。

雨，好似很通人情，午后渐渐小了。边走边拍，不觉走到西湖西北角的断桥上了。断桥石碑后的亭子里，隐隐有合唱的声音传来，我转过身，原来是一对四五十岁的中年男女相携着跳起了交谊舞，他们的每一个舞步都很认真而细致，让人称赞。停留在断桥最高处，向北望去是保俶塔，南望是雷峰塔，两塔相望之间，西湖之水苍苍茫茫，游船三三两两穿行在田田的荷叶之间，人，真的如在画中游了。

远远望去，远山如青黛，一抹青山上藏着隐隐约约的亭台楼阁。近处荷花亭亭而立，如舞女的裙，粉红的荷花含羞地藏在宽大的荷叶之下，或傲然于荷叶之上，引来游客的凝神惊叹。

白居易有诗："最爱湖东行不足，绿杨阴里白沙堤。"从断桥上走下来，就是白堤了。白堤的两边垂柳袅袅，不时有一两位骑自行车的男女呼啸而过，还有一些年轻的妈妈带着两三岁的孩子边跑边把镜头对准孩子，咔嚓咔嚓拍个不停。两边湖水微漾，渔船悠闲自在，坐在湖边的木椅子上，我痴痴望着西湖，心潮起伏……

沿着白堤向前走就是锦带桥了，桥下一座亭台楼阁建在水边，这就是平湖秋月了。从平湖秋月走出，就到了浙江博物馆，我们进入馆内浏览一番后，走不多远就是楼外楼了。"山外青山楼外楼，西湖歌舞几时休。暖风熏得游人醉，直把杭州作汴州。"这里，沉迷于人间天堂的北宋的达官贵人，忘却人间的忧愁，这里，曾经歌舞升平，灯红酒绿；这里，曾经沉迷了多少失意的灵魂，有多少让人感叹神伤的故事。

下了西泠桥，就是慕才亭了。亭子里是苏小小墓，看着圆圆的坟堆，我的心莫名惆怅起来。斯人已去，坟茔犹在，阮郁呢？又葬在哪里？正在研读着石碑上的文字，不觉竟飘起细雨来，丝丝细雨，洒在粼粼湖面，心，莫名升起了一股潮气。真是"生如夏花之炫，死如秋叶之静"啊！围绕苏小小之墓转了一圈，想起那段缠绵悱恻的爱情故事来，不禁让人扼腕而叹。

西湖的水，孕育了太多的爱情。有人说，爱情是最让人琢磨不透的东西，在无尽的时光淘洗中，一直为人津津乐道。苏小小是南齐钱塘第一名妓，她的诗句让人荡气回肠。"妾乘油壁车，郎骑青骢马。何处结同心，西陵松柏下。"诗句依然镌刻在石碑之上，那段故事却渐渐被人所淡忘，那段情意也随着不倦的湖水，而渐渐沉入了湖底，成了西湖永远的伤。

一转眼，走到夕照山，已经是墨色沉重了。夜，渐渐隐没了人影，同时也渐渐隐去嘈杂的人声。雨，依然没有停的意思。在苏东坡纪念馆门前逗留片刻，借着最后一抹夜色，拐一个弯儿我们到了南山路。

夜色下，忽一抬头，雷峰塔就在眼前了。喜不自禁走到了雷峰塔碑前，我想起了白娘子，在塔下会不会很冷很孤独呢？那个可恶的法海是不是藏在对面的南屏山净慈寺呢？顺着大门，走在景点门口，雷峰塔重建记刻在高大的黑色石碑上，非常抢眼。碑前地上刻着龙凤呈祥的图案，在夜灯的笼罩下，异常的肃穆庄严。据说，顺着南山路往前就是传说中梁祝十八相送的地点万松书院。我知道，这条路上有着太多的爱情魂灵游荡，不觉汗津津了，虽然此时夜风凉气四起。

夜渐浓，雨，越来越密。撑起伞，悠悠走在路边。听路人说"日湖不如月湖，月湖不如雨湖"，想必，我们遇到了赏湖的好天气了。谢谢你，绵绵的秋雨。

周庄， 梦的时光

　　喜欢一座城市，或许不是因为这座城市的富丽繁华、古朴典雅，而是因为在这座城市里有一位自己心仪的朋友、挚爱的亲人，或一个儿时的梦。可能去一个地方不需要理由，只需要顺着情感曲线的方向走，就可以了。

——题记

　　从杭州站到苏州站也不过四个小时的旅程，在这样的旅行里，就好像在梦的诗行里寻觅。

　　"江南好，风景旧曾谙"，香山居士对于江南的爱好，是因为曾经很熟悉，所以那么美好。而我对于江南的爱好，也是因为熟悉，是一种在儿时的梦里。

　　每个人的一生都要有一些斩不断的情缘，或者是一本书，一盏灯，一片枫叶，或者是一首曲子，而于我，是一条悠长悠长的小溪。我亦如是，脑海里一直浮现这样的画面：两边倒映着参差不齐的黛瓦白墙，墙上爬满了生气勃勃的藤蔓。黄昏时分，屋檐下的红灯笼朦朦胧胧映照着门前坐着的那位年轻女子俊俏的脸庞，七分柔情，三分俏媚，道不出的缠绵悱恻，悠闲自在。溪岸杨柳高大的暗影后忽悠忽悠一条摇橹船从精致的桥下悠然穿过……

　　在去周庄的大巴车上，导游讲了一些关于周庄的故事。周庄最早因为陈逸飞的一幅画《故乡的回忆——双桥》被美国石油大王看中买下后赠给了邓小平，才备受关注。但是在我的心里，我只知道三毛曾经来过，就好像刘若英曾经去过乌镇一样。"真好，周庄有你在。"三毛的声音还在月色晕染的水面回响，三毛茶楼也因为三毛的故事而备受青睐。可是，那个四处流浪的三毛却选择了那样一种极端的方式离开了她爱的这个人间，她爱的这个水上的周庄。从此，周庄和三毛一样，睡在了水上，也睡在了人们的梦里。

从苏州城到周庄不到四十分钟车程，下车后，就看到那些五颜六色的风车在古朴典雅的大门前转呀转，倒增添了一丝俏皮。坐上游船，从白蚬湖到南湖二十分钟，导游说就一下子去了三省，看着"上海欢迎你"的牌子，那感觉还真如一脚踏进两条河流一样神奇。两岸夹竹桃红白相间点缀在那浓绿的叶子中，映着闪闪的湖光，在水天一色间，像一个个调皮的星星。

船行浪涌，湖面不时有竹竿露出，那是养殖水蚌孕育珍珠之地了。下了游船，踏上周庄之地，被领到全福寺。导游说这是"水上佛国"，建筑布局还真是别有特色，殿前绿水悠悠，一座小桥横跨其上，远处树林掩映处一座宝塔露出半个面孔，朝霞辉映处，景物更具有层次感了，那光与影相对的背后，更能看出几分水上楼阁的庄严与肃穆。随后去了沈家大院，这可真是里三层外三层，不只是房屋，还包括游人。导游说共108间房屋，我没有细数，但是从那精致的红木家具上雕刻的花卉和摆设看来，依然可以窥探出当年这家主人的气派与奢华来。

江南水多，自然桥就多了。走在一座座小桥之上，走过传说中的外婆桥，暮色渐浓。沿着坑洼不平的石路走在水边，破旧的石栏边每家每户都有个小小的石砌台阶，我想那就是晾洗衣服或停泊小船的码头了。回头一看，悠然飘来的摇橹船上那个身着蓝底白花棉衣的中年女子摇着桨，悠然而来。

一路走来，一条条已经被修改成不同店铺的小屋门前，江南的影子纤毫毕现。你看那装修古雅的小屋里，一位长发女子正在抚弄着手鼓，有一搭没一搭地敲着，那一个个昏黄的灯笼眨着迷离的眼睛，那一座座小桥依然在诉说着江南才有的那份情调与悠闲……

寻一处阁楼，特意选了一道外婆菜，品在口中，却吃不出儿时外婆煮饭的味道。夜幕完全拉下来了，在迷蒙的水边，在昏黄的路灯下，那翘起的屋檐，那泛旧的石径，还有那斑驳的墙壁，都好像被笼罩在梦中一样。

夜色浓重了，周庄好像睡了，那条承载了太多故事的小河也睡了，那些上了年纪的一座座小桥也睡了，还有那轮水上的弯月也渐渐睡了，睡在了我的梦中，睡在了我的记忆里……

睡吧，睡吧，无论你，来与不来，周庄，就在这里了。

留园之韵

　　没有园林，苏州便不是苏州；没有隐逸，便赏不了那深深涤滤后的蕉窗听雨。所以，你我，都是浮在花窗长廊里的背景。

　　　　　　　　　　　　　　　　　　　　——《情调苏州》

　　晨起，八月的雨又缠绵起来。撑起伞，徜徉在苏州干净的街道上，七点半从石路老街坊出来的时候，绵延的都是一种纯到深处的安逸与闲适。

　　苏州，就好像一个新雨后的柔柳，迎着清新的风、细密的雨，渺渺而又袅袅，款款地摇摆着软到骨子里的腰肢出现在我的眼前了。在这样的悠闲与散漫里，我悄悄地走进了你，我可人一般的苏州。

　　走了两站路程，拐到广济路，站在小桥上，举目四眺，杨柳堆烟处细流潺潺，两边盈盈处是安静的带有苏州味道的建筑。逗留片刻，进入留园路，街道上行人稀少，早点店有三五人慵懒地喝着白米粥；一个壮年男子正一只腿搁置在方凳上，大口嚼着咸菜，吃着白面馒头。原来，温婉柔美的苏州城也有其粗犷的一面。用罢早餐，八点十分，走了两分钟的路程就到了留园大门口。

　　方方正正而又窄窄的门洞上方简简单单写着两个大字"留园"。这样其貌不扬的大门没有任何多余装饰，扶着门框，一种温馨，让人觉得就好像回到了久别的家园。

进门后，天井下是一株正开着红花的盆景，抬头望，四周廊檐翘起，露出一方明明朗朗的天。沿着曲折的回廊前行，一株古老藤蔓桥匐匐在白墙上，组成了一幅纯天然但是艺术味儿十足的图画。身后镂空雕花小窗后，人影绰绰。真是，莫说君行早，更有早行人啊。

对于园林的了解，我还仅仅局限于《苏州园林》一文，带着印象里的梦影，越往深处，越是真真感觉"如在图画中"了。从低矮的廊檐走出后，一方水池里碧荷亭亭洁立，与圆形青花瓷缸的小荷相互映衬，说不出的风韵。正凝神间，一艘小船荡悠悠闪入我的视线里，围栏弯弯曲曲伸向更深处。看着开得正艳丽的小荷，洁白粉红处惹来多少人的青睐啊，一点点把目光放远，荷花背后古树参天，掩映中翘起的屋檐偷偷露出一个角，仿佛倚在门帘后娇羞的大家闺秀，等着一种心仪的相遇。

不知走了几道弯，绕来绕去，好像身置迷宫，魂，不知所往了。穿过一条条有图案的鹅卵石小径，小心地踩在印有或黄或红的不同几何图案上，好像怕惊醒了那个沉睡百年在此的古人。穿过一条潺潺小溪，走到一座假山之上，巨石堆成曲曲弯弯小路，把我带进一介小亭边，青石下碧潭深邃，青石上苔藓深绿，渗透着一股深深的凉意。亭子前鹅卵石上凤凰夺珠的图案格外引人注意。满满一庭院里，顺着石径走去，透过镂窗望去，真是含蓄得畅快，好像我在踩着一段往事，走到了那个让人心驰神往的所在。一切干净得让人不忍触及，想着这样的花石小径也只有那些雅致有情调的文人才配踩上去吧。

停留在一道水上曲廊，脚下水池里的睡莲正在舒展着身姿，三两株散落在碧绿的水面，垂柳正绿到深处了，远处的千年银杏树正举着高大的头颅在诉说着一个很了不起的传说。走过一带木制曲廊，绕过一道圆门后，一株芭蕉正绿得热烈。圆门后一枝藤蔓缠缠绕绕，服服帖帖地附在白墙之上，透过镂空的窗。我想有阳光的时候，那光与影的交错，该是人间最美的图画了吧。而雕窗的后方，水池潋滟，更有一派旖旎风光。

久久斜靠在曲廊一侧，看着层次井然的一处处景物，移步景中，真是有说不出的千种风景，道不完的万种风韵。

留园，这不是普通的园林，是四大园林之一。园林的第一位主人是明太仆寺卿徐泰，后嘉庆年间，换成了一位刘姓的主人，因为谐音而成为留园了。其实无论这园子的主人是谁，并不重要，重要的是这园子背后所隐藏的故事，和那一窗一瓦一草一花一水一廊间，无不透着的一种情趣和淡然。

留园，这里该是让人心灵隐逸的地方。

烟雨蒙蒙，枫桥情

月落乌啼霜满天，江枫渔火对愁眠。姑苏城外寒山寺，夜半钟声到客船。

—— 张继 《枫桥夜泊》

从留园到寒山寺，不消几分钟的路程，是苏州的好友芊芊驱车而来载我们去的。那日，刚出留园的时候，小雨一滴滴落在行人的衣衫上、肩上、发髻上，还没等我去分辨出方向，小巧温婉的芊芊已经载着我们开始雨中疾驰了，说话间，远远看见了寒山寺宽阔的大门。

下了车，雨，密得不行，撑起伞，走过一道牌坊，墙上关于寒山寺的诗行，引起了我的注意，一种历史的厚重感沉沉地压在我的心头，仿佛我来到这里，不是赏景，而是寻古探诗的。

沿着文化墙向前，见到参差不齐的楼阁殿宇在水边错落有致地排列着，一座高大石桥赫然出现在我的眼前。芊芊说了两遍它的名字，我还是没有记清，但只记住一点，这座桥类似枫桥，但绝不是枫桥。我想，我是专门寻枫桥而来的。

烟雨蒙蒙中，登上这座桥的最高处，桥上，人摩肩接踵，伞相互碰撞，相比下，桥下显得寂寥。我正痴痴看着两岸的风景时，芊芊悄没声儿地走到了桥下售票处买了票。本来说好的，又不是虔诚教徒，不必进去敲钟，远观即可。可票已买，这让我心里好不愧疚。我知道芊芊是为了不让我们在苏州留下任何遗憾，心头又漾起一阵温暖和感动。

从一条曲折小径走到运河边，浊流滚滚处，不时可以看见一辆货轮缓慢而过。在这样的烟雨天，走在寂静而又空旷的寒山寺里，瞥见一处湖水，那难得一见的浓绿水藻，好似光滑柔腻的绸缎，绵延到内心深处，而那种绿就是朱自清笔下的女儿绿了……

顺着湖水再向前看去，一座在诗行里读过无数次的枫桥出现了。是啊，那就是枫桥了，看上去是再也普通不过的桥。张继雕像立在桥前岸边，闭目凝神，面露愁容，好似那千年的风霜之夜，那心头浓重的愁云还没有从张继的心头散去。塑像边，那一面雪白的墙壁上写着诗行："月落乌啼霜满天，江枫渔火对愁眠。姑苏城外寒山寺，夜半钟声到客船。"这首诗唤起了多少失意人的共鸣，又让多少人感慨万千啊。

张晓风曾说，张继的这场失眠，是一场"不朽的失眠"。一千二百年前，榜单那么大，却没有他张继的名字，十年的寒窗苦读，又让他有何颜面去见江东父老。于是他失眠了，枕着涛声，听着钟声，伴着乌鸦的啼叫，他这个漂泊在他乡的人，又如何不想衣锦还乡呢？可是，现实就是那么残酷，命运就是那么不公平。偏偏在这样一个金秋时节，在月儿溶溶、水也溶溶的时候，在一只孤船之上，他失眠了。此时那暖暖的灯火啊，也照不亮他心头的哀愁啊！他的愁，或许只有粼粼的水波会懂得，只有巍然屹立的枫桥会懂得，只有那远处的钟声会懂得。

或许，我这个异乡漂泊的人也会懂得。这是一场迟到了千年的懂得，因为我从张继雕像的眉眼里，读出了那么一丝从心灵某处传来的愁绪，这种愁绪好似一直飘荡在那悠悠的水面，触动了我的愁绪。一番感叹之余，我久久地凝视着那座桥，停靠在塑像边。此时，游人寥寥无几。李煜有词句："问君能有几多愁，恰似一江春水向东流。"是啊，看着这江水，隐隐地，我仿佛听见了张继那字正腔圆的吟诗之声。

和芊芊在水边逗留片刻，我们谁也没有多说话。风凉飕飕的，不知什么时候，雨停了。远处的枫树还没被秋点燃，伴着江面的绿藻，树叶被雨水清洗得越发清亮了。那水，那桥，那人，那景物就一下子融在心里，和那些诗行浑然一体了。

　　登上枫桥，摸着凉凉的桥栏，眺望着远处的房屋和不倦的江水，正面一道城门就是铁铃关了，这是明朝将士抗倭而留下的遗迹。顺着仅容一人的幽暗楼梯我们登上城门，好似看到了明朝将士们那威武不屈的身影，油然而生敬意。

　　城楼宛然，枫桥犹在，枫桥上两道车辙印分明在诉说着那段炮火连天的岁月。可是，古人已逝，风景依然。我们去哪里寻觅那些古人的行踪呢？恐怕只有在发黄的书页里，在那陈旧的方砖里了。

　　寒山寺不大，但是名气很响，或许这是张继的功劳。可是，无论多少个千年已过，我们所记住的只是那座枫桥，而桥上所踏过的千万足迹中，谁又能认出哪个是你的呢？

　　出了大门，秋雨不知何时绵绵地又下了起来。转身回望城楼，心里却升起一股张继般的惆怅来。想必，这雨，这桥，这桥上看风景的人，都应该知道那是一种怎样的惆怅吧。

　　临走时，耳边一直回想着《涛声依旧》这首歌："带走一盏渔火，让它温暖我的双眼；留下一段真情，让它停泊在枫桥边……"

骊山脚下， 长恨歌起

时光，在悠闲中慢慢从指尖流走，有时，会遇到一池白莲，一杆翠竹，一处鸟鸣，一缕清风，但是，也会遇到一片乌云，一角零落，还有一簇簇拥挤的人群。

七月二日晚八点，用罢晚餐的时候，白天还响晴的天气，此时哗啦啦大雨倾盆，路上的行人毫无防备地被浇了个透心凉。幸好路边的槐树还算繁茂，躲在下面，暂避了一时风雨。

约有半个多小时的行程，我们到了华清池，大门口广场上李隆基和杨贵妃在起舞的塑像，衣袂飘飘，临风而举。顺着台阶走上大门前的牌坊前，向右拐走到了验票口，眼前立刻出现一座气势宏伟的大殿来，面水而居，这就是长生殿了。此殿内上演的那场千古爱情传奇《长恨歌》，通过立体放映的方式展示出来，给观众带来不少视觉的震撼和享受。这座殿的左前方水池边荷花玉立，杨柳青翠，池边一座芙蓉殿，就是供杨贵妃平日消遣娱乐之地了。

从芙蓉殿走到长生殿门前，踏上一座拱形小桥，看碧水悠悠，绿如玉，凝如脂，池边紫薇花开得正艳丽，翠竹森森，清风吹拂下，一阵清凉。沿着一条小甬道走过去，是御净轩，也就是最高级的厕所了。拐了弯，又是一条长廊，廊下红灯低垂，杨柳轻拂，坐在廊下台阶上，背靠碧水，前看翠柳，不由得让人心旷神怡起来。走到廊子尽头，就是供大型演出的一座水池，池水两边亭台楼阁相互辉映，让人如在梦中。

路过一座珠帘四垂的小亭子，朝前走不到几分钟，就是古汤遗址博物馆了。馆前红艳的三角梅，黄蕊挺立，引人眼球，顺着窄窄的石阶朝下走，就看到了一尊汉白玉雕塑的杨贵妃沐浴之像，左手边是座精致雅静的小殿，上面书写着：海棠汤。这就是一千二百年前杨贵妃沐浴之地了。

骊山脚下，寻一处温良之地，书写浪漫爱情，亏得六十多岁的李隆基有此雅趣。在海棠汤的左上方是高端大气的大殿，这是李隆基沐浴之地，复前行是唐太宗李世民沐浴之池，三座大殿围成圈儿，中间是太子汤，此为露天所在，看上去简陋无比。在三号入口处，有特意为游客留下的温泉口，清水汩汩而出，以手试之，温润宜人。

出了汤池大门，是五间厅。这就是当年西安事变的旧址了，从大门进去，一座秘密宅院，房间若干，一字排开，小山矗立，古树参天，藤萝修竹随处可见，池水碧绿，红色金鱼儿若隐若现，这真是一雅趣之地啊。见到蒋介石曾下榻之所，看上去朴素洁净无比，门前那触目可见的弹孔，依稀可知，这里曾经发生了一场激战。那一段久远而真实的历史，犹在眼前。

华清池，这里曾经有多少故事上演，有多少华丽的转身、多少你死我活的争战、多少令人唏嘘的叹惋。

从华清池门前坐车，前往兵马俑而去，此时已是夕阳欲颓，游人稀少，看样子我们是赶上了末班车了。

幸好行程不远，到达兵马俑之地的时候，还未停止售票，买票入内，走到一号坑的时候，一下子被震撼到了。如此气势磅礴的兵马俑群像逼真地排列在你的眼前，你会不会为秦始皇的煞费苦心而叹息呢？兵马俑刚出土的时候，颜色艳丽，不消几日，色彩消失殆尽，而且每一座兵马俑都是七零八落，断肢残腿。如今我们所看到的壮观景象，都是那些考古学家费尽心思一点点黏合而成的。导游告诉我们，这是当年仇恨秦始皇的项羽同志进洞焚烧而成的，关于真伪，我们不得而知，但是那些黑色痕迹确实是触目惊心。

兵马俑共有八千多件，有一半以上还未出土，据说，这是为后代留下一些研究之物。二、三号坑里，与一号坑相比，就少了一些气势和气场来。如果真的不了解那段历史，我们所看到的也就是一堆泥土而已。其实，无论过去与现在，我们所关注的、所信仰的往往会是我们所缺少的一些东西。古人的种种，固然让我们叹息不已，但是更多的是一种警醒吧。

所以，我们不必为失去的辉煌而悲叹，也不必为现在的不足而感伤。历史，交给我们的，我们终将有一天会返还回去的！

独登黄山

一夜春雨后的清晨，七点半，坐上大巴，绕过盘山公路，见到云海缭绕，真是美不胜收！到黄山景区大门后，一个人，我独登黄山！

两个苹果，一个猕猴桃，一包小面包，一瓶矿泉水，一包红枣酸牛奶，一根火腿，背着这些，我浑身轻松，快速融入了登山的人群中。

四月的春天，没有节制，只有透支。透支所有体力，为了和春天这一次约会，我密谋了一个冬天，积蓄了一个冬天的热烈和希冀，就在这样的四月里，以核一样的力量，爆炸在春天里。我知道爬上一千八百米的光明顶需要近四个小时的时间。

春天的黄山换了皮肤，带着桃红柳绿，发出了盛大而茂密的邀请。所以，我来了，江南的春，就是这样有着难以抵挡的迷离和魔力，诱惑着我来挑战着自己！

八点十分，我低着头，一步一个台阶稳稳地前行着，没人相伴。我抬头看看雨洗了一夜的蓝天白云，可爱而逼真，脚步慢慢沉重下来。坐下来休息时碰到夫妻俩带着六十六岁的母亲第二次来登黄山了，他们看着地图研究着游玩的路线，我拍了地图照，防止自己迷向。两个年轻人一路遥遥领先，我和这位老母亲在后面，一前一后，有一搭没一搭地说着闲话。她说着身体的康健源于每天早起晨跑一个多小时，说着国家免费的体检政策好，六十五岁以上的老人每年都可以免费体检一次。

说话间，又遇到一对四十来岁的夫妻，女的戴着手套，四肢并用如猿猴一样攀登，男人在后面背着沉重的包裹，呼哧呼哧喘着粗气，并在后面站着鼓励着女人。我跟在他们后面，不到百米就停下来喘口气。此时太阳明晃晃地照着，汗水湿透了我薄薄的衬衣，头发也汗湿贴在脖颈，干脆扎起马尾辫。满面汗水蒸腾着我的双眼，停下来用湿巾擦擦手，吃两口苹果，喝一口水，咬咬牙积蓄一点力量，继续前行。步伐变得更加缓慢而又沉重无力，双腿如灌铅，不听使唤，呼吸也愈加急促。走在悬崖峭壁边的台阶上，不敢前后看，只盯着脚下，真怕一不小心，就头晕目眩坠入谷底。可是，我知道，此时，没人依靠，我只能靠自己！既然选择了，就要咬牙坚持到底！

十点二十分，全程还有三分之一。一群群年轻人前呼后拥跑到了我的前面。遇到一个带着两岁多女孩爬山的一家三口，爸爸走在靠近悬崖一侧，孩子精神抖擞地一步一步走在台阶中间。我郁闷了半天，我还不如一个孩子的体力！于是，我干脆也手脚并用猿猴一样爬起了台阶。爬到一个拐弯处，一抬头，前上方坐着一个身穿黑衣的妙龄女子正笑盈盈地看着我，朝我做个加油的手势。我也回笑一下，心里暖如春阳，紧爬两个台阶，没想到女孩竟然站起身下了五六个台阶，伸出手冲我笑。我领会，没有迟疑，也伸出手，她的手紧紧拉着我的手，那一刻，我的泪都要掉了下来。我知道，此刻，我是全世界最幸福的那个人了，一个陌生人的一次伸手，让我体会到了人情中最美的那份感动。

我连声说着，谢谢。小姑娘把我拉上来以后，没事一样继续坐等着同伴。我坐在她身后，平复一下心情后，默默起身和她道别，离开，脚步突然轻松了许多。

一路上不时碰到挑夫挑着沉重的饮料、水果，还有水泥门框等，从他们身边经过，听着他们重重的喘气声，看着他们被汗水湿透的脊背，突然觉得自己活得好幸福，最起码我可以一身轻松登山，不用背负为了养家糊口维持生计的无奈和辛酸。

近十一点二十分，经过仙人指路、天狗望月、双猫捕鼠等景点，我终于到了白鹅岭，穿过一条松树掩映的台阶，来到白鹅岭饭店。山风，冲我吹来，汗水渐渐干透，眼看目标不过几百米之远，可是我的心里却没有征服的激动与喜悦，却平静得很。

十二点整，走在山顶平缓的台阶上，我脚底生风朝前赶，从光明顶，顺山而下，经过五百米到达天海站。一路走来，游客密集，一群群来了，又走了，前者呼，后者应，络绎不绝，好一派春游图！边走边看山顶形状各异的怪石，天都峰顶有的类似松鼠，莲花峰有的类似龟兔赛跑。走了约两公里路过一条狭长的甬道，穿过百步梯来到迎客松，此时人头攒动，密不透风。迎客松对面的山石上似卧佛似大象似八戒，山崖壁上名人题有"江山如此多娇"之类的字眼，从迎客松站走三百米来到云屏栈道，坐十多分钟索道下山，步行约两公里来到温泉乘车站，在温泉边洗洗满是汗渍的脸，心清凉许多。

一路上山花娇俏，茂林修竹，松涛阵阵！真是神清气爽！独登黄山，我不仅领略到了大自然的神奇，欣赏了黄山四绝——云海、温泉、怪石、奇松，更重要的是感受到了登山人的温暖和感动，还有那股不服输的精神！黄山之行，果然不虚此行！

千岛湖上美如画

早晨六点醒来，洗漱后坐上大巴，到达汤口镇，街道上空无一人，只有一两辆大车小车飞快驰过。整个镇子如一粒尘，飘浮在黄山脚下，举目望去，云雾迷蒙，青山隐隐，山花烂漫。昨夜淅淅沥沥一夜春雨过后，晨起的空气清新可人。

阳光一点点刺破云层，一道亮光如刚打开镜匣时反射的光，直逼你的眼。不多会儿，太阳终于挣脱了云层，露出一大片湛蓝的天，一时间，天空中一片灰褐一片蓝白交错，蔚为壮观。薄雾笼罩一座座山头，好像给群山穿上一件纱衣，美妙无比！依山势而开辟的油菜田不时跳入眼帘，与黛瓦白墙的徽派建筑遥相呼应，一时间，迷惑你的眼。

大巴车内，导游洪亮有力地介绍着千岛湖的有关信息："千岛湖位于浙江省淳安县内，是上世纪五六十年代苏联专家设计的人工水利工程。共 1070 个岛屿，面积是西湖的 108 倍，只开发 13 个岛屿供游览观光。淳安县是个既古老又年轻的县城，原来被湖水淹没被迫迁移半山腰……"一连串的介绍如排山倒海一样冲击着我的耳鼓，一时间不知道从哪里开始消化吸收。就好像一口吞下一个大面包，塞在嗓子眼一下子咽不下，只能干瞪着眼发呆看着窗外变幻的徽州风光。

淳安县内，围绕千岛湖而建有高楼林立的店铺，商品琳琅满目，登上游船前往黄山尖岛屿，游船内看两边风景，真如"舟行碧波上，人在画中游"了。天蓝水碧，岛屿耸立湖中，如一颗颗珍珠散落在湖面上，让灵动的水波多了更多的妩媚。湖水清得发亮，游船激起的波浪如碎银一样铺满船两边，让你感觉不到船在前进，岸在后移。

我见过微山湖的壮阔，见过东湖的婉约，领略过西湖的多姿美妙，却独没见过千岛湖这样的水，湖面像一大面镜子折射着形态各异的岛屿，真是美妙无比！

白云一大团一大团缭绕在湖面上，天蓝得不可一世，很想在眼睛里再安一百个眼珠子，看遍所有湖光山色。船行约半个小时到达岛屿，坐上缆车，几分钟就到岛屿顶端，大大小小几十个岛屿形成"天下为公"字样。大自然的神奇，真是不可思议，这不能不说是一种奇迹！

从黄山尖岛重新坐游船出发十分钟左右到天池岛，天池岛上树木翁郁，杂草丛生，绕岛一圈，看到邓小平题的"天池"二字。看到了海瑞体察民情时登高望远站的镇关石、望炊石，了解了香柚树、思乡树、移民树的由来，看到琵琶树结的果子一串串挂在枝头，还有藤缠树的样子。抬头望，飞鸟成群结队盘旋岛上，背影在蓝天白云间起起伏伏，别有一番韵味。

返回路上，山脚下徽派建筑比比皆是，错落有致，偶尔也会看到谁家炊烟在袅袅升起，半山腰上采茶的女子头戴草帽弯腰捡着茶叶，紫的黄的红的山花若隐若现点缀在山间田畴。从车窗外，回首望去，千岛湖，在青山之下，若隐若现，跳动着一种迷人的光泽。或许，有湖的地方，就是一幅灵动的风景画！

宏村，等你而来

到达宏村那天，天阴沉沉的，春天的风还有些凛冽。在地陪导游带领下，终于到了我魂牵梦绕的最美乡村了。

进了景区，站在海边，迷蒙的水面上，青青垂柳掩映下，正是紫荆花含苞待放的时节，映衬着对面的黛瓦白墙徽派建筑群，愈加如梦如幻，美不胜收。一路上，听导游解说，宏村距今有八百多年的历史，早在北宋年间原本是十三户汪姓人家由半山腰迁居而来，后历经明清发展至今，完善成现在规模。由一个姓胡的巾帼夫人，根据仿生学设计成"牛"的形状，整个村庄充满着一种神奇的色彩。

我们是从"牛"的消化液——南海中心——穿过，跨过一座拱形石桥，上台阶，台阶一步高过一步，导游说这是步步高升；下台阶，一步低于一步，这叫平步青云。似乎从这一刻起，宏村的讲究才刚刚开始，站在南海书院朝前看，整个南湖如拉满的一张弓，中间的石桥石路如一只满弓的形状，箭在弦上，犹如蓄势待发的宏村人。

从南海书院启蒙阁走出来穿过一条挂满红灯笼和五颜六色的写生画的长廊，沿着"牛肠"，也就是淅淅沥沥的水流，逆流而上，来到一户秀才家里。从傍云堂的镂刻开始惊叹，走到考究的椿和堂，这位外地迁居而来的秀才在当地真是备受崇敬。朝前走，潺潺水流绕着每家每户流淌，导游说此有导向、防火、饮用、洗漱之功效，饮用和洗衣错开水流时间使用。还有人家把院墙底部留个空隙，引一股水流至院内，可以取活水养鱼之类。走过一条青石板铺就的里弄，来到"牛胃"，就是村子的中心，一个半月形的水池，取名月沼，有花半开月半弯之寓意。诸多电影取景于此，如电影《卧虎藏龙》《菊豆》等。

月沼旁边是汪氏宗祠，三位汪氏祖先画像旁边赫然出现一位巾帼夫人画像，原来整个宏村是这位姓胡名中的女子设计的。此女子，原来和西递村有些密不可分的关联。穿过祠堂来到敬德堂，一户至今仍居住着老夫妻的普通人家，了解了当地徽州建筑的构架，前为厅，后为堂，厅接待客人所用，堂为家人用，厅左右是老人居住室，厅上方的阁楼住的是女子，堂后方的楼上住的儿子，最后方就是厨房了。当然普通人家和宏村首富大盐商居住地还是有区别的，从门楼到厅堂，从砖雕到木雕、石雕，从单侧到双侧，从单层到双层，从花鸟虫鱼到人物故事，从对联到布局，从独占鳌头到鲤鱼跃龙门，从福寿双全到喜上眉梢，其设计无不考究，无不寓意深刻、栩栩如生，显示着深厚的徽州文化。总之，浏览下来，感悟到，真正能传承的真的不是财富，只有文化。

从盐商家出发穿过村里唯一一条没有水流的小巷茶弄，来到一家茶商家。院内一百八十年的牡丹开得正欢，茶花怒放，紫藤萝招摇在斑驳的墙头。整个徽派建筑都没有镂空的窗子，全都是高墙耸立，唯留四方回形天井采光透气通风。因为宏村的男人十三四岁都会外出经商，唯留女子在家，所以在徽派建筑内基本很少有敞开的窗户。

没有太多逗留，来到设计者胡姓女子所住的村子西递村。胡姓人家原不姓胡，是唐朝李氏皇族后代，后辗转到此处改为胡姓，胡适、胡雪岩均和此村血脉相连。宏村和西递村原来是两个联姻村，西递原来是有三条溪流由东到西而得名，在此曾是一处驿站，供传递信息之处，也就是如今的快递站。

西递村有九百五十年的历史了，雨后，青石板泛着古老的光泽，愈加光滑，游客不多，房子建筑布局和宏村如出一辙。此村有三百户人家，也很重视教育。从此村出来的官员有一百多名，从二品官员到四品官员，从胡氏牌坊到胡氏祠堂，胡氏文化在每一处细节里彰显一种历史的厚重感和沧桑感。

无论是宏村还是西递，无不让人感受到一种文化的积累和沉淀，如果没有文化作为支撑，如何能让古今中外的游客们纷至沓来呢？路过一家店铺的橱窗，看到有这样一行字——爱在西递，等你而来。我很受触动。宏村，西递，这里是积淀着深厚文化内涵的古老乡村，此生若不来，乃人生一大憾事也。

生命如光

让痛， 像月光一样美
——读迟子建《树下》

冬了，清冷的雨丝，一痕一痕从我眼际眉梢溜过，只是我辜负了这多情的雨。我在低头走我的路，游荡在人潮涌动的街头，眼前总隔着一层那永远漾着水汽的玻璃，灵魂似乎从身躯里飞了出去，而不知所往。

这大概是第五天了吧，似乎要把五脏六腑都咳出来。我不是故意这样委屈自己，只是天寒的缘故。其实人生总是要经历一些痛，这些痛就像是空气，一直在我们的周围充溢着。含着泪，忍着心悸，两天时间读完了迟子建的《树下》，心里总好像笼着一层厚厚的云翳，让我无法抬头看清天空，无法看清天空下的自己。我知道只因为这本书里的故事有太多阴郁与哀愁的缘故。随着忧伤的笔调埋头前行，主人公那跌宕起伏的命运，像一根无形的丝线牵着我走，让我欲罢不能。

雨，无声无息地洗刷着尘世的纷扰与喧嚣，而我全然不觉。我耽搁在一本书里，太久了。

迟子建说，我喜欢哀愁，哀愁是什么呢？就是一种湿漉漉的感觉，是一种让人心动的东西。那是从对美的伤怀里而衍生出来的一种感觉。我是不喜欢哀愁的，因为心浸在那种潮湿里久了，看什么都是雾蒙蒙的，这个世界就显得不那么真实了。尽管这样，我还是那么喜欢看迟子建的这本处女作。我想越是幼稚的作品，越是不沾染尘世的铅华，缺少了一些铜臭之气，越是显得那么可贵与可爱。

　　主人公七斗就是这样一位温纯如水的女子，悲惨的家世让她的一生看起来都是忧郁的灰色，但是她又那么独立而倔强。从她的身上我看到了简·爱的影子，斯嘉丽的眉眼。故事一开始就笼罩在阴森的氛围里，懵懂的孩子，面临着沉重的葬礼，母亲的自缢，父亲的远走，只好随着市侩味很浓的姨妈过日子。整个故事给人感觉是压抑而备感消沉。少女时期的她独自一人忍受着姨夫的无耻纠缠、姨妈的责骂、父亲的冷漠，并亲眼目睹了一场血淋淋的场面。然而生命的艰难，并没有把七斗那一颗热爱生活的纯净善良之心击碎。庆幸的是，有那多病的姥爷对她的偏爱疼惜，整日躺在竹椅上晒太阳的栾老太太对她的呵护备至，同样年龄的火塘与她的一路相携相伴，还有那位骑着小白马的鄂伦春小伙子的眷恋，这些都足以让她好好活着。

　　七斗，一位像月光一样柔美的女子，小说里对她的肖像没有太多华丽的描写，但是那个喜欢穿着长长的裙裾、一直梳着长长的又黑又亮辫子的姑娘，却深深地印在了我的心上。我知道在她的身上，我们或多或少都会找到一些属于自己的童年或青春的影子。而这个影子，就好像是你生命里最忠实的伴侣，陪伴你每一个朝朝暮暮，花开花谢，温暖着生命里每一个寒冷的日子。

　　当七斗选择了教师这个职业，也就意味着希望隔绝尘世的烦扰，找回属于自己一片心灵的净土。于是，她住在白卡鲁山上的小木屋里，整天与被白雪覆盖的山峦相伴，看着月光在身边的小树林里自由地飞舞；看着年幼的孩子兴奋地在雪地里把鸟捕到又放飞。这是她一生中最快乐的日子，在这里七斗遇到了此生第一个说要娶她的人，但是仅仅一天的婚姻，却让她背上了寡居的名声。轮船上单调的航行生活，她会自找乐趣，用面包屑去吸引在海面上自由飞翔的海鸟，看着它们洁白的身影在蔚蓝的海上划过，心里有种说不出的愉悦。她喜欢这种生活，她在用自己的一腔真情去呵护着身边那烧炉子的小伙子，还有那古里古怪的船长。她没有去抱怨生活、去埋怨生命的不公，而是一直用着一颗平和与宁静的心对待着周围的人和事。

她，是纯洁而纯真的，虽然饱受命运的摧残。她，是一朵开在荒野里小花，暗自展现着属于自己的那份美丽。

农场里的一段偶遇，让七斗结识了一位真心待她的人，但孩子多米的不幸夭折，心目中喜欢的那位鄂伦春小伙子的不幸猝死，让七斗对生命的渴望一点点消融殆尽。但是还好，此生还有张怀相伴。真是希望在经历了一连串磨难之后，七斗在不断成长里，得到命运之神的眷顾，让好人一生平安。

我知道，生命，原本就是一个不断考验和被拷问的过程。在人潮起伏中，当你有幸遇到了你愿意相守的那个人，你一定要去珍惜。别让那些往事中的阴霾主宰着你的生活，给自己一个明媚的笑靥，你会发现世界原来是如此的美丽！

因为在生活苦难的外表下，只要有颗热爱生活的心，你就会发现命运不会厚此薄彼的。命运在这一秒从你手中夺取的，下一秒，定会还给你！

为心腾出一片人间

生活的溪流总是在有条不紊中前行，沿途的风景有花开的灿烂，还有花落的伶仃。很希望生命之舟在不断乘风破浪的时候，能够辟出一处处彼岸花开，能够留下一圈圈亮丽的涟漪。

行走在光阴的深处，越发觉得，生命原本就是一个不断消耗着时光的过程。生命在相互滋养与衰败中，而日子越发稀少。

冬天的味儿渐渐稀薄了些，微寒中，能嗅到丝丝的清凉。光与影的交错中，时光老人把每个人都慢慢地抛弃，然后轻装前行。

怅然回顾，所有的回忆里，原本那一页最值得人炫耀的青春，早已仓促翻过。中年的萧索如日记本那被人忽视的封面背后，说不上炫目，但是必不可少地站定着自己的位置，无所欲地守着自己的岗位，像极了一位忠诚的战士。

喜欢上很多的文字，却没能有一个闲暇的心去消磨。偶翻出雪小禅的《小半生》爱不释手："的确是小半生过来了。最快的东西一定是光阴，才青涩茫然，小试新春，转眼就秋天，柿红如霜。不喜热闹了，拣一个薄薄的清晨，一个人远行。不特立独行了，一团喜气地活着。"是啊，小半生的光阴就这样如白云苍狗一般过了，还未来得及去品味生命的滋味，不自觉地生命就过了大半，原本耗尽在时光里的无病呻吟，也渐渐远离了些。那些故作云淡风轻的文字，还有一些自以为唯美浪漫的回忆，也渐渐在时光的流年里被淘洗得失去了原有的光泽。

生命，原本就是这般无懈可击了。没有了少年的懵懂，没有了青年的浪漫，有的是一种中年之后的沉稳、冷静，还有一种对未来光阴的无奈或是那么一点点小抵触。

活在人间，恍惚间，总有种非人间的空虚与落寞。日子里的一些实实在在的挣扎，渐渐地少了一些性格的锋角和锐利的拼搏，而更多的是一份无奈的敷衍，还有一种迫不及待的解脱。很想很想一团喜气地活着，没有了那些自我编织的忧伤，也没有了那些空中楼阁的盼望，所有的欣喜里，就这么安分地活着，在这样一个被人称作人间的地方。

曾在微博里写下这样一句话：为心灵辟出一片人间，撒些花籽，育出一片灿烂……想一想，这也不过是自己心里的一份美好的愿望而已。无论今年还是去年，那些依稀的记忆里，没有时光流逝的概念。恍惚间，不知道自己是在人间里消磨着光阴，还是在光阴里消磨着人间那些所谓的美好。

忙忙碌碌的时候，心里装的东西多了，就会涨涨的，好像自己是一颗定时炸弹，只要稍微有些火花，就会爆炸，然后随风消散。其实，细细掂量，若没有那些所谓的追求，活在这样的人间，人生是不是就是一片虚无呢？

有人说：人的生命当如流水一般，自己快乐着又滋润着对方。这是对生命最美好的一种诠释。想必，生命的过程，就是经营人生的过程，不挥霍生命，也决不吝惜投入。当我们在前行的时候，会有一些灰色缠绕，会有一些阴霾笼罩，但是，这并不意味着沉沦。重要的是，能在灰色中提取一些希望，能在枯败的丫杈间，看到那些萌动的绿色希望。

行走在路上，当把所有的行囊全都清空的时候，才发现，我们所有的一切，也不过是一种类似于初春空气一样的透明东西，轻轻一吹，就能感到一种迎面而来的清冷，还夹杂着一种鲜活的味道。

嗯，我想，这就是人间的气息吧。

那些枝头颤动的流年

不觉间，已经走入了秋的心脏。看着那些焦黄的枯叶在晚风中翻飞，打着转儿，然后跌落在冰冷的水泥地，心里有种说不出的释然。

生命，总归会有枝头的绚烂，会有跌落的凄惨，而这其中的落差，就是心里最平静的时候。当喧闹来临，会有一种惶恐；当跌落枝头，会有一种落寞。

当生命在起起落落中，成了一种错觉的时候，才发现，生活，也就是一种失去，或忘却。

喜欢在某个雨后的清晨，随便坐上一辆车，然后漫无目的地去流浪，看着窗外流动的风景，心里会有一种局外人难得的轻松与愉悦。其实，当我们把自己置身在生活之外的时候，我们会发现，另一种美丽，那就是一种超脱自我后的孤独。

悲喜离散，在走过无数个黄昏后的落日，你才会在黑暗里获得心灵的一种静谧。

"我喜欢将暮未暮的原野，在这时候，所有的颜色都已沉静，黑夜尚未来临。在山岗上那一丛郁绿里，还有着最后一笔的激情。"我喜欢这将暮未暮的时刻，这将暮未暮的人生，喜欢在将暮时刻守候这最后一线希望的席慕容。

在所有的一切都还未到来，而结束的时刻已宣告来临的时刻，心里却突然出现一段空白，这段空白不知道该渲染成什么样的色彩，或者描绘成什么样子。只是，在心里空空地守着那么一份期待，有那么一点活下去的勇气，就好了。

流年是什么样子的，没有人能给一个准确的答复。当看着枝头的那一片片曾经苍翠欲滴的绿叶，叶脉四周出现一圈褐色，那曾经在春季娇柔的阳光濡染下仿若骄傲的公主模样的叶子，却在饱受着酷日的熏烤后，轰然要谢幕了，心里难免会有一丝留恋与凄然。

万物皆有情，一片落叶的美丽，也许只有枝头知道。当她委身于冰冷的水泥地时，她知道自己的骄傲，将要成为别人肆意践踏的废物了。你不在你的位置，你也就没有了自己的价值，即使你曾经是多么辉煌与自信，也难以抵挡住那一阵阵秋风拂过的叹息。

喜欢的东西，渐渐成了一种怀想。朋友相交的真心，渐渐因为远离而变得冷淡与清静许多，仿若那些遥远的距离中间永远隔着一个早来的秋天。

依然会有一些惊喜，一些经年不变的淡然，秋天的心事，依然在这个恍惚的秋天里，蔓延成一条河的样子，载着一片又一片的落叶，流向远方……

不喜欢秋天，秋天依然会在它该来的时候到来，像个国王一样降下圣旨，让你知道。那份凉意，在漆黑的夜里，一点点浸透你的每一寸肌肤，仿若是一种藏在心底的思念，割裂着那片寂静的天空。

路边的紫薇花兀自灿烂着，美丽着道路，一如一段芳华过后浮起的云烟。我伫立在一朵花前，靠近静观，看着这朵花，在开到荼靡后，那谢世时的一份凄然。

啊，亲爱的，你辞谢了枝头，还依然在我心里保留着一张不老的容颜！你还依然是，我心里永远的那份挂牵！

当痛来临之后

霏霏细雨，迷蒙着一种清冽的气息。三月的花期刚来，就面临一场冷冷的雨，仿佛是雾里的那场挥手别离，带着一丝隐忍、一些疼痛。

想着那些娇艳的花儿，在寒风中动人的模样，心里就会升腾起一股莫名的悲壮。

对于生命，我们应该学会珍惜与感恩，感恩那些曾朝夕相处的亲人、友人、爱人，更重要的是，去感谢那些给你带来痛楚的敌人。

如果你为了一己之私而丢失所谓的美好，那就不要再去固执地为了某些伤害而丢失了整个世界的美丽。

有些痛经历过了，就好像是一道伤疤，结了痂，没有必要再去人为地撕裂，无论外在给予多大的诱惑。其实那些过去的也只能活在过去，谁也无法走回头路。即便有些东西在心里凝成了死结，也没有必要再去打开。尘封起来吧，对于那些不值得再去掂量的往事。如果有些东西本来是笼着一层朦胧的美好，当真的去揭开面纱的时候，却会发现有一种丑恶在蠢蠢欲动。所以，还是在半梦半醒之间活着吧，没有必要去执着于一个本该不属于自己的方向。期望累了，就是失望；失望绝了，就是殇。还是学会转个弯吧，因为这个世上没有过不去的火焰山。

不想去猜度什么，有或没有在乎你，又能如何？属于你的那份记忆，本来是一片纯白，如果非要撒上一两个黑点，那黑点该是多么刺眼啊。而这个黑点，也就是痛存在的一种形式。若不如此，那些让人心动的洁白，也就不复存在。

　　生活，不但是一种岁月，更是一种忍耐。生命过程中，要去忍受那些凭空而来的欺骗、误会，还有一些莫名其妙的中伤。

　　很多时候，我们所想象的那份纯洁，其实也只能存在我们的内心深处。社会这个大染缸，会让我们失去最初的那份纯真与自我。但我们在迷茫中苦苦寻觅的时候，会离我们所想要的越来越近，所以没有必要为了别人的炫耀和吹嘘，而上当地以为人家都是那样的幸福和甜蜜，而只有你自己是处在苦难之中的。

　　人，或许都有这样一个致命的弱点：总是喜欢往自己的脸上贴金，让别人更看得起自己，更仰视自己。如果是事实陈述的话，倒也可以体谅，而如果言过其实，便成为一种活着的悲哀。有的时候，当你知道事实的时候，也不妨给他人一点尊严。因为人活着，总是想证实自己的价值。

　　有人把婚姻比成放风筝，我个人认为，其实每个人活着也就是如风筝一般。每个人都渴望有一片阔大的空间自由飞翔，有一条感情线始终维系着自己，并且希望时不时地有着外界的风前来相助，向东或者向西，自由地摇摆，安详地享受着那片属于自己的天地。

　　看完《康熙王朝》，对康熙说的一句话很是难忘：痛，则通；不痛，则不通。有人说，这对于中医来说是相悖。但是对于人生之道来说，却大有文章。人活着，苦永远大于乐，所以人多说，祝你快乐。快乐，祝福后是不会拥有的，除非你能在苦难中走一遭。对于那些苦痛，不能摒除的，也只能去正确面对了，面对的多了，心态也就渐渐地平和，并趋于平稳了。慢慢地，人的视野一开阔，心也就会变得通达起来。此之谓豁达，源于一种痛吧。

　　人活着，总是会面临一些两难的选择。每一个人所奋斗的征程里，都会有一些在外在利益面前的取舍，并渐次发觉自己最想要的是什么；在成败得失面前选择的时候，会越发觉得自己最想拥有的是什么。突然想起在爱与义、忠与孝之间选择的朱元璋，他是如何从一个放牛娃一跃而成为令万人景仰的大英雄的呢？最近痴迷于帝王故事，从刘邦到康熙，其实最喜欢的还是正在看的朱元璋，他的干练、诙谐、亲切，还有多情，总是历历在目。这样的男子，少了点刘邦和曹操的圆猾狡诈，少了点康熙的一意孤行和猜忌，越发显得可爱至极。

现而今，这样的男子，越发少见了。要论一个人的魅力何在，不要去看他能骗取多少姑娘的芳心；不要去看他是否拥有万贯家私；不要去看他是不是达官贵人；更不要去看他是不是能要风得风、要雨得雨，八面玲珑，这些无外乎是一个人外在的装饰而已，经不起岁月风霜的侵蚀，也经不起人生刀剑的相碰。我想，还是要看这个人是不是能够坦然地对待疼痛，是不是能够在同一个地方痛两次，是不是能活得诚实守信可爱至纯。

世事风雨里，有些痛，就好像龙眼的外壳，看上去凹凸不平，很不入眼，但是，当你真的用心去剥开疼痛的时候，你会发现，痛的里面却孕育着温润而又光泽的果肉，是那样的鲜美而又甘甜。

所以，对于一个人，一些失望并不可怕，可怕的是，自己愿意在失望一次又一次的时候，依然痴迷于那份虚无缥缈的感觉，而心甘情愿当那个把自己裹得密不透风的茧。我讨厌隐瞒，更厌恶欺骗。当你的世界冲破了一些朦胧的纱幔之后，你会发现，你所沉浸的黑夜，也不过是自己堆砌的一面高墙而已。所以要忍字当头，迎面对欺骗说：滚开，别对我挤眉弄眼，我不需要你的献媚！

有一些事没有必要去解释、去争辩。如果一次被欺骗或者被落井下石之后，那么，你就学学那个即将被埋在井底的驴子吧，把那些扔下的砂石和黄土，当作你拯救自己生命的垫脚石。人生，当处在只有痛、没有疼的阶段，我们没有理由去自暴自弃，甚至放弃自己活着的勇气，而是要笑着对自己说：让痛来得更痛快一些吧！

了？！

> 世人都晓神仙好，唯有功名忘不了；
>
> 古今将相在何方？荒冢一堆草没了。
>
> 世人都晓神仙好，只有金银忘不了；
>
> 终朝只恨聚无多，及到多时眼闭了。
>
> ——《红楼梦·好了歌》

有人说，感情的事，想不了也难，想了也不难，只要你去学会克制和正视自己的心。其实，有时，了，也就是遇事沉稳干练的一种体现，快刀斩乱麻的一种果敢与从容。一旦，你拥有了足够成熟的心智，你也不难控制难了的局面。

最近很少静心读书，心事如浸满水的小黄菊花，在透明的玻璃杯里随意浮沉。偶得闲暇，瞥见一篇文字《了》，很喜欢文字中透露着的看透世间之后的一种豁达与大度。此文里写有："了，是一种放下，一种告别，一种结束。""了，会痛；不了，会更痛。了不了，其实，是对疼痛的一种妥协。"

人生，在面临许多选择时，有时往前一步不敢，往后一步不忍，往前一步怕陷得太深，往后一步又怕撇得太清。是啊，这样的处境，会有很多人遇到过，有的人被冠以"前怕狼后怕虎"，有人说这样犹豫不决是为自己留条后路。毕竟，人生就是一种选择。有时，不能总是一条道走到黑。当然，这里的黑，应该是一种错误的选择，如果你选错了，这份了，就永远也了不了了。

　　人的心里总是有诸多的千不该万不该，当一丝念想渐渐冰凉，你留着还有什么用！人走茶凉，好像也是种很好的了的方式。试问，有几个人愿意守着半盏凉茶，静候不归人？对此，我不禁想起了《爱有来生》这部电影。故事里有个曾留着长辫子的姑娘，好像一直在说着："茶凉了，我给你续上吧。"其实，这里续的难道只是茶吗？我想，续的应该是他们之间的爱吧！他们希望爱有来生，可是，世间哪有来生，既然爱，此生已了，也就了了。如果再去牵强地后续，只会多增加一份伤悲而已。电影《宝贵的秘密》里也有个长辫子的山里姑娘，因着她，那个考上了北大却偏偏要傻乎乎地在山沟沟里教一辈子书的穷小子，一直苦苦相守，虽然他知道他爱的人已心有所属。

　　脑子里出现了《红楼梦》里那个跛脚道人边走边疯疯癫癫唱着"好了歌"的情景。这首歌就唱尽了人间的沧桑、世事的变迁。此生，即使一个人在生前是如何的风光无限好，最终也不过落个一抔黄土、一把纸灰而已。想着这，那还争什么名和利、是和非、对和错？

　　"剪不断，理还乱，别是一番滋味在心头。"想当初南唐后主李煜是那样的八面威风，在沦为阶下囚的时候，只因为旧国难了，所以换来毒酒一杯。一代词帝，也不过如蝼蚁一只，既然知道"故国不堪回首月明中"，也只能一任"一江春水向东流"，一切都了了吧！

　　有人说，情缘难了，我想，那是彼此依然相看两不厌的缘故。当一份缘摆在面前，了与不了，于情于理，都需要一种审时度势的智慧，这该是最值得探求和深究的。

　　看着"了"字，我不禁茫然，这么简单的文字背后，却隐含着太多的人性的复杂和人情的纠结啊。请问，是非取舍里，你该了时，了了吗？

生命，不是一种姿态

在一个人的眼里，看这个世界，有时候是孤独的，有时是热闹的；热闹的时候，你渴望孤独；孤独的时候，你渴望热闹。但是热闹的背后必然隐藏着孤独；孤独的背后不一定就要有热闹来渲染。

当你沉寂，不等于你孤独；当你孤独，不等于你在思考；当你思考，不等于你就有所获；当你有所获的时候，你也不一定能读懂这个孤独的世界。

因为，在我们生而有涯的日子里，每个人都是这个社会的一种装饰。装饰有沉重的房子，有豪华的轿车，有讲究的衣着，有诱人的利欲、无尽的需求。这些渐渐蒙蔽了我们原本纯净的双眼，让我们所看到的东西打上了一层层物质的光辉，而掩盖了精神的光点。所以，当我们静下心来，想想什么才是我们所要追求的时候，我们才慢慢发现，那些生不带来死不带去的东西，都成了生命的一种累赘，而不是点缀了。

是的，每个人的生命都是上帝借给我们暂时一用的奢侈品，所以，我们不要去挥霍。我们要骄傲，我们珍惜这生命里的每一点光阴。

生命，这种东西，不是让我们在人间走一遭所用的资本，而是我们用以清醒自己、认识人性、反思自我、感悟人生的一个参照物。

生命在不停地变化，不停地给我们带来一些新鲜的生命感悟。当我们在一味地追求自我感觉的时候，渐渐地发现，这种感悟不知道什么时候却变了味儿，发了霉儿。于是，我们才开始惶恐不安起来。是的，生命，在我们这样的遗忘中，也一点点地把我们抛弃。它充实着你的思维，饱满着你的智慧，占有着你的一生，它是一个霸道十足的可人儿。只有我见犹怜的人，才知道去珍惜它、去感知它，去抓住所用的一些日子，一点点用充实去填充它、完善它。它就是不折不扣的一个尤物，让你在有生之年为它欢喜为它忧。

我不去想自己的未来里生命到底是一个什么样的角色。为了满足自我、反思自我，那个日见膨胀的自我，正在一点点消释着生命，让我们在感叹的时候，才发现我们守在有限而自我愉悦的空间里，生命渐渐却慢慢由旺盛而变得羸弱。

是的，这是一种生命的轮回。我们在这样的轮回里，在找寻着那些我们所需要的一些东西，那些东西被一点点拾起，然后又一点点地抛去，再去一点点捡起，然后又扬长而去。如是反复，发现生命原本就是在这样不间断的浪费里，而一点点瘦弱不堪起来。

是的，我们无能为力，因为我们自以为很强大，自以为可以征服世界，自以为自己是天下无敌，自以为自己应该是那个聚光灯下最耀眼的一个。可是，当我们转身，当我们守在一个人的世界里，静静地数着自己心跳的时候，才猛然发觉，我们，最不能打败的，就是生命。生命，却在我们不断的浪费中，将我们抛掷得很远，让我们永无回头之日。

无论有多少爱，有多少恨，生命原本就是一场虚空。因着这些爱恨情仇的交织，而让生命灵动丰盈起来。所以，很多时候，那些孤独的感觉，原本就是生命赐予我们的最好礼物。它是让我们在渐渐远去的时候，从最初对自己的一无所知，而慢慢地探究思考生命的美丽与可爱，与自我存在的价值。

然而，当我们看透世界本质之后，渐渐发现那些时间里花里胡哨的荒唐装饰，原本才是真正的一场虚空。因为它，让我们遗忘了生命里原本还有更为重要的东西，那就是对自由的渴望，对自我认知的一种深入探寻。当我们深入自我内心的时候，才会发现生命林子的美好与可贵，才会发现我们所追求的无外乎就是这样与生命最为美丽的一次相约。

生命的存在，其实不止是一种姿态，更是一种心灵的相约，一种对自我心灵美好的体验。那些污秽、肮脏，也只不过是生命阳光里阴影中暂时的一小部分而已。当我们心灵足够强大起来，我们会发现，一个人的精神世界才是天下无敌，当然，不只是生命本身。

当生命是倒计时

生命，是什么？生命，到底有什么意义？这是一个千古难寻的话题。自古以来，在每个人的心里，对生命的定义各不相同。冰心老人说，生命是一条奔腾不息的小溪，最后都要汇入大海的怀抱。毕淑敏说，生命，其实没有任何意义，只有人赋予它意义，生命才会更鲜活。

而我想说，生命，是一场无休止的奔跑，是一场马拉松赛，是一次倒计时的等待。当你朝着目标前行时，生命才会变得有意义。

一个人的一生，大多是在路上奔波，你悲伤，你喜悦，你孤独，你彷徨。无论是哪一个你，你的人生，也只有你自己去描绘。顾影自怜也罢，暗自神伤也可，当你的心渐渐被岁月的风尘熏染得面目全非时，你才会发现自己真正想要的，早已离自己太远、太远。

走着，走着，突然有那么一天，不知何事萦怀抱，醒也苦恼，梦也寂寥。当晨光破晓，轻挽窗纱，阳光在树叶间跳舞，树枝在风中飘摇，一片，两片，清亮的落叶安静地躺在昨夜刚淋湿的地面上，像一个潮湿的梦。

于是，在这样的梦里，我们醒着笑，梦里哭，无数次颠三倒四，像陀螺一样转个不停，像钟表上的时针一样走个没完没了，朝着一个固定的方向，无限循环，无限重复，无限寂寥。

可，生活又是什么？是热火朝天后的沉寂冷漠，还是花开花落后的不知所措？当月圆了，月又缺；当风飘了，雨又落；当虫鸟散尽、当人声阒寂、当思维停滞后，留下的，不过是沉默寡言后的洒然、兴致盎然后的安然罢了。

岁月的风霜不断浸染着你我，渐渐让人明白，生命本身不过是一种错过。也许你错过了花开叶落，错过了冷暖福祸，但，这终究只是你生命的一种失落。

如果说生命是河，那么生活就是帆船，你人生的信念就是船桨。在生命的长河里，我们每一个人都带着一个或多个固有的使命向前。

奔走在路上，一路上或有鲜花簇拥，或有荆棘丛生，或有饿狼猛虎，或有巉岩峭壁。但是无论你选择走哪一条路，你的选择，其实就是你的坚持。

生命，对每一个人都是公平的，它是有期限的，有且仅有一次。所以，这容不得我们去浪费，去哀怨，去惆怅，去妒恨。不要去把美好的生命放在消磨上，我们或许要经历的还有太多，有太多的美好。

为了支撑生命，我们付出青春；为了享受生命，我们拥有爱情；为了延续生命，我们走入婚姻；为了生命轮回，我们孝顺双亲……

走在人生的不同阶段，都会有阴雨笼罩，狂风咆哮。当我心情低落、思维停滞时，我也曾抱怨过生命的无意义，埋怨过生命的无常。可是，一个陌生的朋友切中肯綮的一句话，让我走出了迷谷。她说，如果认为生命无意义，不是因为缺乏信仰，就是因为懒。看罢，我抚掌大笑，笑自己已过中年心还懵懂，笑自己半世光阴挥霍一空。

一直在想，生命对于孩童是早晨八九点钟的太阳，对于中年人来说是倒计时。因为，人生过半，如果从后面计量自己的日子还有多长，你就不会思维停顿、愁肠百结了。前行中，在你对信仰的坚持里，你会发现，生命也不过如盈握在手的一把沙子而已。

所以，当生命是倒计时，我们还有什么值得去哀怨、去荒废、去等待呢？不如趁早定个计划，来一个说走就走的旅行；做个准备，来一次说聚就聚的约定。安下心，检阅人生，做好自我，别说生命如风！

褪尽浮华

"啪"。一枚熟透的石榴从枝头坠落。这一声重重敲在我的心里，让我感到了一个生命的终结。落在地上的石榴被摔得粉身碎骨，晶莹剔透的籽散落一地。这是一枚生病的果，在枝头张扬了一段属于她的灿烂之后，就这样告别了枝头。

我家楼前有这样一棵石榴树，每到石榴开花的时节，我都会痴痴观望，那一树嫣红，它会一直烧到我的心里。时光如白云苍狗而过，不知何时，我的眼前却是落英缤纷，片片花瓣带着残留的余香魂归我的眼前，让我能想象着累累果实缀满枝头的美丽……

走过了春的萌动、夏的奋发、秋的成熟、冬的蛰伏，一段生命旅程就这样匆匆而来，匆匆而过。当生命告一段落，一个美丽的梦就会重新升起。

最近不觉总被一种生命感动。今日秋阳高照，我站在阳台晾衣服，突然看见一枝长长的绿藤带着一朵零丁的花爬到了阳台，下面还挂着一枚长长的果实。这果在我眼前伫立着，像在炫耀着它的丰硕和富有，我心头莫名地滋生一种对生命的敬意。那柔柔的细藤如何能承受得了果实的沉重？可是藤却做到了。

奔走在茫茫尘世里，心里多少会涌起一些浮躁和落寞，有时太多的无助让你无法抵挡时，你会躲在浮华背后偷偷地哭泣，希望眼泪会洗去心中的尘埃。可是眼泪只是会冲洗脸上的浮尘，而心底的灰尘，则需要静静地找个合理的方式来打扫。比如那枚落地的石榴，它是在用自己的方式正视自己内心的灰暗，很潇洒地告别亲爱的枝头，来个一了百了，用自己的毁灭来换取更多的新生。

人的生命其实很脆弱，当你无法摆脱内心的困扰，走不出心灵的幽谷时，那就用这种方法，干脆来个告别，不再回头。

有时有些人和事会让你无法下得了决心来个彻底了断。那就学学那根细藤吧，用你的柔韧来支撑你的信念，相信在一朵花败落之后，会有一份新的收获向你招手。你看那枚长长的果，就说明来到一片新的天地，用你的细心经营会换取属于你的富有。生命的大舞台上会有许多的场景等待着上演，就看你如何选择了。在一个温柔富贵之地，固然你的生命会更加滋润，可是繁多的浮躁会让你的心灵蒙埃。那就试着来到一个僻静的地方，你的生命会和绿藤一样精彩！

庄子的"逍遥游"里有化鲲为鹏的故事，我们也可以把自己当作鲲在海里自由地生活。可是，海哪有天空广阔呢？找一片更适合自己的天空褪尽浮华，心也会随之开阔明朗。

如果你是鸟，就不能只流连于枝头；如果你是藤，就尽情生长；如果你是果，终归要告别枝头。好吧，还是让我们来褪尽浮华，给生命展示一个美丽的开始！

穿越孤独

　　夜色阑珊，我突然想到大街上去购买一份喜悦。独自来到这个熟悉而又陌生的街，匆匆地打量着宽阔马路两旁的商铺，在猜想那些房子里不知种植着谁的心情，可能只有夜知道吧。

　　迷离的路灯眨着诡异的眼睛，似乎能看穿人的孤独。斑驳的树影随着晚风摇曳着婀娜的身姿，淡淡疏影里似乎写着一个迷失的故事。大树旁边的紫薇花早已淡了往日的风采，稀落的残花里演绎着一段难舍难分的情节。此时此景，我穿行在热闹的人群里，看着行色匆匆的过客，有一种似乎穿越千年孤独的感觉，心在历经炼狱之后，听到一种很清脆的声音……

　　秋风不解风情，轻轻藏在我的衣裙里。我无暇顾及，任裙带纷飞，心也如秋风中凋零的蝶。我漫无目的行走着，随意一瞥看见了一位推着童车的女子，她一身黑衣裙，如瀑的秀发在随秋风舞蹈着，曼妙而又不失风情。童车里的孩子似乎与秋风嬉戏着，张舞着如藕的臂，嘴里唔啦唔啦还发出世上最纯净的一种音乐。我驻足细看，朝他微笑，宝贝不怯生，就回我一个天使般的笑。笑靥如花，我醉在了这个久违的笑意里，心空如洗。多日的烦恼也似乎被秋风带到了爪哇国里。呵，这份惊喜不用购买，就和我撞了个满怀！

　　带着一份沉醉我继续前行，此时一阵冷风吹来，我下意识地抱紧双肩，清醒了许多，一种莫名的孤独又悄悄莅临……

近日里总做着一个同样的梦，一个人骑着自行车在与云最近的山峰上顺着山路盘旋而上，当我接近顶峰时才发现自己已无路可走，而云却还在那遥远的地方。此时的我无助地望着飘浮的云，独自感受着那份孤独和凄凉。

后来，随着时间的流逝，梦里的这份孤独，穿越一段迷离的时光隧道，随着时光而延长……

好吧，告别一段缠绵就会迎来一份感伤，心在孤独中等待，等待着能穿越那份不该的时光。把自行车改成天梯吧，它能通向你向往的地方，带着你穿越孤独，迎来一份渴望。

超脱一种心境，穿越一份孤独，带着一个梦想，有盼头才好上路……

咀嚼苦难

一朵花要屡经阳光的抚慰才更娇艳；一粒沙要饱受海浪的冲击才会坚韧；一颗心要经受风雨的洗礼才能得到幸福；一个人的成长是在咀嚼苦难多于品味幸福中，而愈加成熟和美丽。

——题记

苦难有时会猝不及防地造访每一个人，它无孔不入，如我们身体里流淌的血液一样，滋润着我们的生命。

有人说，"生活是由思想所造成的"。我很喜欢这句话，但生活也是由很多苦难所造成的，没有苦难的生活会如一潭平静的湖水，湖面如镜的静美只能把两岸的垂柳及路人的倒影装在自己的胸怀里。偶尔一掠而过的飞鸟也只是照一下美丽的倩影就倏忽离去。而这些都是别人的美丽，湖水却没有。这时它只是一面镜子而已，不是活的生命。可是当一阵风雨来临，碧波荡漾，这该是世上最美的风景。抑或是一粒石子轻轻地打过一个水漂，那些旋转的水圈里会有美丽的传奇。

我喜欢一个人静静伫立在湖边，淋着细雨，顶着冷风，心随波纹起伏而起伏，就这样所有的苦痛也会随着碧波一点点地漾去。于是所谓的苦痛就变成了心里最值得回忆的涟漪了。心里的伤需要自己来慢慢疗，让时间验证一切。

近日有一同事总在我和别人耳边细说她的苦痛，伤痕累累的创口被她一次次地揭开，鲜血淋淋地展示在众人的眼前，好像在博取别人廉价的同情，以赚取几点伤心的泪水。她反复诉说着自己近日失去亲人的辛酸和那瞬间生死离别的悲痛欲绝，以及姊妹之间的相互争斗。第一次，我为此流下了同情的泪水；第二次，我无语；第三次，我在心里淡然一笑；第四次，我悄然离去。真的，我喜欢替别人分担忧愁。因为一个人的苦分给两个人，这份苦就会减少一半。可是，你把所有的苦都分给别人，是不是有点不尽人情了？

柏拉图曾说过："人的灵魂里都有一个美丽的家园。"是的，可这个美丽的家园是在苦痛之后而愈加美丽的。而这份苦痛则如冬日草尖上的一抹雪，它是在没有阳光的时候绽放着一种别样的美，当一缕淡淡的斜阳亲吻着它，这抹雪就会匆匆地逃离。其实这苦痛也如风雨中树叶上的一滴晶莹的雨滴，在摇摇欲坠之时，尽管它知道要面临的是粉身碎骨，还是要在告别的时候那样的美丽。

因此有些苦痛只能是夜里的一朵花，心痛则是夜的花蕊，它只在寂静的夜晚静静地开放。所以这些苦痛只适合留存在心的最底层，然后任其自然地凋落。

对于苦难，每个人选择的对待方式会各有不同。有的是拿在阳光下与人分享，有的是一个人躲在阴暗的角落舔舐伤口。而我则会选择后者，我喜欢把快乐拿在阳光下尽情地晒晒，对于苦痛的咀嚼永远都是在心里的一个无人知道的角落里进行的。因为人的时间多数是与自己在一起，人孤零零来到这个美丽的世界与人交流，品味生活，然后孤零零地一个人离去，谁会说苦难不是自己的呢？可是有太多人害怕苦难，躲避苦难，觊觎幸福。可是，苦难和幸福是一对孪生姊妹，它们有时会同时青睐于你。

"不经历风雨，怎能见彩虹？没有人能随随便便成功。"一曲《真心英雄》或许能清除我们对苦难的恐惧，那就让我们自己在心里过滤苦难，品尝苦难，然后等待抓住奋起的机会，去迎接成功吧。

当朝霞关爱苍穹，我们会欣喜地为之注目；当阴云布满天空，我们也该大喊一声："让暴风雨来得更猛烈些吧！"苦乐人生才是丰富的人生。苦难来临时，我们不要躲避，而是在咀嚼个中滋味后，思考你的下一步该如何走。

放飞自由

　　静谧如水的夜，我慵懒地躺在温暖松软的被窝里，灯光如银霜飘飞。随手拿起一本关于庄子的书，随意翻看，痴痴地细想，仿佛有蝴蝶在我周围翻飞。这个世界都在沉静，我躲在自己的梦里。此时唯有伫立花前的喜悦，侧耳倾听草生长的音律和杜鹃战栗着的倾诉……

　　有一种天籁之音不知何时却悄然从心里响起，那像是空旷的山谷里传来的风的回音，久久缭绕心头。我静立一池湖边，看翻涌着美丽的浪花，任清风轻拂长发。此时心与风嬉戏，于是我想起了陶潜，想起了梭罗，仿佛自己也在东篱下悠然地采菊，也如梭罗一样看到湖水就高兴了。曾经有无数个这样的夜晚，我喜欢听着箫音入眠。其实箫声只是一种人籁罢了，人的声音从箫孔传出，自己还以为心灵受到了洗礼。我真的是错了。其实心不被物所役，心也就自由快乐了。

　　庄子有言："若夫乘天地之正，而御六气之辩，以游无穷者，彼且恶乎待哉。"其实让心灵能真正游无穷，进入一种只有自由和快乐的状态中，就要忘记那些难以忘记的烦恼。"梦里不知身是客，一晌贪欢。""落花风雨更伤春，不如怜取眼前人。"守住这"一晌"和这个"眼前人"，你也就获得了快乐，哪怕是暂时的。所以我们要忘记世事的纷扰，忘记前愁恩怨，学会满足一时的快乐。此时快乐是你的，那么整个世界的快乐都是你的了，这样你就会有一份属于自己的心灵自由。其实要真正忘记这些烦恼，还要忘情，忘情者有情，忘情者多情。要想一世忘情，就要一世多情。我们不可刻意地去忘掉，其实情一多自然也就忘了。但是多情不是滥情，情贵在专，专一也就易忘了。忘了情，也就忘了自己，也就能心游无穷了。

尘埃还没落定，人就有了一份牵念。人之所以被困住，不是因为他人所为，而是作茧自缚。这样把自己层层包裹着，欲罢不能，可是我们用什么解救自己呢？这层层美丽的茧时时传递着迷人信息，让人不忍舍弃。就怕舍弃茧，也就舍弃了自己的心，于是被生活所迫被情爱所困着的人，在百思不得其解的时候，有的会四处求告，有的会黯自神伤，有的会惊慌失措，可是你为何不去问问你的心呢？"玩火自焚"这个成语在此就可以让你逃出束缚，这就是说要燃烧自己，无他意，把这层层茧烧坏，你不就可以重获自由了吗？生活里要学会换一种眼光看问题，苦恼自会远远地躲开。

亲爱的朋友，当我们被生活逼得走投无路、被重任压得筋疲力尽、被苦情折磨得愈加憔悴、被岁月吹打得面目全非时，那么就把你的心交给大自然。记得满足，记得忘情，记得用新的眼光看世界。最重要的是，要记得放飞自由，这样你的心就是一片美丽的桃源！

后记： 苦乐随心， 淡看流年

秋分，应该是秋叶飘飘了。秋，来到世上，就注定有回家的一天。

以素心而生，低眉处，流年生动起来。岁月，活在最美的情怀里，一切安然若素。

心情或咸或淡，往事或浓或浅，守在时光一隅，才发现一切都仓促得让人心疼不已，心慌不安。在我们的一生中，会有很多的小机会、小灵感等，捕捉住了，你的人生就会别有洞天。

但是，行走在喧嚣的街头，穿梭在繁乱琐事中，我们的感觉却越来越迟钝与麻木，越来越多地失去一些我们自认为很美好的东西。于是乎，突然发现我们少了一些年幼的单纯与真诚，少了一些年少的冲动与热情，多了一些中年的沉稳与庄重，那个心中的梦想越来越远，时光的脚步越来越匆匆。

人，或许是为梦想而活着，为亲情而活着，为活着而活着。无论是哪一种，当生命这个未知数渐渐让我们迷茫时，我们越来越清醒地知道自己到底想要什么样的生活。

我们不希求太多的荣耀，让自己整天活得喜气洋洋；也不愿有太多的应酬，让自己活得八面威风，风风光光。人生，就是这样，有太多的遗忘，太多的彷徨，太多的悲痛，太多的感伤。而当我们去清除掉一些伤痛时，渐渐发觉，心的世界就会只剩下了那些让人微笑的模样。

生命就是这样，一件事想开了，就简单了；一些事想不开，就丢掉吧。在得失之间，不断捡起与放下，最终，自己的两手还是空的。所以，还是让自己心平气和些，世界还是和原来一样。

马德说："逢人不说人间事，便是人间无事人。"想做一个人间无事人不容易，但是不说人间事，全靠自己的嘴。安宁，淡然，沉默，静息，那么人世间的所有纷繁最终都会化简为零。

人生其实就是一个圆，当我们从起点走到终点，也就是归一到起点了。生命就好像一棵树，在每年的年轮里，不断地轮回，渐渐让生命走成了一个小小的圆点，直到最后的消失。

但是，人和树又那么截然不同。人是有智慧的，智慧的思考会让生命变得更美丽和可爱。一个圆润机敏的人，会把生命过得很圆满，找不到一处死角，好似一切都处理得顺风顺水、左右逢源，并乐此不疲。此为会生活之人。

但是一个真正懂生活的人，却让生命过成一个长方形或菱形不等。他或她会在某一处角落里，静静地待上一段时间，去冷静地思考人生的得失，然后再安然向前。

一个人不但要会生活、懂生活，还要爱生活。人生，应该是由许多的爱组成的，而不是恨。爱，或许是在你困乏之极时，朋友给你的一个拥抱；在你饥饿难耐时，爱人用体温为你保留的那块烧饼；在你焦渴不安时，孩子为你递上的那杯温水……爱有很多形式，所以生命才更多姿多彩。生活里，不怨天，不尤人，让生命的不完美自然地展现，让心灵的缺憾自然地流逝。

遇见一个人，如遇见一本书，犹如等待一朵花开，会有花开的粲然，花落的淡然；会有人喜欢，也会有人说不完美，有太多遗憾。但是，只要用心了，遇见了，也就知足了。

人，生来就是在不断地遇见与分离，所以，不必在乎痛苦，也不必太在乎遗憾。活在有限的光阴里，苦，让自己知道；乐，让时间知道。